THE PRINCESS OF BOOKS AWAKENS

〈本の姫〉は謳《うた》う

1

Ray Tasaki
多崎礼

講談社

目次

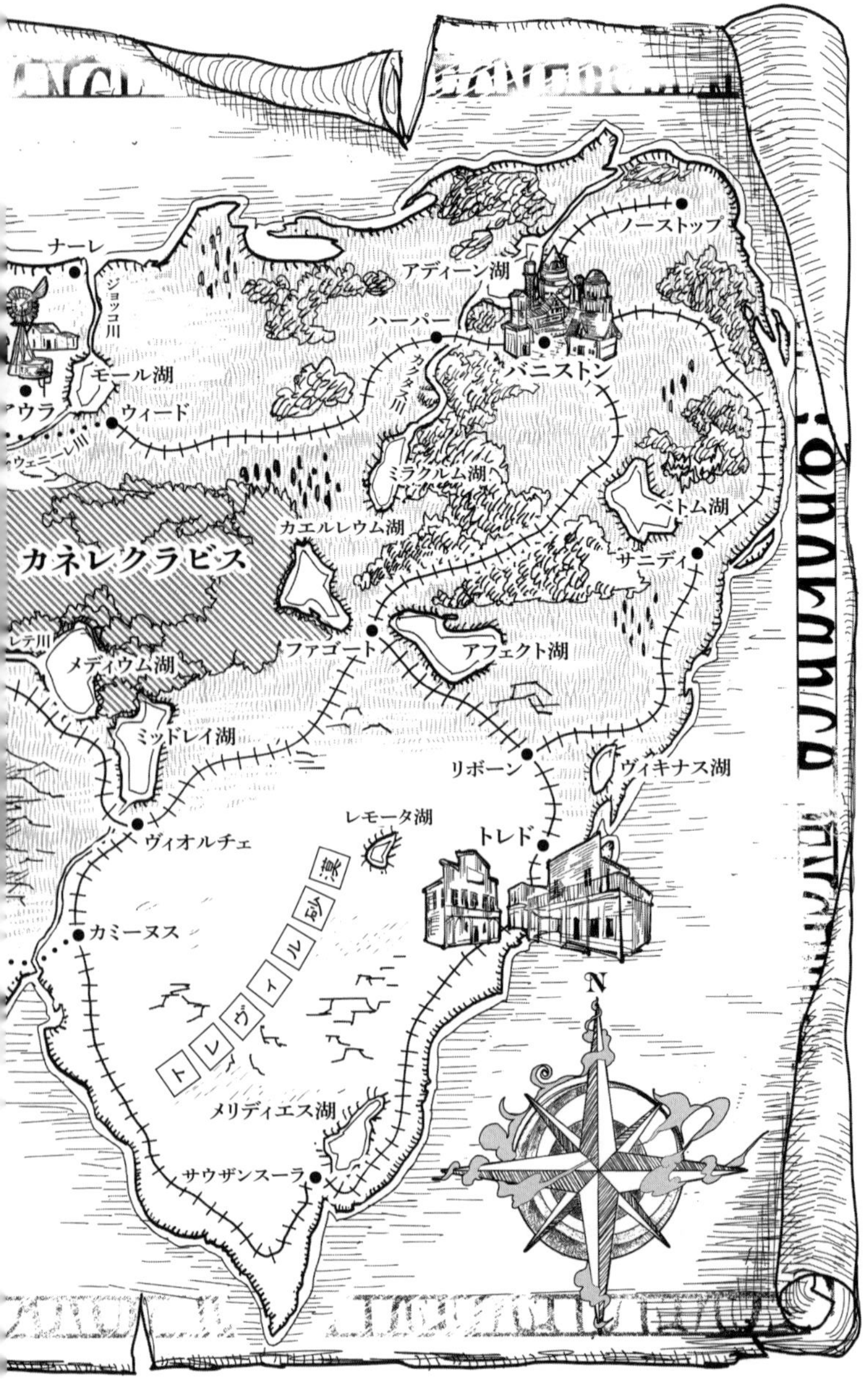

ナーレ
ジョッコ川
モール湖
ウィード
ハーパー
カクタス川
アディーン湖
ノーストップ
バニストン
ミラクルム湖
ベトム湖
カエルレウム湖
カネレクラビス
サニディ
ファゴート
アフェクト湖
メディウム湖
ミッドレイ湖
リボーン
ヴィキナス湖
ヴィオルチェ
レモータ湖
トレド
トレヴィル砂漠
カミーヌス
N
メリディエス湖
サウザンスーラ

カルボー
オルトゥス砂漠
リーウス
ミニョル湖
ラテル
エクセリク湖
スペクルム湖
プラトゥム
クロリーン山
ウォラーレ湖
フロリーン山
ブローミン山
ベアルンド
アンスタビリス山脈
ベリディス湖
イオディーン山
ブロムベース
イニティウム
フリークスクリフ
フォンス
サール
カクメン
ミースエスト
ビビタス湖
カトゥス
モルスラズリ
プルンブム
ヘルム
シルールス
アケルウス
サブルム湖
テルグム砂漠
エンド川
SPENCER'S MAP SHOP
ソリディアス大陸

これは二つにして一つの物語。
謎多くして、いずれすべてが繫がり明かされる物語。

アンガス・ケネス――〈本の姫〉と旅をする青年。「聖域」時代の記憶をもつ。
〈俺〉――刻印暦一六六六年生まれ。第十三聖域『理性《リーズン》』で育つ。

〈本の姫〉は謳う　1

装幀　鈴木久美
装画　緒賀岳志
地図画　芦刈将

序章

この世界は、言うなれば本のようなものだ。

お前は本を読む時、まずは表紙を開き、最初のページから物語を読み進めていくだろう？世界もそれと同じだ。表紙をめくった瞬間に世界は始まり、ページをめくるにつれ、時間は流れる。今日は昨日になり、過去は歴史という物語になる。

過去と現在と未来。それは本に書かれた物語と同じだ。一つの時間軸上において、それらは並列して存在する。まだ開いていないページに物語の続きが書かれているように、まだ見ぬ未来もすでに存在している。

本の筋書きが最初から決まっているように、世界の終わりもすでに決まっている。ページの先を書き換えることが出来ないように、未来もまた変えることは出来ない。


そう、お前に出来るのは、選ぶことだけ。


すべての本は読まれるために存在する。本が読まれなければ物語は始まらない。読まれない物語は、存在しないに等しい。

お前は本を読みながら、数多《あまた》ある筋書きの中から、無意識に、たった一つの結末を選んでいる。それはお前にとって唯一の結末となり、その他の結末をお前が目にすることはない。読まれない本は、存在しないに等しいからだ。

世界も同じだ。観測する者がいなければ、その世界は存在しない。言いかえるならば、観測する者がいるからこそ世界は存在する。そしてこの世界の未来もまた、観測者によって選択される。

私はページの先を盗み見た。未来を覗《のぞ》き見るその行為が、滅びを引き寄せるとも知らずに。

無知で愚かな観測者。それが――私だ。

私は見ていることしか出来ない。真実が秘されることにより希望は生まれるのだと、信じることしか出来ない。その可能性が一億分の一であっても、百億分の一であっても、私にはそれを信じ、祈ることしか許されない。

私が干渉すれば、それはすべて真実となる。遥《はる》かな過去も遠き未来も、変えようのない真実となる。一度観測してしまったら、もう戻れない。

私の名は真実《ウェリタス》――

お前は、私を見てはならない。

第一章

1

あ、しまった——

そう思った時にはもう遅く、彼は大量の砂とともに砂丘の斜面を滑落していた。夜空、砂礫《されき》、夜空、砂礫、めまぐるしく視界が回転する。

そこに壁が割って入った。砂嵐《すなあらし》に洗われて灰色に変色した遺跡の壁。なすすべもなく転がり落ちながら、彼は思った。この勢いで壁に激突するのと、砂に埋もれて窒息するのとでは、どっちがマシな死に方だろう。ああ、短かったな。僕の人生。

死ぬ間際、人は自分の過去を思い出すという。斜面を転がる彼の脳裏に母の姿が蘇《よみがえ》った。幼《おさな》い頃、高熱を出して寝込んだ時、「お父さんにはナイショよ？」と言って、本の欠片《かけら》を見せてくれた母ホリー。

「『スタンダップ』と言ってごらんなさい」

幼い彼は数ページしかない本の欠片に手を当てた。母に言われた通り、魔法の呪文《じゅもん》「スタンダップ」を唱えてから、薄い表紙を開いた。

現れたのは一人の青年だった。それは楽園を追放された一人の堕天使《だてんし》の物語。淡々とした独白に彼の幻影《ヴィジョン》が重なる。彼の生きた時代、彼の生きた場所が目の前に鮮やかに蘇る。そこにはきらびやかな舞台も美しい音楽もなかった。なのに魅せられた。続きが見たい。そう言う彼に、母は答えた。

「ごめんね。今はこれしか持ってないの。本はね、遺跡から発掘される天使の遺産なのよ。だから完本はとても貴重で、とてもとても高価なの」

それを聞いて、彼は思った。大きくなったらこの村を出て、本を探し求める旅に出よう。世界中の遺跡を巡り、まだ見ぬ本を発掘して回るのだ、と。

一度は諦《あきら》めた夢――それは見事に成就した。

ただし、思ってもみなかった形で。

運命がどう転ぶかなんて、転んでみるまでわからない。そしていったん転がり出してしまったら、底に到達するまで止めることなど出来ないのだ。

そう、転がり落ちるだけ。まるで今のように。

壁が迫る。壁が迫る。壁が迫る。

呼吸の文字よ
其処《そこ》より此処《ここ》へ
此処より彼方《かなた》へ
来たりて慟哭《どうこく》の音を響かせよ

美しい歌声が聞こえた。

それは歌姫の『呪歌《じゅか》』だった。

途端、周囲の砂が吹き飛び、彼の体も吹き飛ばされた。空を舞い、壁を飛び越え、その向こう側、遺跡の床に落下する。白いタイルの上をゴロゴロと転がり、砂だまりに突っ込む。

「あだだだだ……」

仰向けに倒れた彼を、二つの月が見下ろしている。

小さい方の月、その名はオディウム。夜空を統《す》べる冷酷な銀の王子。今夜の彼は研ぎ澄まされた刀のように細く、鋭い。もう一方は見事な満月。その名はカリタス。夜空を支配する慈愛の女王。彼女は今、天の頂《いただき》を行き過ぎ、やや西に傾いた所にいる。いつもは冴《さ》え冴《ざ》えと美しいその姿も、ここでは巻き上げられた砂塵《さじん》のせいで赤く染まって見えた。

二つの月が照らし出すのは、熱砂に覆《おお》われた大地と風化した遺跡。ここはトレヴィル砂漠。昼の気温は五十度以上、夜は氷点下となる過酷な土地だ。

「アンガス、生きてるか！」

遠くから声がする。まだ若い女の声だ。

アンガスは体を起こし、ゆっくりと立ち上がった。あちこちに打ち身が出来ていたが、幸いなことに骨は折れていない。

彼の足下に散らばっている岩は、崩落した遺跡の外壁材だった。白磁の輝きを持っていたといわれる建物は、頻発《ひんぱつ》する砂嵐のせいで黒灰色の石くれと化していた。この遺跡が砂漠に埋没してしまうのも、もはや時間の問題だろう。

遺跡——天使達の住居跡と人は言う。

はるか昔、天使達は『文字の精霊』の力を用いて空に島を浮かべ、そこに楽園を築いたのだという。疫病《えきびょう》も争いもない、生の痛みも死の憂《うれ》いもない理想郷。だがそれは一夜にして滅びた。一人の天使が『文字の精霊』を解放し、浮力を失った楽園は地に落ちた。この大災厄の日を、人々は『滅日《ホロビ》』と呼んでいる。

『滅日《ホロビ》』の伝説が真実か否か。今となっては誰にもわからない。本当の話だと頭から信じる者もいれば、ただのお伽噺《とぎばなし》だと鼻で笑う者もいる。残された遺跡は謎《なぞ》を秘めたまま、ただ沈黙するのみだ。

「アンガス！　生きていたら返事をしろ！」

「は〜い」

気の抜けた声で彼は答えた。遺跡の壁を迂回《うかい》し、自分が滑落してきた砂の斜面を見上げる。下から見てもかなりの高さだ。よく無事だったなと、我ながら感心する。

「私はここだ！」

急斜面から声がする。数歩登ったあたりに一冊の本が埋もれている。茶色の革表紙には赤黒い染料で奇妙な模様が描かれている。

アンガスは斜面を登り、その本を拾い上げた。本を振り、本の背を叩《たた》いて砂を払い落とす。

「こら、乱暴に扱うな」

そんな声とともに、本のページ上に女性の幻影《ヴィジョン》が現れた。実際の人間に較《くら》べたら、その大きさは六分の一ぐらいしかない。褐色の肌とゆるやかに波打つ豊かな長い黒髪。瞳《ひとみ》の色は生き生きとした琥《こ》珀《はく》色で、猫科の動物を思わせる。

本を読むためには、表紙に手を置いて「スタンダップ」の呪文を唱える必要がある。現れる幻影《ヴィジョン》は本によって様々だ。語り部《べ》の幻影《ヴィジョン》が現れて物語を語ることもあれば、主人公と同じ視野の幻影《ヴィジョン》が現れ、物語を追体験出来る本もある。

しかしどんなに精巧に作られていても、本は記録された物語を再生しているにすぎない。「スタンダップ」なしに幻影《ヴィジョン》が現れる本などあり得ないし、幻影《ヴィジョン》が読者の名前を呼んだり、会話に応じたりする本など常識では考えられない。

だがアンガスは、それが当然というように『本』の幻影《ヴィジョン》に呼びかけた。

「乱暴なのは姫の方ですよ。何もいきなり吹っ飛ばすことないでしょう？」

「助けてやったんだ。文句を言うな」

姫と呼ばれた幻影《ヴィジョン》はムッと顔をしかめた。

「だいたい不用意に足を踏み出したお前が悪い！」

「ここまで来るのに七時間、ずっと歩きっぱなしだったんですよ？　集中力だってなくなりますよ」

「だから馬を使えと言ったんだ」

「馬は苦手なんです」

「お前が馬を嫌うから、馬もお前を嫌うんだ」

「逆ですよ。馬が僕を嫌うから、僕は馬が嫌いなんです」

「どっちでもいい」と姫が言った。「今はくだらない口論をしている場合じゃない」

「……確かに」

アンガスは右手に『本』を抱《かか》え、もう一方の手で布袋《ぬのぶくろ》を拾った。転がり落ちた時に落とした彼の荷物だ。斜面を下り、壁を迂回して歩き出す。砂に埋もれた遺跡……その中心部を目指して進んでいく。

不意に視界が開けた。どうやら広場のようだ。その中央には、彼の背ほどの石柱が同心円状に並んでいる。

「あそこみたいですね」

アンガスは石柱群に足を向けた。柱の間をすり抜ける。中央には円形の石壇が据えられている。その上に積もった砂を払いのけると、放射状の溝が現れた。中心には砂が堆積《たいせき》した窪《くぼ》みがある。アンガスはそれに手を突っ込み、砂の中をさぐった。指先が何か硬い物に触れる。指先に力を込め、それを摘《つ》まんで引っ張り上げる。

現れたのは小さな手鏡だった。背面には蓮《はす》の花と思われる精緻《せいち》な模様が彫り込まれている。意匠から察するにかなりの年代物のようだが、その鏡面には傷一つ曇り一つない。

アンガスは『本』をテーブルの上に置くと、服の袖《そで》で鏡面を擦《こす》った。が、期待していたような反応は起こらない。

「何も出ないな」

「私にも見せろ」

姫が催促する。アンガスは開いた『本』の上に鏡を置いてから、石壇に向き直る。鏡が埋まっていた中心の窪み。放射状に切られた溝。溝の数は二十二。石壇を囲む石柱の数も二十二本だ。よく見ると、柱の上部にも凹《へこ》みがある。もしかしたら、当時はあそこから中央の石壇まで、樋《とい》がかけられていたのではないだろうか。

だとしたら――

「――水？」

アンガスは鏡を取り上げると、その鏡面にはぁっと息を吐《は》きかけた。磨《みが》き上げられた滑《なめ》らかな表面が、吐息で一瞬白く曇る。その瞬間、奇妙な模様が鏡の表面に浮き出たのを彼は見逃さなかった。

アンガスは鏡を石壇に置いた。腰に下げていた水筒を手に取り、鏡の上に少しずつ水をこぼしていく。表面張力により水は鏡面に盛り上がり、やがて鏡を覆《おお》い尽《つ》くした。なのに奇妙な模様だけは、不思議な抗力で水をはじき返している。

間違いない。文字《スペル》だ。

目に映るその姿は単純な曲線と直線の集合体にすぎない。見つめても幻影《ヴィジョン》が見えるわけでなく、何かを物語るわけでもない。だがこの集合体は、万人に共通な一定の音と一定の意味を持っている。

文字《スペル》の力とは、この揺るぎない意志の力だ。それこそが天使族に繁栄をもたらし、そして滅亡へと導いた『文字の精霊』なのだ。けれど今現在、実際に文字《スペル》を目にしたことのある者は皆無に等しい。文字《スペル》を読み、その意味を理解する者も絶えて久しい。

ただ一人――いや、ただ一冊の『本』を除いては。

「『Trust《信頼》』」

厳《おごそ》かな声で姫が言った。

「十五番目の不活性化した文字《スペル》だ」

アンガスは『本』のページをめくり、十五ページを開いた。何も書かれていない白紙のページだ。

「さすが、姫」

「準備はいいですか？」

「いつでも」

「じゃ、お願いします」

『本』の上の姫は、すっと背筋を伸ばした。両手を胸の前で組み合わせる。目を閉じ、深く息をする。

形のよい唇《くちびる》が開いた。澄んだ歌声が響き渡る。薄い氷が砕《くだ》けるような――濡《ぬ》れた指が薄いガラスの縁をなぞるかのような――高く高く澄みわたった声。

失われし　我が吐息
砕《くだ》け散《ち》りし　我が魂
帰り来たれ　悔恨の淵《ふち》へ
いま一度　我が元へ

美しい声は歌う。心を切り裂くような切なさと、涙が溢《あふ》れそうになる情感を込めて。

頼り　信じ　ともに歩め
汝《なんじ》らが友に　するがごとく
汝らの命を　友に捧《ささ》げよ
我《われ》が彼《か》の人に　するがごとく

鏡に浮かんだ文字《スペル》が虹色《にじいろ》に光り始めた。

アンガスは息を飲み、その様子を見守った。

虹色に輝く文字《スペル》は小さく身じろぎすると、その両端を持ち上げ、羽ばたかせた。ふわりと鏡面を飛び立つと、蝶《ちょう》のように軽やかに空を舞い、開かれている『本』のページに着地する。虹色の光が吸い込まれるように失われ、白いページには『Trust』という文字《スペル》だけが残された。

「思い出した！」

突然、姫が叫んだ。

「ウェリタスだ！」

美しい歌声の余韻に浸っていたアンガスは、驚いて飛び上がった。

「え、何――？　なんですか？」

「私の体を奪った者の名だ！」

「あの、姫……？」気まずそうにアンガスは眉《まゆ》を寄せる。「差し出がましいことを言うようですけど、そういう誤解を招きかねない台詞《せりふ》を大声で叫ぶのは、乙女としていかがなものかと思いますよ？」

「お前の他に、誰が私の声を聞くというのだ？」

姫は目を細め、アンガスを睨《にら》みつける。

「砂漠のど真ん中にある荒れ果てた遺跡を、わざわざ訪ねてくるような酔狂《すいきょう》者。お前の他に誰がいるというのだ？」

「それは、まあ、そうなんですが……」

「まったく、つまらんことに気を回すんじゃない。だいたいお前に乙女心の何がわかるというのだ？いまだ想《おも》い人の一人もこしらえられんくせに……」

延々と続く小言を聞きながら、アンガスは小さなため息をついた。姫の説教好きは今に始まったことじゃない。姫に出会って七年。一緒に旅を始めてからは三年になる。

旅を始めて間もない頃、彼は尋《たず》ねたことがある。

「歌うだけじゃ駄目なんですか？　わざわざ苦労して文字《スペル》を探さなくても、姫が『鍵《クラヴィスカントゥス》の歌』を歌えば、文字《スペル》は飛んでくるんじゃないんですか？」

それに対する姫の答えはこうだった。

「相手を見ずに話しかけて、真意が通じると思うか？　私が文字《スペル》を見つめ、文字《スペル》に歌って聴かせるからこそ、歌はその効力を発揮するのだ」

その言に従い、この三年間、噂《うわさ》を頼りに土地を流れ歩いてきた。アンガスが文字《スペル》を見つけ、姫が歌い、文字《スペル》の回収を続けてきたのだ。

「おい、聞いているのか。アンガス！」

「え？」

もちろん聞いていない。それをごまかすために、彼は話題の転換を図った。

「これでようやく十五個ですね。『本』のページは四十六。白紙のページはあと三十一。姫の記憶と体を取り戻すまで、まだまだ道は長いですねぇ」

「その通りだ」

姫は腕を組み、重々しく頷《うなず》く。それから右手を伸ばし、アンガスの鼻先を指さした。

「弱気になっている暇などない。落ち込んでいる暇があったら一歩でも先に進め！」

「はいはい」

「『はい』は一度でいいと、いつも言っているだろう。だいたいお前には覇気がなさすぎる。そんなだからいつまでたっても――」

再び始まった姫の説教を聞き流しながら、アンガスは手鏡を取り上げた。文字《スペル》を失った鏡面は白く曇っている。精緻《せいち》な蓮の花のレリーフも緑青《ろくしょう》に覆われてしまっていた。これでは売っても金にはならない。彼は鏡を石壇の中央へと戻した。

「――って、聞いているのか。アンガス！」

「姫はここで待っててください」

アンガスは荷物を下ろし、石壇に置いた。肩に下ろしていた砂避《すなよ》けのフードを、もう一度、頭に被《かぶ》りなおす。

「ちょっと飯の種を探してきます」

飯の種とは本のことだ。現存するすべての本は天使の遺産であり、現在の技術力ではこれを再現することは出来ない。本を手に入れるためには、本屋で掘り出し物を見つけるか、遺跡の中を探すしかないのだ。

「またか……」姫は顔をしかめた。「いいか、アンガス。ここは天使達の遺跡——いわば墓のようなものだ。お前には滅びた者達への敬意はないのか？」

「敬意ですか？」彼の左眉がぴくりと跳ね上がる。

「天使族に対しては皆無ですね。彼らが滅びたのは自業自得。同情の余地はまったくありませんよ」

そう言ってしまってから、アンガスは右手で口を押さえた。

それを見た姫がすかさず突っ込む。

「またアザゼルの受け売りか？」

「ううう……」

口を押さえて呻《うめ》いた後、アンガスは肩を落とした。

「そうです。けど僕にとっては天使族に対する敬意よりも、明日のご飯の方がはるかに重要です。生きていればお腹《なか》が減る。空腹を満たすためには食べ物が必要で、食べ物を買うためにはお金が必要です」

アンガスは『本』を手に取った。

「というわけなので、姫。少しの間、目をつぶっていてください」

「こら、待てアンガ——」

姫の反論を無視して、彼は『本』の革表紙を閉じた。

姫の幻影《ヴィジョン》は消え、その声もまた途切れた。

2

「お願いです……大人しく投降してください」

俺に神経銃を向けたまま、ガブリエルは泣き出しそうな顔をしていた。こいつはいつもそうだった。自分のことより誰かのこと。そしてその誰かとは、ほとんどの場合が俺だった。

もうよせよ。そんな顔するのは。どうせ長くない命。ここで終わったとしても、惜しむほどのものじゃない。

「貴方《あなた》を撃ちたくないんです！　言う通りにしてください！」

俺は彼の顔から目を離し、上空を見上げた。

青い空、輝く太陽。ため息に乗せて吐《は》き出《だ》した白煙が、ゆるゆると紺碧《こんぺき》の空へと昇っていく。

ああ、いい天気だ。

死ぬにはもってこいの日だ。

「ガブリエル」

空を見上げたまま、俺は彼に呼びかけた。

「誰でも一度は必ず死ぬんだ」

浮き島の外へ煙草《たばこ》を投げ捨てる。はるか下方には赤茶けた大地と紫紺《しこん》の湖が見える。

「死に方ぐらいは選ばせろ」

ガブリエルが何かを叫んだ。神経銃を投げ出し、俺に向かって手を伸ばす。

だが、遅い。

俺は外に向かって体を倒した。一瞬の浮遊感。その後、自由落下が始まる。耳元でゴウゴウと風が鳴る。風圧で息も出来ない。見る見るうちに浮き島が遠ざかる。

俺が生まれ育った場所。第十三聖域『理性《リーズン》』。楽園という名の牢獄《ろうごく》。理想郷という名の棺《ひつぎ》。あそこでだけは死にたくない。

空を切り裂き、俺は落ちていく。待ち受けるのは穏《おだ》やかに澄んだ青き湖。この高さだ。湖面は強化ガラスのように硬いに違いない。

着水まで、概算で二十秒あまり。

あと二十秒の余命。

それだけあれば充分だ。

そう長くもない、価値もない、俺の人生を振り返るには。

3

アンガスは一人、遺跡の中を歩き回った。どの建物も風化が進み、脆《もろ》くなっている。中に入るのはためらわれた。が、本を得るためには、多少の危険は覚悟しなければならない。連立する灰色の遺跡。その中から比較的頑丈そうな建物を選んだ。

「お邪魔しまぁす」

砂粒に洗われ、傷だらけの石門をくぐる。広い室内は瓦礫《がれき》と砂に埋めつくされていた。家具の類は見あたらず、内装も原形をとどめていない。

探し回ること十数分。彼は目的の場所を発見した。壁面に穿《うが》たれた横長の穴。書架の跡だ。その下の砂をかきわける。

「――あった」

白い滑らかな表紙。砂にまみれてはいるが、それは一冊の本だった。乾燥した砂に埋もれていたのが功を奏したらしく、状態はかなりいい。

「すごい、完本だ」

ページをパラパラとめくってみる。どのページも色とりどりの文様で埋め尽くされている。

「装丁は『真ラジエルの書』みたいだけど」

だとしたら、まだ読んだことのない本だ。アンガスは表紙に手を当てた。

「スタン……」

呪文を唱えかけ、すんでのところで思いとどまった。読書を楽しんでいる暇はない。アンガスはその本を足下に置き、さらに砂を掘り返した。

最初に見つけたような完本は出てこないが、それでも本の切《き》れ端《はし》や、ページの束《たば》が次々に見つかる。『ラファエルの書』がある。『ラグエルの書』もある。高名で高価な本の断片がざくざく出てくる。不謹慎だとわかっていても胸が躍った。ここは宝の山だ。砂漠の中の遺跡ということで、今まで盗掘をまぬがれてきたのだろう。

「あぁ、もったいない。これも、これも、捨てがたい。うう……迷うなぁ」

時間にも限りがあったが、持てる量にも限りがある。掘り出した本の中から状態の良いものを選び、アンガスは立ち上がった。建物を出て、姫の待つ石柱広場へと向かう。

ふと――嫌な予感がした。

人の気配がする。それも一人ではなく複数だ。先程の姫の言葉ではないが、こんな砂漠のど真ん中までやってくるような酔狂者が、そうそういるとは思えない。

それに一般の人間は遺跡を恐れる。天使達の呪《のろ》いがかかると言って近づこうとしない。そこにあえて足を踏み入れる人間がいるとすれば、それは墓荒らしか犯罪者だ。どちらにしてもあまりお近づきになりたい人種ではない。とはいえ、このまま逃げ出すわけにもいかなかった。荷物も大切な『本』も、石壇の上に置きっぱなしなのだ。

「まずいなぁ」

『すべての本は読まれるために存在する』彼の師匠の言葉だ。しかもあれだけ立派な装丁の『本』なら、誰だって開いてみたくなる。けれど何も知らずにあの『本』を開くのは危険だ。善人なら説教を喰《く》らうだけですむが、悪党ならば命に関《かか》わる。叩きのめされた墓荒らし達を見つける覚悟で、アンガスは連立する柱を抜けた。

丸い石壇の傍《そば》に見知らぬ男達が立っている。全部で四人。揃《そろ》って凶悪な人相をしている。うす汚れた綿のシャツに、すり切れた砂避けコート。腰に巻いたガンベルトには、使い込まれた回転式六連発拳銃《けんじゅう》が無造作に突っ込まれている。無法者《アウトロー》の見本のような格好だ。

その中の一人がアンガスの『本』を持っていた。

幸いなことに、まだ開かれていない。

「同業者か？」

アンガスを見て、『本』を手にした大男が言った。アンガスより頭二つ分ほど背が高い。横幅も倍以上ある。日に焼けた浅黒い顔を歪《ゆが》めるようにして、男は嗤《わら》った。

「ずいぶんと不用心な盗掘屋だな？」

その声にあわせるかのように、男達が拳銃を引き抜いた。

「そいつを置きな」

ドスの利いた声が背後から聞こえる。と、同時に後頭部にゴツンと硬い物が当たった。振り返って確かめるまでもない。六連発の銃口だ。

アンガスは大人しくそれに従った。掘り出してきたばかりの本を足下に置き、両手をあげる。盗掘者の一人が素早くボディチェックをした。

「おいおいタマなしだぜ？　コイツ？」

男が下卑《げび》た笑い声をあげた。

「こりゃまたノンキな盗掘屋だな」

「ノンキなわけじゃない」アンガスは言い返した。「銃が嫌いなだけだ」

「こきやがれ」

リーダー格の大男はニヤニヤ笑いながら顎《あご》をしゃくった。

「どんな顔だか拝んでやろうぜ」

男の一人が六連発をかまえたまま、もう一方の手でアンガスの砂避けフードを引きおろした。

現れたのは白い髪……イオディーン山の永久氷河のように青みを帯びた白銀の髪だ。その下には日に焼けた褐色の肌と、晴れ渡った空のように青い左目。頭に巻いた青いインディゴ染めのバンダナが、もう一方の目を覆《おお》い隠《かく》している。

「こりゃあ驚いた」

リーダー格の男はアンガスに歩み寄り、無遠慮に彼を眺《なが》めおろした。

「この髪――まるで天使みてぇだな。顔もなかなか上物だ。こいつは高く売れるぜ？」

「待て待てっ！」後頭部に突きつけられた銃口のことも忘れて、アンガスは怒鳴《どな》った。「どこに目をつけてるんだ。僕は男だぞ！」

「んなこた、わかってる。そこらの娼館《しょうかん》なんかにゃ連れてかねぇよ」

安心しろというように、大男は頷いた。

「そっちのシュミの金持ちに心当たりがあるんだ。喜べ、すぐに紹介してやっからよ？」

「じ……冗談じゃない！」

「こんなとこで墓掘りしなくても飯が喰えるようになるんだ。感謝してほしいぐらいだぜ」

嘲《あざけ》るように鼻を鳴らし、大男はせせら笑った。

「デン、こいつをふんじばって先に連れてけ」

男の命令に従い、デンと呼ばれた痩《や》せぎすの小男が、腰につるしていた投げ縄でアンガスの両手首を縛りにかかった。

「デルタは本を運べ。クレイはこいつの荷物だ。ま、たいしたモンは入ってなさそうだがな」

そこで言葉を切り、男はあたりを眺める。

「おい、餓鬼はどこ行った？」

「そういや姿が見当たらねぇな」

「逃げたんじゃねぇか？」

「ったく！」

大男は苛立《いらだ》たしげに舌打ちをした。『本』を手に持ったまま、大股《おおまた》に歩き出す。

その背中にアンガスは声をかけた。

「その『本』はただの本じゃない。不用意に開かないことだ。でないと、とんでもないことになるぞ」

男が彼を振り返った。

「とんでもないことって、何だよ？」

「それは——秘密です」

「ふざけんな」

男は凶悪な目つきでアンガスを睨んだ。「俺を舐《な》めんじゃねぇぞ？　ぶん殴られてぇのか？」

「じゃ、開いてみたら？」

アンガスは笑ってみせた。

「命の保証はしないけどね？」

「ハッタリかまそうったってそうはいかねぇぜ。こんなん、たかが本じゃねぇか」

男は『本』の表紙に右手を置き、

「スタンダップ」と叫んだ。

そして、おもむろに『本』を開く。

途端——

生命の文字《スペル》よ
沈黙の海に命を与えよ

大気を切り裂くような鋭い歌声。それにバチバチッ……という鈍《にぶ》い音が重なる。男達の周囲で火花が散った。彼らは弾《はじ》かれたように体を仰け反《のぞ》らせ、声もなく地面に倒れた。

『本』に回収された文字《スペル》。その中でも一番最初のページに書かれた『Life《生命》』という文字《スペル》は、姫の呪歌に応じて雷を招喚する。一見魔法のように見えるが、これも思考エネルギーの応用にすぎない。すなわち『唱えることでエネルギーを放出する』のだ。

とはいえ、この知識も受け売りだ。説明したところで理解出来る者はいない。アンガス自身にさえよくわからないのだから、当然といえば当然だが。

「この馬鹿者《ばか》が！」

姫の怒鳴り声が響いた。

「私を置いていったりするから、こんな者達にしてやられるのだ！　油断をするなといつも言っているだろうが！」

「その件に関しては謝ります。不注意でした。反省してます。でも——」

アンガスは姫に背中を向けてみせた。彼の両手首はロープでグルグル巻きにされている。

「みんな気絶させちゃったら、これ、誰にほどいて貰《もら》えばいいんですか？」

「知るか！」

「そんな無責任な……」

「やかましい！　好事家《こうずか》の金持ちに売られるよりマシだろうが！」

「でもこのままじゃ」身動きが取れませんよ——とアンガスが言いかけた時。

背後で、どさり……という音がした。

はっとして振り返る。そこに立っていたのは、まだ十歳ぐらいの子供だった。着古した綿のシャツに、すり切れたズボン。穴のあいた靴からは小さな親指が覗いている。その足下には本の欠片が散らばっている。いつ洗ったのか尋ねたくなるようなくしゃくしゃな黒髪の下、紅茶色の目が大きく見開かれている。

そういえば、もう一人仲間がいるようなことを男は言っていた。しかし彼らのような無法者《アウトロー》の集団が、こんな子供を連れていたとは驚きだった。

「ええと――」

懐柔《かいじゅう》するべきか脅すべきか。アンガスは迷った。

「お前もこいつらの仲間か！」と姫が息巻いた。「子供といえども容赦はしないぞ。お仕置き喰らわせてくれる！」

子供は顔を引きつらせた。くるりと身を翻《ひるがえ》し、ぱたぱたと走り出す。

「わあ、待って！」

アンガスは叫んだが、子供は立ち止まらない。追いかけようとして、倒れていた男の体に蹴《け》躓《つまず》いた。手をつきたくても両手は体の後ろでギチギチに縛られたままだ。

「う、わぁっ！」

そのまま顔から地面に倒れた。頬骨《ほおぼね》をしたたかに打つ。あまりの痛さに思わず呻くと、今度は舞い上がった砂塵を吸い込んでしまった。

「げほっ、ごほっ、げほっけほっ……」

ひとしきり咳《せ》き込《こ》んだ後、アンガスは涙のにじんだ目を開いた。地面に倒れたまま、頭を捻《ひね》って前を見る。とっくに走り去ってしまっただろうと思っていたのに、子供はまだそこにいた。石柱の陰《かげ》に隠れて、そっと彼の様子を窺《うかが》っている。

「君も、墓荒らし？」

子供に問いかけてみる。が、答えはない。

「でも、好きでこいつらと一緒にいるわけじゃないでしょう?」

子供は下唇《したくちびる》をぎゅっと噛《か》み、小さく頷く。

「なら僕と一緒に来ませんか? バニストンに知り合いがいるんです。彼女ならきっと君をかくまってくれます」

子供の視線が倒れた男達とアンガスの間を行き来する。どうしたらいいのか迷っているようだ。変な体勢で顔を上げているせいか、手が痺《しび》れてきた。地面に打ちつけた頬もジンジンと痛む。どうせこの子も僕の髪と目の色が珍しいだけなんだ。見飽きたら逃げ出すに決まっている——そう思い、半《なか》ば諦めながら、アンガスは言った。

「お願いです、助けてください」

子供はその大きな目で、アンガスの顔をまじまじと見つめた。おそるおそる彼に近づき、両手を拘束しているロープをほどき始める。

「——え?」

アンガスは驚愕《きょうがく》の声をあげた。助けを求めておいて驚くのも何だが、まさか本当に助けて貰えるとは思っていなかった。

程なく、手首の拘束がゆるんだ。縄目の跡が残る手首を揉《も》みながら、アンガスは体を起こした。

「ありがとうございます。おかげで助かりました」

子供を見上げ、彼は微笑《ほほえ》む。

「僕はアンガス・ケネスといいます。君は?」

子供は顔をしかめた。自分の喉《のど》の辺りを指さし、それから頭を横に振る。

「もしかして、声が出ないんですか？」

こくんと頷き、子供はそのまま俯《うつむ》いてしまう。

「大丈夫、口の形でわかりますよ」アンガスは自分の唇を指さして見せた。「言ってみてください。当ててみせるから」

俯いたまま、子供は小さく口を動かした。

「カ……？　カーヤですか？」

激しく首が横に振られる。もう一度、今度は大きく、はっきりと唇が動く。

「セ……？」

もう一度。今度は速く。

「セ、ラ？」

子供が顔を上げた。驚いたように目を見張る。

「セラっていうんですね」

子供は嬉《うれ》しそうに、こくこくと何度も頷いた。

口にこそ出さなかったが、アンガスもかなり驚いていた。セラは女の子の名前だ。その薄汚れた外見から、てっきり男の子だと思いこんでいたのだ。

とはいえ、アンガスが確かめたかったのは、この子の名前でも性別でもない。彼は立ち上がると、大男が取り落とした『本』を砂の上から拾い上げた。

「さ、姫。僕の命の恩人に挨拶《あいさつ》してください」

そう言って、『本』をセラに向ける。

姫は怪訝《けげん》そうにアンガスを見上げた。

「何を言う。この子には私は見えないし、声も聞こえないはずだぞ？」

そうなのだ。「スタンダップ」の呪文を唱えなくても、『本』を開くだけで姫は出現する。だが、その姿は誰にでも見えるというわけではない。

この世界には四十六個の文字《スペル》が存在するといわれている。その中でも天使の楽園を支えていた二十二の文字《スペル》は『滅日《ホロビ》』と同時に精霊を失い、不活性化した。けれど『滅日《ホロビ》』以降に現れたという文字《スペル》には、いまだに文字の精霊が宿っている。

その活性化した文字《スペル》に触れた者には姫の姿が見えるようになり、声も聞こえるようになる。どうしてなのか、詳しいことはアンガスにもわからない。だが文字《スペル》を回収することにより、姫は失っている記憶を少しずつ取り戻していく。文字《スペル》と姫の間には、浅からぬ因果《いんが》が存在しているのだ。

「セラには姫が見えてるし、きちんと声も聞こえてます。さっきセラが逃げ出したのは、『お仕置きするぞ』と言った姫の声が聞こえたからです」

アンガスはセラを振り返る。

「そうですよね？」

セラは怯《おび》えた目で彼の手元にある『本』を見つめ、おずおずと頷いた。

「心配いりませんよ」アンガスはにこりと微笑む。「姫は短気で高飛車で我《わ》が儘《まま》で人使いも荒いけど、子供には優しいんです」

「誉《ほ》めてない。今のは断じて誉めてないぞ」

姫の抗議を無視して、彼はセラの前に『本』を差し出した。セラは目をまん丸にして『本』を見つめている。それを見てアンガスは確信した。やはりこの子には姫の姿が見えるのだ。問題はいつどこで、生きた文字《スペル》に触れたのか、だ。

「お前、セラといったな」

姫が言った。珍しく困惑しているようだった。

「その……さっきは脅して悪かった。まさか聞こえているとは思わなかったのだ。まあ……許せ」

セラはほっとしたように笑った。笑顔のまま頷く。それを見て、姫も安心したように笑った。

「声が出せないとは難儀だが、気にやむことはないぞ。誰にでも欠点の一つや二つはあるものだ。かく言う私も『体』がない。ついでに記憶も吹っ飛んだままなのだ」

「悲惨な話ですよね。でも姫が言うと、自慢してるように聞こえるから不思議です」

「うるさいぞ」アンガスを一睨みしてから、姫は再びセラに向き直る。「諦めずに求め続けることだ。それさえ忘れなければ、いつか必ず取り戻せる」

セラは真顔で頷いた。姫は満足げに微笑む。

「うむ。誰かと違って素直でよろしい」

「誰かって、誰のことですか？」

「とぼけるな。お前の他に誰がいるというのだ」

そこで姫は内緒話をするように口元に手を当て、セラに耳打ちをする。

「気をつけろ、セラ。こいつのように一見優男《やさおとこ》風な男ほど、中身は悪党だったりするのだ」

「――って、脅かしてどうするんですか」

アンガスは、ぱたん！と『本』を閉じた。途端、姫の声は途絶える。彼はセラに向かい、にっこりと笑って見せた。

「こうしちゃうと姫は何も言えなくなっちゃうんですよ。何しろ『本』ですからね」

それから彼は、セラが取り落とした本の欠片に目を向ける。

「君も本が好きなんですか？」

セラは勢いよく頷いた。落としてしまった本に駆け寄り、大事そうに抱えて戻ってくる。彼女が抱えた本の欠片を覗き込んで、アンガスは言った。

「あ、それ。『堕《お》ちた天使の書』ですね？」

セラはきょとんとした顔で首を傾《かし》げる。

「それ、楽園を追放された天使の物語なんですよ。ええと——ちょっと見せてくれますか？」

アンガスの言葉に、セラは本の断片を差し出した。彼は『本』を小脇《こわき》に抱え、それを受け取った。

「スタンダップ」と言ってから、ページをぱらぱらとめくる。

「やっぱりそうだ。しかもこれ、一番最初の部分です。なかなかの稀少《きしょう》品ですよ」

アンガスは本の欠片を閉じ、それをセラに返した。

「よかったら続きを貸しましょうか？　実は僕、その本を集めてるんです。完本まではまだ程遠いけど、それでよければ師匠に預けてありますから」

セラの目が輝いた。嬉しそうに何度も頷く。よほど続きが読みたいらしい。

「そうと決まれば長居は無用ですね」

アンガスは倒れている男達をぐるりと見回す。

「こいつらが目を覚まさないうちにトンズラしましょう」

頷いて、セラは同意を示した。

アンガスは掘り出してきた本を拾い上げ、ぎゅうぎゅうと布袋につめこんだ。『真ラジエルの書』の完本だけはどうやっても入らなかったので、『本』と一緒に脇に抱える。

「さて、行きましょうか」

そう言う彼の手を、セラが引っ張った。こっちに来いというように。

「町はそっちの方向じゃありませんよ？」

いいから……というように、さらにアンガスの手を引っ張る。

「どこに行くんです？」

セラに導かれるまま、彼は石柱の間を通り抜け、広場を出た。半壊した遺跡、その角を曲がった所には――

「うわ、なにこれ？」

錆《さび》を浮かせた鋼鉄の筐体《きょうたい》が鎮座《ちんざ》していた。その中央には座席らしきものが据えられている。荷馬車と呼ぶにはあまりにいびつだし、なにより肝心な馬が見あたらない。座席の後ろには錆《さ》びた金属容器と、真っ黒な油をこびりつかせた用途不明な機械が載っている。筐体の両脇からは左右に鉄棒が突き出し、その先には大きなゴムタイヤがついている。

セラはそれに飛び乗った。座席に腰を下ろし、慣れた手つきでレバーを引っ張る。


ダパン……！　ドバパパパ……！


炸裂《さくれつ》音に鼓膜が震える。思わず耳を押さえ、アンガスは一人ごちる。

「自走車《オートムーヴ》か。初めて見たけど――それにしてもすっごい音だ」

セラが運転席から手招きする。その隣に乗り込みながら、アンガスはエンジン音に負けないよう、大声で尋ねた。

「君、操縦出来るんですか？」

セラはどん！　と自分の胸を叩いてみせる。任せてくれということらしい。

「そいつはすごい」

セラは身振りで、荷物をシートの下にしまうようにと促《うなが》した。それに従い、アンガスは布袋と『真ラジエルの書』をシートの下に押し込もうとし――

「ん？　何かつかえてる？」

シートの下を覗き込むと、そこには水筒と食料の包みが詰め込まれていた。アンガスはきっちり三日分の水と食料を下ろした。こうしておけば、残された悪党どもが死ぬことはないだろう。

「これでよし」

空いたスペースに自分の荷物を入れ……それでも『本』だけはしっかりと胸に抱えて、アンガスはセラに向き直った。

「行きましょうか！」

セラは身を乗り出した。アンガスにシート横にある鉄パイプを握らせる。それからぎゅっと拳《こぶし》を握って見せた。しっかりと摑《つか》まっていろという意味らしい。アンガスが頷くと、セラは首から下げていたゴーグルを目元へと引き上げた。

小さな足が床のペダルをぐいっと踏み込む。破裂しそうなエンジン音が爆音に変わる。彼女は右手でハンドルを握り、もう一方の手でギアを入れた。金属と金属が引《ひ》っ掻《か》きあう、歯が浮くような音が響く。


ばうん……！

自走車《オートムーヴ》は急発進した。加速の勢いでシートに押しつけられる。舞い上がった砂がビシビシと顔に当たる。

「うわあ！」

目の前に遺跡がそびえている。

ぶつかる――と思いきや、セラは慌てることなくハンドルを切った。自走車《オートムーヴ》は車体を斜めに傾け、遺跡の脇をすり抜ける。

二人を乗せた自走車《オートムーヴ》は砂漠へと躍り出た。セラはギアをトップに叩《たた》き込《こ》んだ。自走車《オートムーヴ》がさらにスピードをあげる。エンジンが発する爆音。油と金属が焼ける臭い。それに加えて激しい縦揺れ。まるでシェイカーの中にいるようだ。こんなものに乗るんじゃなかったとアンガスは後悔したが、もう遅い。

砂だまりに乗り上げ、自走車《オートムーヴ》がジャンプする。アンガスの膝《ひざ》の上で『本』が跳ね、ページが開いた。

「ずいぶんと騒がしいな。何事だ？」

『本』が閉じられている間、姫は発言出来ないが、外界と遮断されているわけではない。外の音はしっかりとその耳に届いている。

姫は爪先立《つまさきだ》ちになって周囲を眺めた。ものすごい速さで流れ去る風景を見た途端、彼女はキラキラと目を輝かせる。

「おお、これは愉快だ！」

上機嫌で髪をなびかせ、両手を頭上に突き上げる。「この疾走感、早駆けに似ているな。この風。この躍動感。懐《なつ》かしい感覚だ。うむ、気に入ったぞ！」

「うう……」

「どうした、アンガス？　顔色が悪いぞ？」

「ううう……」

「なんだ？　唸《うな》っているだけではわからん」

自走車《オートムーヴ》がまたジャンプする。『本』を必死に押さえながら、アンガスは泣きそうな声で言った。

「ごめんなさい。ラクしようとした僕がいけませんでした。だから……だからもう降ろしてください」

「かまうな、セラ。もっと飛ばせ！」

困惑顔でアクセルを戻したセラは、姫の言葉に嬉しそうに頷いた。再びぐいっとアクセルを踏みこむ。ぶわわわわん……！　とエンジンが咆哮《ほうこう》する。

「これなら昼前には砂漠を走破出来そうだな」

彼らの頭上に広がる星空。東の空がわずかに明るくなってきている。

「七時間かけて歩いたのが馬鹿らしくなるな。そう思わんか、アンガス？」

「……死ぬ」

「昼過ぎまでにはトレドに着く。我慢しろ」

「着く前に死ぬ」

「誰しも一度は必ず死ぬのだ」

ふふん、と姫は強気に笑った。

「だがそう簡単にはくたばらないものだ。特に、お前はな」

4

俺が生まれたのは刻印暦でいう一六六六年。一月一日零時ジャストだった。キリがいいのは、そういうプログラムになっていたからだ。第十三聖域では毎年、年の初めに百人の新生児が誕生する。だが、この年に生まれた新生児は一人だけだった。一緒に生まれるはずだった九十九人のきょうだい達は、みんな生まれる前に死んでしまった。

事件が起きたのは前年の九月。その時、第十三聖域の胎児培養プラントでは、翌年誕生予定の百人の胎児達が羊水の海でまどろんでいた。

選抜された男女から供された精子と卵子。それを人工授精させ、人工子宮で九ヵ月培養し、子供を作る。遺伝子病や犯罪因子を遺伝子レベルで排除することで、聖域はこの理想郷を維持してきたのだ。

ところが完璧《かんぺき》なはずのシステムに計算違いが生じた。受精後六ヵ月目の定期検診で、とある胎児の心臓に疾患が発見されたのだ。検査の結果、この胎児は誕生しても長くは生きられないと診断され、処分されることになった。

その胎児の臍《へそ》の緒《お》が断ち切られようとした瞬間、事件は起きた。己の死を察知したその胎児は、周囲に恐怖の嵐《あらし》を巻き起こした。臍の緒を切ろうとした職員は精神を破壊されて廃人になった。さらに人工子宮で羊水に浸っていた九十九人のきょうだい達も、恐怖による重圧《プレッシャー》のため脳に変調をきたして死亡した。

聖域始まって以来の大惨事に、出生管理を行うハニエルはパニックを起こした。彼女は何とかして問題の胎児を殺そうとしたらしいが、ただいたずらに被害者を増やす結果に終わった。

もしかしたら誕生前に心臓疾患で死ぬかもしれない。そんな周囲の期待を裏切って、胎児は人工子宮の中ですくすくと成長した。そして予定通り一六六六年の一月一日。数多のため息とともに『悪魔の子』は誕生した。

初めての空気を吸い、赤ん坊は泣き喚《わめ》いた。その影響を受けて、さらに六人が病院送りになったんだよと、後にレミエル婆《ばあ》さんが話してくれた。

『悪魔の子』と呼ばれた問題の胎児——それが俺だ。俺は生まれる前から、きょうだい殺しという原罪を背負っていたというわけだ。

たった一人だけしか誕生しなかった赤ん坊……すなわち俺は新生児養育施設に移された。当然、歓迎されるわけもなく、そこでも俺は放置された。が、そこは赤ん坊のすることだ。腹が減れば泣き喚く。糞尿《ふんにょう》を垂れ流しては泣き叫ぶ。その度に養育施設では誰かがぶっ倒れた。

精神波を遮断する防御服に身を包んだ職員が仕方なく俺の育児に当たったが、これもまた長続きしなかった。下《しも》の始末をして貰い、腹がくちくなれば、当然赤ん坊は眠りにつく。心穏やかに、何の憂いもなく。その安らかな眠りに共感してしまった大人は、もれなく依存症になった。彼らは必要もないのに俺の傍にぼんやりと座り込むようになり、やがては赤ん坊と同じレベルまで精神が退行してしまった。またもや廃人の出来上がりというわけだ。

俺の始末——もとい、養育にほとほと困り果てたハニエルは、レミエル婆さんに相談した。

「それなら私に良い考えがあるよ」と婆さんは答えた。そこで俺は一歳の誕生日を待たずして、レミエルが統括する教育施設へと移されることになった。

超問題児だった俺を救ってくれたのは、俺よりも十歳年上の少年だった。その当時、彼はすでに神童と名高く、その秀でた精神感応能力と自己防壁の高さは、教育施設に勤める大人達をはるかに凌《りょう》駕《が》していた。彼は俺を抱いても、俺にミルクを飲ませても、感化されない唯一の人間だった。

後になって、当時のことを彼は話してくれた。

「赤ん坊の貴方は白い顔にバラ色の頬をしていて、本物の天使のようにかわいかったんですよ」

そう言う彼だって、子供の頃は女の子と見間違えるくらいかわいかった。と言っても、俺に赤ん坊だった頃の記憶があるわけじゃない。レミエルが当時の記憶を見せてくれたのだ。

慈愛に満ちた微笑みを浮かべる金髪の美少年。その腕の中ですやすやと眠る赤ん坊。レミエルの記憶に残る俺達の姿。今でもはっきりと思い出せる。

「私の腕の中で眠っていた貴方は、話に聞いていたような恐ろしい問題児には見えませんでした。それでも周囲の大人達は、剝《む》き出《だ》しの恐怖を貴方にぶつけてくる。その時に私は思いました。この子は私が守る——守らなきゃいけないんだって」

そう語ったときの彼の穏やかな笑顔。俺を守り通したという誇りと、それを俺本人に打ち明けているという恥ずかしさ。それらが入り交じった、こそばゆくなるような感覚——

やめよう。思い出すには辛《つら》すぎる。

聖域という名の牢獄で俺と唯一心を通わせ、俺の唯一の窓だった彼。後に『刻印に触れる四大天使』となり、ガブリエルの称号を得ることになる彼。

結局、俺は彼の人生さえも狂わせた。

それだけは、どんなに悔《く》いても悔やみきれない。

5

トレヴィル砂漠の北東にある町トレドに到着したアンガスは、自走車《オートムーヴ》にセラと姫を残し、一人で町の本屋に向かった。

乾燥した土地にあった唯一の井戸。そこに旅人が集まり、やがて商品の交換をするようになった。そうやって出来た町が交易《トレド》だった。町といっても規模は小さく、直径一リントの円にすっぽりと収まってしまう。横切るのに、徒歩でも十分とかからない。全人口は五百人ほどと聞いているが、そんなに人が住んでいるようには見えない。店は閑散としており、通りにも人影はまばらだった。路面は乾き、ひび割れ、あちこちに砂の吹《ふ》き溜《だ》まりが出来ている。

トレドの本屋は砂まみれのアンガスを胡散臭《うさんくさ》そうに眺めたあげく、彼の持ち込んだ本にとんでもない安値をつけた。それはアンガスにとって、到底納得のいく額ではなかった。

「『真ラジエルの書』の完本ですよ？　愛書家に売れば、五万ギニーは下らないはず。それがたった三百なんて、そんな馬鹿な話がありますか」

「なんだ坊主《ぼうず》、オレをかつごうってのか。『真ラジエルの書』の完本だって？　コレのどこがだよ？」

「僕だって貴方みたいな真贋《しんがん》の区別も出来ない人に、こんな稀少本売りたかないですよ。でも仕方がない。三万ギニーでいいです」

「お慈悲で五百出してやるよ」親爺《おやじ》はニヤニヤ笑いながら言った。「たとえ寄せ集めのニセ物でも欲しがる奴《やつ》はいるからな。五百でなら買ってやる。それ以上は無理だ。嫌なら他を当たりな……といっても、トレドの本屋はここだけだけどな」

それから一時間近く。交渉を試みたが、無駄だった。足下を見ることに長《た》けたゴウック親爺は、ついに五百ギニー以上の金額を言わなかった。

「もういい」

アンガスは『真ラジエルの書』を布袋にしまった。

「これを五百ギニーで買い叩《かたた》かれたと知れたら、僕が師匠に殺される」

「そうかい、好きにしな」親爺は意地悪く笑った。「けど今夜の汽車を逃したら、次に町を出るのは来週になるぜ？　そこんとこ、よぉく考えて出直してこいや」

アンガスは親爺を睨みつけると、物も言わずに店を出た。

怒りにまかせてずんずんと歩いた。セラ達が待つ町外れに近づくにつれ、だんだんと気分が落ちこんできた。今夜の汽車に乗らなければ、遺跡に放置してきた無法者達《アウトロー》に追いつかれる恐れがある。また姫がやっつけてくれるとは思うが、町中で騒ぎは起こしたくない。しかし今ある手持ちでは二人分の切符は買えない。本を売る以外に金を稼ぐ方法をアンガスは知らなかった。

この結果を報告したら、姫は嬉々《きき》として「このまま自走車《オートムーヴ》でバニストンを目指そう」と言うだろう。とんでもない話だ。あんな悪魔の乗り物に乗るのはもうゴメンだ。それにセラが燃料の残量を気にしていたのも気がかりだった。自走車《オートムーヴ》の燃料は燃石《バニストン》でなく燃油《バーニル》だ。自走車《オートムーヴ》で隣町を目指したとしても、途中で燃料が切れたら、それこそ目も当てられない。とはいえ、この町で燃油《バーニル》を売っているかどうかも怪しい。かりに売っていたとしても、金がなければそれを買うことは出来ない。

どうすればいいのか。考えながら歩いているうちに、町外れまで戻ってきてしまった。彼の姿を見つけたセラが自走車《オートムーヴ》のシートの上から嬉しそうに手を振る。アンガスはため息をつき、彼女達の所に戻った。

話を聞き終えた後、姫はゆっくりと口を開いた。

「本が金にならないとなると、残された手段はただ一つ《ひと》――」

「汽車のタダ乗りは犯罪です」間髪を入れず、アンガスは言った。「本屋の親爺を締め上げるのも気が進みません。もっと平和的な解決方法を探しましょう」

「どうしてそうなる？」

セラの膝に置かれた『本』の上から、姫は憮然とした表情でアンガスを見上げた。

「もう少しまともな想像は出来んのか？」

「姫の案は迅速に力に訴えるものと相場が決まっています。けど誰も『本』が暴力を働いたとは思いません。実際に罪に問われるのは僕です。この若さで賞金首になるのは嫌です」

「安心しろ」姫は剣呑《けんのん》な笑顔を浮かべた。「賞金首になる前に私が黒こげにしてやろう」

「暴力反対」とアンガスは首を引っ込めた。「じゃ、どうしようというんですか？」

「自走車《こいつ》を売るんだ」

そう言って、姫は残念そうに首を振った。

「売るには惜しいがな」

「けど――」アンガスはセラの顔を見た。「自走車《オートムーヴ》の所有者はセラです。それを僕らが勝手に売り飛ばすわけにはいかない――」

そこでセラがブンブンと首を横に振った。彼女はアンガスを見て、姫を見て、今度は頷く。

「お前を待っている間にセラと話し合った」と姫は言う。「元々は悪党どもがどこからか盗んできた代物だ。あまり長く乗っているわけにもいかん。足がつくとやっかいだしな」

「話し合うって……」口の利けないセラとどうやって？　と言いそうになり、アンガスはその言葉を飲み込んだ。それを言ってはセラを傷つける。

「売ってもいいんですか？」

アンガスの問いかけに、セラはにっこりと笑って頷いた。

「わかりました」

彼は本が入った布袋をセラに預けた。

「途中に鉄屑屋《ジャンク》がありました。ひとっ走りして、誰か呼んできます」

「その必要はない」姫は前方を指さした。「セラ、自走車《オートムーヴ》を出せ。アンガス、道案内をしろ」

「えぇぇ――？」

「早くしろ、置いていくぞ」

アンガスが乗るのを待って、セラはアクセルを踏み込んだ。爆音がアンガスの悲鳴を飲み込んだ。

二人と一冊を載せた自走車《オートムーヴ》はトレドの鉄屑屋《ジャンク》に乗りつけた。出迎えたのはガタイのいい大男だった。身につけているのは古いオーバーオールだけ。盛り上がった胸襟と逞《たくま》しい二の腕が嫌でも目に入る。

そんないかつい容姿にもかかわらず、彼は時間をかけて丁寧に自走車《オートムーヴ》を検分した。待つこと小一時間。ようやく自走車《オートムーヴ》から目を離し、鉄屑屋《ジャンク》は口を開いた。

「これは盗品だな」

嘘《うそ》を言っても始まらない。アンガスは正直に答えた。「墓泥棒に名誉を傷つけられたので、その代償としていただいてきました」

屑鉄屋《ジャンク》は無表情にアンガスを眺めおろした。

「名誉を傷つけられた？」

「好事家に売り飛ばしてやると言われました」

男の細い目がさらに細く絞り込まれた。いかつい顔がますます険《けわ》しさを増す。思わず「ごめんなさい」と謝りそうになった時、

「やるな――坊主」

男は豪快に笑い出した。

「いい度胸だ。気に入った」

「は……？」

「盗品だろうが何だろうが、バラしてしまえばこっちのもんだ」

屑鉄屋《ジャンク》はずいっと右手の五指を開いた。

「五万ギニーで買おう」

かくして予想以上の大金を手にしたアンガスは、その全額をセラに手渡した。

「これは君のものです」

セラは首を横に振って受け取ろうとしなかったが、そこはアンガスも譲らなかった。

「もちろん約束通り、師匠の元には連れていきます。でもそれからどう生きるかは君の自由です。だから持っていてください。どんな人生を選択しようと、お金は必ず必要になりますから」

「今のお前のようにな」横から姫が口を出した。「格好つけてないでさっさと貸して貰え。早くしないと汽車が出てしまうぞ」

その通りだった。アンガスはセラに紙幣の束を渡し、勢いよく頭を下げた。

「すみません！　バニストンまでの切符代、貸してください！」

借りた金で切符を買い、アンガスとセラは汽車でトレドを後にした。次の夜はファゴートで宿を取り——もちろん宿代はセラから借りた——その翌日、バニストン行きの汽車に乗る。墓荒らしの男達が追ってくるのではないかという懸念は、幸いなことに杞憂《きゆう》に終わった。

彼らを乗せた水蒸気関車《スチームモーティヴ》は森林地帯を抜け、やがてトウモロコシ畑が広がる丘陵地帯へと入った。汽車に揺られながらもう一泊し、翌日の昼過ぎ、ようやくバニストンに到着した。

三等客車のタラップからプラットホームに降りたアンガスは、傍《かたわ》らに立つセラに呼びかけた。

「疲れたでしょう？」

セラは物珍しそうに駅舎を見回している。どうやら大都市にくるのは初めてらしい。

バニストンは水蒸気関《スチームモーター》の発明者であるウィリアム・ロックウェルが、世界で初めて鋼鉄道路《レイルウェイ》を引いた街だ。それまでは燃石《バニストン》坑しかなかったこの街に、燃石《バニストン》を燃料とする水蒸気関車《スチームモーティヴ》が走り始めてから、およそ百年。バニストンは四本の鋼鉄道路《レイルウェイ》が乗り入れるソリディアス大陸最大の都市へと成長した。

街の中央を流れるソイ川。その北側には燃石《バニストン》坑で栄えた旧市街が、南側には新市街の華やかな家々が建ち並ぶ。バニストンには北と南に駅舎があるが、二人が到着したのは新しい駅舎、バニストン南駅の方だった。

駅舎の待合室の壁には、大きなスタンプが描かれていた。セラは物珍しそうにそれを眺めていたが、やがてアンガスの服の袖を引っ張った。彼女はスタンプを指さし、幾度も首を傾げてみせる。

「スタンプを見るのは初めてですか？」とアンガスは問いかけた。「西部出身なのかな？」

セラは困ったように眉根《まゆね》を寄せたが、すぐにまた興味深そうにスタンプに目を戻した。

スタンプの正体——それは白と黒の模様《パターン》である。だから目の焦点を合わせさえしなければ、ただの幾何学的な模様にしか見えない。だがこの模様《パターン》、見た者に幻影《ヴィジョン》を見せる作用があるのだ。

「スタンプの原理は本と同じなんです。天使族の遺産である本の技術を研究した結果、得られたのがスタンプです。でも本と違って構造が単純だから、視覚にしか作用しないし、個人差も生じてしまう」

そこでアンガスは壁のスタンプに目をやる。

「たとえばこのスタンプ。共通して喚起されるイメージは『母親』です。つまりこれを見た人々は、自分がイメージする母親像を頭の中で合成するわけです。ある人の目には金髪の美人に見えるし、別の誰かには丸顔のおばさんが見えるという具合です」

アンガスはセラの手を取り、歩き出した。

「東部の主要都市では、スタンプは看板や広告に一般的に利用されてます。それ専門の看板屋もいるくらいです。もちろんバニストンも例外ではありません」そこで彼はくすっと笑った。「なにしろすごい数だからね。きっと驚くと思うな」

二人は南駅舎を出た。街にやってきた者とそれを出迎える者で駅前広場はごった返していた。宿の客引きをする者、菓子や土産物を売る者などが呼び声高く行き来している。鋼鉄道路《レイルウェイ》の脇では貨物列車から荷が降ろされている。それを引き取りに来た業者の馬車が所狭しと並んでいる。

駅舎周辺を馬に乗った男達が巡回していた。水平二連銃を持ち、胸に金色のバッジをつけている。バニストンの市保安官《シティ・マーシャル》達だ。

回転式六連発銃の発明以降、凶悪化した犯罪者から街を守るため、東部の各都市は独自の法を制定した。そしてそれを順守させるため、市保安官《シティ・マーシャル》という肩書を作った。その後、広範囲を移動する犯罪者を捕らえるため、東部の主要都市間では協定が結ばれた。東部主要都市の市長による議会、通称東部連盟《イースタンリーグ》の誕生である。東部連盟《イースタンリーグ》は騎兵隊と呼ばれる軍を組織し、東部一帯の治安維持に当たらせていた。

現バニストン市長であり、東部鋼鉄道路社《イースタン・レイルウェイ》の頭取でもあるマイケル・ロックウェルは、東部連盟《イースタンリーグ》の代表をも兼任する人格者だった。彼は街の治安を重んじて、市内での銃火器の携帯を一切禁止していた。そのため、これだけの大都市にもかかわらず、バニストンの犯罪率は他の町に較べて非常に低い。つまりバニストンにいる限り、無法者達《アウトロー》は手が出せない。それがアンガスがセラをここに連れてきた理由の一つだった。

雑踏の中ではぐれてしまわないように、アンガスはしっかりとセラの手を握った。苦労して人混《ひとご》みをかき分け、メインストリートに出る。

途端、幾つものスタンプ看板が目に飛び込んできた。道の両脇にはテラスのついた二階建ての家が並ぶ。庇《ひさし》の上に据えられた看板では、肉屋の親爺が肉切り包丁をかまえてポーズを決めている。向かいの酒場が掲げる看板からは美女がグラス片手にウインクする。その隣にある旅宿の看板では男がベッドの中で寝息を立てており、飯屋の扉では分厚い焼きたてステーキが美味《うま》そうな湯気を上げていた。

あちこちスタンプだらけだった。どこを見ても、何かしらの看板が目に入る。初めてこの街を訪れた者の中には、あまりのスタンプの多さに目を回し、倒れる者も少なくない。これを東部の者達は「スタンプ酔い」と呼んで揶揄《やゆ》する。「スタンプ酔いする奴は西部の田舎者《いなかもの》」というわけだ。

アンガスに手を引かれて道を歩きながら、セラは休む間もなくキョロキョロとあちらこちらに目を向けている。このままでは本当にスタンプ酔いしかねない。

「あまり見過ぎると目を回すよ？」アンガスはやんわりと注意した。「焦点を合わせないようにするんです。慣れれば自然に出来るようになるけど、もし無理そうなら、最初は下を向いて歩くといい」

セラはちょっと残念そうな顔をしたが、素直に頷いた。彼女は自分の爪先《つまさき》を見ながら歩き、アンガスはその手を引いて、デイリースタンプ新見聞《ニュースペーパー》社を目指した。

デイリースタンプ社。新見聞《ニュースペーパー》というものを初めて作った会社だ。その代表であるエイドリアンは、超一流の修繕屋として名高いアルスター・リーヴに学んだ腕のいい修繕屋だった。しかし彼女は本を修繕することよりも、スタンプの方に興味を持っていた。一枚の紙にどれほどの情報を載せることが出来るか。その限界に挑戦していた彼女は、ついに画期的な方法を編み出した。それまでは横方向にしか描かれなかったスタンプコードを、縦にも斜めにも描くことに成功したのだ。

本屋を営む傍ら、彼女はその技術を駆使し、バニストンでの出来事を一枚の紙に綴《つづ》った。そしてこれを新見聞《ニュースペーパー》と名付け、なじみの雑貨店や酒場に置いて回った。元はといえば、街の人々に共通の話題を提供出来たら面白かろうという一種の道楽のようなものだった。しかしその反響は、彼女の予想をはるかに上回るものだった。

新見聞《ニュースペーパー》は配る端《はし》から持ち去られ、「自分も読みたい」と言う要望が相次いだ。その声は日増しに高まり、ついには「金を出してでも買いたい」という者達が彼女の本屋に殺到するようになった。

そこで彼女は本屋を人に譲り、自分はデイリースタンプ社を設立。ロバート・ラスティが考案した輪転印刷機を導入し、新見聞《ニュースペーパー》を大量印刷し始めた。新見聞《ニュースペーパー》は徐々にその発行部数を増やし、ついには駅舎の待合室でも売られるようになった。

結果、新見聞《ニュースペーパー》はあっという間に東部各地へと広まった。新見聞《ニュースペーパー》は東部一帯の庶民にとって貴重な情報源となり、また安価に入手出来る気軽な娯楽として、生活に欠かせないものとなったのである。

その新見聞《ニュースペーパー》の考案者であり、デイリースタンプ新見聞《ニュースペーパー》社の代表を務める女傑。それがエイドリアン・ニュートン――アンガスの師匠である。


デイリースタンプ新見聞《ニュースペーパー》社は、メインストリートから通り二本外れたラムストリートにあった。二階建ての木造家屋。二階は事務所兼製版所、一階は印刷所になっている。輪転機の回る軽快なリズムが建物の外にまで響いてくる。

アンガスはセラを伴って外階段を上った。

スイングドアを開く。まず目に入ってきたのは壁に所狭しと貼《は》られた『賞金首情報《ウォンテッド》』だった。凶悪な似顔絵がずらりと並ぶ。その下にあるスタンプに目をやると、彼らの通り名と罪状をしめす幻影《ヴィジョン》が立ち上がってくる。

柵《さく》を壊し、馬を盗もうとしている男の幻影《ヴィジョン》。通り名は『馬泥棒《ホースローダー》』。スタンプの下に引かれた線は賞金額を表す。三本の縦線なら三万ギニーだ。

その隣では羽根飾りをつけた六連発が金バッジの男を撃ち倒している。保安官射殺容疑で手配されている男。通り名は『羽根つき回転銃《フィン・リボルバー》』。横線三本は賞金額が三十万ギニーであることを示している。

さらに隣。似顔絵の下に描かれた複雑なスタンプからは、燃える列車と目にも留まらぬ早撃ちでその乗客達を撃ち殺す六連発の幻影《ヴィジョン》が立ち上がる。列車強盗と殺人容疑で手配されているこの男。通り名は『血の早撃ち《レッド・デッドショット》』。縦並びの二つのバツ印は史上最高の賞金額二百万ギニーを表し、その赤い色は『生死を問わず《ウォンテッド・デッド・オア・アライブ》』であることを意味していた。

そんな凶悪犯達の幻影《ヴィジョン》に背を向けて、職人達が働いていた。タップを忙しく動かし、新見聞《ニュースペーパー》の原版を作っている。

タップはスタンプを描くための道具だ。素材は硬くて歪みにくいオード材。この木版には大小様々な点と線と四角形の模様孔《パターンこう》が切ってあり、通常は三枚を一組にして用いる。

スタンプはこれらの図形を組み合わせることにより描かれる。その組み合わせは複雑かつ多様で、線を一本引き間違えるだけで、その情報は意味をなさなくなってしまう。ゆえにタップを使いこなすには熟練した手腕が必要となり、実際にスタンプコードが引けるようになるまでには、十年の修業が必要と言われている。デイリースタンプ新見聞社《ニュースペーパー》では超一流の職人が十二人働いているが、これだけの人材を集められたのも、代表者であるエイドリアン・ニュートンの人望あってこそだ。

来客にも気づかず黙々と働き続ける職人達。その中に白髪交じりの髪をひっつめた女性を見つけ、アンガスは声をかけた。

「明日の一面記事はなんですか?」

女がぱっと顔を上げた。

着ているのは他の職人達と同じ白い綿シャツと綿のズボン。その上にインディゴ染めの大きなエプロンをつけている。白い肌に枯れ草色の髪、灰色の切れ長の目、ずり落ちた丸眼鏡《めがね》を押し上げながら彼女は答えた。

「エヴァグリン連盟保安官《リーグ・マーシャル》、ミースエストに騎兵隊を召集。フリークスクリフ攻略、本格始動」

彼女は立ち上がり、アンガスの傍までやってくる。女性にしては背が高い。彼よりも拳一つ分ほど上だ。彼女はアンガスの髪をくしゃくしゃとかき回した。

「ちくしょう、また背が伸びたね? この分じゃ、追いつかれるのも時間の問題だな」

「ご無沙汰《ぶさた》してます」

「まったくだよ。三ヵ月も音信不通で、いったいどこまで行ってたんだい」

「東海岸を回ってサウザンスーラまで行って、それからトレヴィル砂漠を探索してきました」

アンガスはちらりと背後に視線を送った。そこには所在なさげにセラが立っている。それに気づいたエイドリアンが小首を傾げた。

「その連れは？」

「セラといいます」そう言って、アンガスはセラを振り返る。「この人は僕の師匠のエイドリアン・ニュートン。その名を聞くだけで、どんな悪党も裸足《はだし》で逃げ出すバニストンの女傑です」

エイドリアンはタップで彼の頭をパコーン！　と叩いた。「過大表現はおやめ」

「いたたたた……」

硬いオード材、しかも三枚重ねの衝撃にアンガスは頭を押さえてうずくまる。その頭ごしにエイドリアンは手を差し出した。

「よろしく。エディって呼んでおくれ」

セラはおそるおそるその手を握った。それから、困ったように口をぱくぱくさせる。

「声が出ないんです」とアンガスが代弁する。

「おやおや、そりゃ難儀だね」

「しばらくの間、彼女を保護してくれませんか？」

「保護って、事件絡みかい？」

エイドリアンは綿シャツの胸ポケットから紙巻き煙草を取り出した。銘柄《めいがら》は『クールウォーター』。ミントの香りのする煙草だ。

「理由は聞かせて貰えるんだろうね？」

「長くなりますが――」アンガスは事務所を眺めた。「今、お時間いただいても大丈夫ですか？」

エイドリアンが一声かけようと事務所を振り返る。と同時に一番奥の席で作業していた男が言う。

「エディ、煙草は外でお願いしますよ」

「はいはい――だってさ。じゃ、行こか」

エイドリアンはセラを促して事務所を出ていく。

気を利かせて声をかけてくれたのは、灰色の髪をした男性アンディ・パーカー。デイリースタンプ社を支えるエイドリアンの右腕だ。彼にぺこりと頭を下げてから、アンガスは二人の後を追った。


エイドリアンは外階段を上り、屋上に出た。素焼きの壺《つぼ》と木の椅子《いす》がぽつねんと置いてある。どうやらここが彼女の喫煙所になっているらしい。

「なるほどねぇ」

セラと出会った経緯を聞き終え、エイドリアンはマッチを擦《す》って五本目の煙草に火をつけた。ふーっと煙を吐き出してから、セラに目を向ける。

「聞いてもいいかな？」

セラはおずおずと頷く。

「『スタンダップ』の呪文を言わなくても、本って読めるの？」

ちょっと首を傾げてから、セラは小さく頷く。

「見せてもらってもいい？」と言いつつ、エイドリアンはアンガスに手を出した。その意を汲んで彼は、彼女の掌《てのひら》に『真ラジエルの書』を置く。エイドリアンは本の表紙を一目見て、ヒュ～と口笛を吹いた。

「こりゃすごい」

それを今度はセラに手渡す。セラは本の表紙に手を当てた。『スタンダップ』と口を動かし、ゆっくりと本を開いた。

本から立ち上がる幻影《ヴィジョン》は画像だけではなく、聴覚や触覚、味覚や痛覚さえも再現する。歌手が素晴らしい歌声を披露する歌本もあれば、きらびやかな舞台が現れる演劇本もある。特に真ラジエルによって描かれた演劇本は秀逸だ。彼の本からは複数の登場人物が現れ、歌や踊りや音楽、見事に装飾された劇場までもが目の前に再現される。

驚きと歓喜にセラの顔が輝いた。紅茶色の瞳が細かく揺れている。虹彩《こうさい》の微細振動は本を読んでいる者の特徴だ。どんな輝かしい舞台が彼女の目に映っているのか、残念ながら彼女にしかわからない。本はその表紙に手を当てて「スタンダップ」を唱えた者にしか読めないのだ。

「セラ？」とエイドリアンが呼びかけた。

返事はない。食い入るように本を見ている。もはや本以外のものは目にも耳にも入らないらしい。

「師匠の説が証明されましたね」とアンガスは言った。「『スタンダップ』の呪文は本に作用しているのではなく、それを口にした人間の脳に作用している。本を読むための催眠効果が得られれば、必ずしも『スタンダップ』の言葉を発する必要はない」

「まぁね」

あまり興味なさそうにエイドリアンは応《こた》えた。

「そんなことよりも――」と言って、彼女は姫に視線を向ける。「この子、なんで姫が見えるんだろう？」

エイドリアンは姫を見ることが出来る。しかも姫を一人の人間として認めてくれている。『本』に宿る人格。それを全面肯定してくれるエイドリアンは、アンガスにとって、心から信頼出来る数少ない協力者の一人だった。

とはいえ、エイドリアンも最初から協力的だったわけではない。彼女は生まれも育ちもバニストン。迷信深い西部の人間とは違って、伝説や精霊など信じない超現実主義者だった。しかも彼女は修繕屋であり本屋でもあったので、一般の人々よりもずっと多くの本に接してきた。

だから当初、彼女は信じなかった。「スタンダップ」なしに現れ、自らの意思を持ち、自由に会話をする『本』などあり得ないとまで言い切った。

そこでアンガスは言い返した。

「なら、見せてあげますよ」と。

その時のことを思い出し、アンガスは右目を押さえた。売り言葉に買い言葉とはいえ、恐ろしいことをしたものだ。『夢は自らの力で叶《かな》えるもの』と信じているエイドリアンだからこそ大事には至らなかったものの、最悪の場合、ケヴィンの二の舞になっていたかもしれないのだ。

「アンガスが見せるわけないしねぇ」

エイドリアンの声に、アンガスは慌てて首を横に振る。

「あんな真似《まね》はもう二度とゴメンです。思い出すだけでもゾッとします」

「でも姫が見えるってことは、どこかで生きた文字《スペル》に触れたってことだよね？」

「その通りだ」と姫が答えた。「だが、声が出ないのでは尋ねることも出来ん」

「タップが使えりゃ話は早いんだけど、素人が簡単に扱えるもんじゃないしね」

エイドリアンはタップで自分の肩をポンポンと叩いた。

「でも彼女、以前は話せたんじゃないかな？　口の動かし方が正確だしね。『スタンダップ』の呪文にしても、前に口にした経験があるからこそ、声を出さなくても暗示にかかるんじゃないのかな」

「だとしたら文字《スペル》に触れたのが原因で、声が出なくなったのかもしれんぞ？」

「可能性はあるよね。証拠はないけど」

「しかし、偶然とも思えない」

「文字《スペル》は人の精神に害を及ぼす」独《ひと》り言《ごと》のようにアンガスは言った。「生きた文字《スペル》に触れた子供が精神的なショックを受けて、失声症になったとしても不思議はない」

「おや、また物知りアザゼルが憑依《ひょうい》したね？」

冷やかすようなエイドリアンの言葉に、アンガスは唸り声を上げた。

『物知りアザゼル』は西部に伝わる伝説の一つだ。

昔、どんな質問にも答えられるアザゼルという男がいた。人々は彼に尋ねた。どこに畑を作ればいいのか。牛の病気の原因は何か。それらの問いに、アザゼルはいつも正しい答えを出した。

アザゼルは皆の尊敬を集めた。人々は彼を『神の使者』と呼んで崇《あが》めた。

それに恐れをなしたのは時の権力者だった。

彼はアザゼルを呼び出し、問いかけた。

「この世界はどうして生まれたのか？」

「女がそれを望んだからです」

「我々はどうして生まれたのか？」

「女がそれを望んだからです」

「では、この世界はどういう終わりを迎えるのか？」

「未来は秘匿されるべきもの。それを知ってしまったら、人々は生きる希望をなくしてしまいます」

「お前にも答えられないことがあるのだな？」

「お答えすることは出来ます。でも、それを知った者は死なねばなりません」

権力者はアザゼルの言葉を信じなかった。ただの言い逃れだと思ったのだ。

「かまわぬ。申してみよ」

アザゼルは答えた。それを聞いた権力者はその場に倒れ、死んでしまった。同じことが起こることを恐れたアザゼルは一人、不毛の荒野へと去り、その後、彼の姿を見た者はいない。

そんな、たわいない昔話だ。

しかし西部に住む者達の中には、アザゼルは神の使いだったと信じる者が少なくない。アザゼルは今も生きていて、世界が危機に瀕《ひん》した時、再び現れてこの世を救うのだと彼らは言う。

アンガスには生まれつき、自分のものではない記憶があった。言葉として知っていても理解出来ない知識が、彼の頭の中に収まっていたのだ。どうしてそんなものが備わってしまったのか、彼自身にも説明は出来ない。しかし分別もなく知識をひけらかせば、間違いなく奇異の目で見られる。だからなるべく口にしないよう心がけているのだが、それでも油断すると、今回のように無意識にそれを露《ろ》呈《てい》してしまう。その様子をエイドリアンは『物知りアザゼルが憑依した』と言ってからかうのだ。

「その言い方、やめてください」

「はいはい、悪かったよ」

エイドリアンは煙草をもみ消しながら、横目でセラを見た。

セラは二人の会話などまったく耳に入らない様子で、ひたすら本を読みふけっている。

「こりゃたいした読本中毒《リーディングジャンキー》だ」

エイドリアンは愉快そうに笑った。椅子から立ち上がり、セラの肩をぽんと叩く。ようやく本から顔を上げたセラに、彼女は言った。

「そこで『ブックマーク』だよ、セラ。続きは帰ってからにしな」

セラの表情が不安げに曇った。それを払拭《ふっしょく》するように、エイドリアンは笑ってみせる。

「あんた、修繕屋になるつもりはないかい？」

修繕屋とは、本の修繕を生業《なりわい》とする者達のことを言う。現存する本はすべて天使族によって作られたものだ。ゆえに本は時代を追うごとに壊れ、失われていく。名のある天使が作った完本はとても高価で、庶民にとっては高嶺《たかね》の花だ。それでも人々は本を求める。話が切れ切れでも、ページが抜け落ちていても本を読もうとする。

そこで活躍するのが修繕屋だ。彼らは壊れた本を集め、つなぎ合わせ、欠けた部分をスタンプで補修して一冊の本を作る。けれど下手な修繕屋が直すと、女性の語り手が途中から男性になってしまったり、妙齢の美しい女性がドスの利いた声で話し始めたりという齟齬《そご》が起きる。

本を生かすも殺すも修繕屋の腕次第。ただタップが扱えればいいというものではない。だからこそエイドリアンは決して妥協を許さない。幼い頃からタップの使い方を習い、十一歳にしてすでにベテラン職人顔負けの技術を修得していたアンガスでさえ、彼女のお墨つきを貰うには三年もかかった。

「タップの使い方を覚えればスタンプが描ける。スタンプはあんたの声になって、あんたの意思を伝えてくれるよ。本の修繕を覚えれば、食いっぱぐれることもないしね」

そこで彼女は片目をつぶってみせる。

「それに本の修繕屋になれば、どんな本も読み放題だよ？」

セラの瞳が輝いた。本を閉じ、幾度も頷く。

「決まりだね。今日からウチに来な。ヴィッカーズって本屋の裏だ。場所はアンガスが知ってる」

問いかけるようなセラの視線に、アンガスは頷いてみせた。

「ただし条件がある」と言うエイドリアンの声に、セラは慌てて彼女に目を戻す。

「模様《パターン》が読めるかどうか。これはセンスの問題だ。センスのない者に模様《パターン》は読めない。模様《パターン》が読めない者に修繕屋は無理だ」

わかるかい？　とエイドリアンが問う。セラは真剣な表情で頷く。

「まずはとにかく本を読むこと。本を読んで、その後『スタンダップ』を唱えずに本を開き、文様を眺める。それを繰り返すと、だんだんと模様《パターン》が読めるようになってくる。とりあえず、店の本を片《かた》っ端《ぱし》から読んでみな。それで基本の模様《パターン》がわかるようになったら、本格的にタップの使い方を教えてあげるよ」

エイドリアンは親しみを込めてセラの肩を叩いた。

「でも、今日はゆっくり休むこと。アイヴィに頼んで風呂《ふろ》に入れて貰いな。そんな埃《ほこり》だらけじゃ美人が台無しだ」

それからアンガスを振り返る。

「店にセラを連れてって、アイヴィとトムに事情を説明しといてよ」

「わかりました」

「で、お前。今度はいつまで街にいるの？」

セラはハッとしたようにアンガスを見る。彼も一瞬セラを見てから、エイドリアンに目を戻した。

「次の目的地が決まるまでは滞在するつもりです」

「オーケー。それじゃ、姫」

呼びかけて、エイドリアンはショットグラスを口に運ぶ真似をしてみせた。

「久しぶりに、一緒に一杯どう？」

姫はにやっと笑った。

「悪くないな。つき合おう」

「程々にしておいてくださいよ」ため息混じりにアンガスは呟く。「師匠、もういい歳《とし》なんだから」

バコッ！ とアンガスの頭が鳴った。言うまでもない。師匠のタップが一撃したのだ。

「歳のことは言うんじゃないよ、歳のことは！」

6

まだ三歳の俺に、大人達は言った。

「お前は危険だ。影響力が強すぎる」

一個人が持つにはあまりに危険な精神感応力。俺は生まれつき――いや、生まれる前からそれを持っていた。俺が引き起こした悲劇の数々。すべての元凶はそれだったのだ。

毎朝、教育施設で歌わされる『理性』の『鍵の歌《クラヴィスカントゥス》』。俺はそれが嫌で嫌でたまらなかった。最初は口をパクパクさせてごまかしていたのだが、そのうちそれも嫌になった。

俺は歌を拒否した。大人達が宥《なだ》めてもすかしても、頑として言うことを聞かなかった。その影響はすぐに現れた。まずは俺のすぐ下、二歳児達が歌うのを止めた。次は俺の上、四歳児達が大騒ぎをし、歌の時間を台無しにした。その波及効果はすさまじかった。品行方正に育てられた子供達が、たった二日で、自分勝手に泣き喚くクソ餓鬼の集団と化したのだ。

その結果、俺には『首輪』が与えられた。素材は白金《プラチナ》。細かい溝が精緻な模様のようで、見た目も悪くない。けれどこれは精神波を感知し、逆位相の波を出してそれを相殺する。思考犯罪者の精神をネットワークから遮断するために作られた拘束具《リング》だ。

　これを装着された者は自分の精神波をネットワークに送り出すことも、ネットワークから情報を受け取ることも出来なくなる。ネットワークに依存して生きている聖域の住人にとって、それは社会的抹殺にも等しい。

　精神ネットワーク。それはこの聖域全体に張り巡らされたエネルギー網であり情報網でもある。精神ネットワークは電力に変換されて明かりを灯《とも》し、動力に変換されてビークルを動かす。またネットワークにアクセスすれば、部屋にいながら遠くの者と話したり、映像や音楽を楽しんだり、他者と記憶や体験を同期させることが出来るのだ。

　聖域に暮らす者達は、精神感応のレベルで階級が決まっている。下級下位の天使《エンジェルス》に始まり、中位の大天使《アークエンジェルス》、上位の権天使《プリンシパリティーズ》と続く。能天使《パワーズ》、力天使《ヴァチューズ》、主天使《ドミニオンズ》の中級三隊を経《へ》て、上級三隊は下位に座天使《スローンズ》、中位に智天使《ケルビム》、最上位は熾天使《セラフィム》となる。『十大天使』は智天使《ケルビム》以上、『刻印に触れる四大天使』はみんな熾天使《セラフィム》だ。

　彼らはそれぞれの階級に対応したアクセスクリップと呼ばれる器具を耳朶《じだ》につける。これが精神波を増幅もしくは減少させて平均化し、ネットワークに接続出来るようにしてくれるのだ。もちろんクリップを外しておけばネットワークからは遮断され、必要以上に心を盗み見られることもなくなる。でも、ほとんどの住人はクリップをつけたまま生活している。その方が便利だし、なにしろ聖域には犯罪というものがない。勝手に人の心に干渉する者など存在しないと信じられているのだ。

　正確に言えば犯罪者は存在する。けれどネットワークに接続している限り、犯罪は計画しただけで公言したのと同じことになる。思想統一の長であるウリエルが、常時ネットワークの隅々《すみずみ》にまで目を光らせているからだ。

発見された思考犯罪者は捕らえられ、矯正施設に送られる。そこで彼らは『首輪』をつけられ、絶え間なく『理性』の『鍵の歌《クラヴィスカントゥス》』を聞かされるのだ。

俺は三歳でそれをやられた。自動人形《ドール》が延々と『理性』の『鍵の歌《クラヴィスカントゥス》』を歌い続ける隔離部屋に入れられた。頭がおかしくなりそうだった。俺は音《ね》を上げ、泣きながら謝った。

「これに懲《こ》りたら、きちんと歌うのよ」

そう言いながら職員が俺を独房から出し、首輪を外してくれた。けれど数ヵ月後にはまた口パクが見つかり、隔離部屋送りになった。そして歌による洗脳を受け、謝罪して解放される。

これを何度繰り返しただろう。

俺が五歳の時、腹を立てた職員は俺を夜通し隔離部屋に閉じこめた。どんなに泣き叫んでも外には誰もいない。俺は無我夢中で自動人形《ドール》の左手を握り、そこにある記憶回路をショートさせた。

俺は静けさを手に入れたが、その後、首輪は外して貰えなくなった。首輪をしていても、直接接触すれば精神交流は行える。だが誰も俺に触れようとはしなかった。他の子供達が精神ネットワークに接続し、互いの理解を深めていく中、俺は疎外《そがい》されたまま、その様子を眺めているしかなかった。

そんな俺に唯一、精神交流を許してくれた相手。

それがガブリエルだった。

本来、俺達には名前がない。個人を特定する名前は、思想統一の障害になるのだそうだ。だから聖域で名前を持つのはたった十人。聖域は一から二十二まで存在するから、同じ名前の天使が二十二人存在することになる。名前というより、役職名と言った方がいいだろう。

実際、十大天使には、聖域を維持するための重要な役職が与えられていた。その中でも『刻印に触れる四大天使』と呼ばれる四人は、特に重要な役目を担っていた。防衛の長であり『理性の剛腕』と呼ばれるミカエル。医療の長であり『理性の心臓』と呼ばれるラファエル。思想統一の長であり『理性の頭脳』と呼ばれるウリエル。そして司法の長であり『理性の良心』とよばれるガブリエルだ。

十五歳という若さで、彼はガブリエルの称号を得た。平均寿命が百歳近い聖域において、これは驚くべき快挙だった。

あの頃の俺にとって、ガブリエルは唯一の窓だった。俺が得た知識や常識、世界の歴史や物語は、すべてガブリエルを介して見せて貰ったものだ。だが彼は日々仕事に追われ、俺の相手をしている暇はほとんどなかった。誰とも輪になれない俺は、ネットワークに接続されていないのをいいことに、たびたび教育施設を抜け出すようになった。

一度、施設に出入りしているビークルに忍び込んで島の中心部まで行ったことがある。ビークルを降りてから、どこをどう歩いたのか。俺は噴水のある広場に来ていた。周囲の木陰《こかげ》にはベンチが置かれ、そこでは大天使達《アークエンジェルス》が日光浴を楽しんでいた。彼らはみんな夢見るような表情で、『理性』の『鍵の歌《クラヴィスカントゥス》』を口ずさんでいた。

噴水の周囲には鳥達が群れをなしていた。小さな嘴《くちばし》と愛嬌《あいきょう》のある丸い黒い目。体は白灰色で、嘴の周りだけ黄色い。俺が近寄っていっても鳥達は逃げもせず、逆にちょこちょこと近づいてきた。

「エサ・」その中の一羽《わ》が言った。

「エサ・エサ・」と言いながら、鳥達は俺を取り囲んだ。

それまで鳥を間近に見たことはなかったし、これほど多くの鳥に囲まれたこともなかった。だから集まってくる鳥達が怖くて、俺はつい、周囲に助けを求めてしまった。ベンチに座っていた大天使の一人がそれに気づいた。彼は教育施設へと通報し、俺は連れ戻された。

その数日後。ガブリエルと手を繋いだ時、彼は俺の記憶を見て吹き出した。

「わ、笑うなよっ！」

「ごめん……君があまりにもかわいいから、つい」

ひとしきり笑った後、ガブリエルはあの鳥達について話してくれた。

「あれはパロットという愛玩《あいがん》用の鳥なんです。それが逃げ出して、野生化したんですね。特別悪さをするわけではないので放置されていますが……」そこで、またくすくすと笑い出す。「喋《しゃべ》る鳥がそんなに怖かったんですか？」

「だって俺のこと、エサって言ったんだぞ！」

「パロットが喋る言葉はすべて人の口真似《くちまね》なんです。鳥達が『エサ』と言ったのは、誰かがそう言いながら食べ物をやったからでしょう。そう言えばエサが貰えると思っているんです。何も君をエサだと思って、迫ってきたわけじゃありませんよ」

俺は鳥達の様子を思い出した。愛玩用の鳥だというだけあってかわいらしい目をしていた。あの小さな嘴で人を食べるとも思えない。

「じゃ、今度は何かエサを持ってってやろう」

「今度って、また施設を抜け出すつもりですか？」

「だってこれをしてると――」と俺は首輪を指さした。「何も聞こえなくてつまらない」

「もう少しだけ我慢してください。十歳になればここを出て、職業訓練を受けることが出来ます。君には私の仕事を手伝って貰えるよう許らいますから」

彼の言葉に嘘はなかった。だから俺はそれを信じた。精神ネットワークに繋がることが許されないまま五年が過ぎ、俺は十歳になった。

教育施設を出た俺が送り込まれたのは、ガブリエルが働く議事堂ではなかった。与えられた仕事は『薬草園の管理』――たどり着いたその場所は、島の外縁近くにある閑散とした薬草園だった。

7

「じゃ、また後で」

エイドリアンに姫を預け、アンガスとセラは本屋へと向かった。

新見聞社《ニュースペーパー》がある場所から二区画離れたシェリーストリート沿い。たどり着いたのは古びた木造二階建ての建物だった。扉の上にあるスタンプ看板では、重々しい顔をした賢者が分厚い本を読んでいる。扉の右側にはショウウィンドウがあり、そこには白い表紙の本が飾られていた。美しい装丁と、それに相応《ふさわ》しい豪華絢爛《ごうかけんらん》な物語。真ラジエルの演劇本は、今も昔も愛書家の心を摑んで放さない逸品《いっぴん》だ。

木製の扉を開いて、アンガスは店に入った。カランカランとドアベルの音が響く。店内には本屋特有の、埃と湿気《しっけ》とカビ臭さが入り混じった匂《にお》いが漂っている。決していい香りではないのだが、懐かしい匂いだった。

店は奥深い造りになっていた。左右両側の壁は書架になっていて、天井まで目一杯に本が並べられている。店内中央には背の高い書架が据えられ、これにも本がぎっしりと詰めこまれていた。

「おやおや、素敵なお客様だ」

店の一番奥、店番をしていた青年が立ち上がった。茶色の髪に焦《こ》げ茶の瞳。人の良さそうな丸顔に満面の笑みを浮かべている。

「今日はご馳走《ちそう》を作らなきゃな」

「冗談じゃないわ！」

女性の声が降ってきた。店の二階は倉庫になっている。そこには修繕途中の本や、バラバラで読めない本のページなどが保管されていた。その二階に続く階段から、一人の女性が下りてくる。二十代半ばぐらいだろうか。枯葉色の髪に白い肌、灰色の瞳には茶色い斑点《はんてん》が浮いている。

「トム、もう二度とあんたに料理はさせないわよ。どうしてあの材料で、あんな不味《まず》い物が作れるんだか――」

そこで彼女はアンガスに気づいた。

「アンガス！」

彼女は店番の青年を押しのけて、彼に駆け寄った。

「おかえり！　いつ戻ったの？」

「今日の昼に」アンガスは二人の顔を交互に眺めた。「二人とも元気そうでなによりです」

彼は身を引いて、セラを前に押し出した。店の二人に彼女を紹介し、状況を説明する。そして今度はセラに二人を紹介した。

「この人はアイヴィ・アーチャー。この店で本の修繕を一手に担う腕利きの修繕屋です」

「ようこそ、セラ」アイヴィは屈託なく笑うと、両手でセラを抱きしめた。「仲間が出来て嬉しいわ。私のことは姉だと思って、仕事のことでも本のことでも恋の悩みでも、なんでも相談してね？」

「で、奥にいるのがトーマス・ヴィッカーズ。この店の店主です」

アンガスの声に、青年は右手を挙げて見せた。

「よろしく。トムでいいよ」

「トムはエイドリアンのお母さんの妹さんの旦那《だんな》さんのお兄さんの息子さんなんですよ」

「わかんない、普通わかんないから」トムが顔の前で手を振った。「いいよ、ただの遠縁で」

「今夜は歓迎パーティよ！　久々に腕が鳴るわ！」

ぱん！　とアイヴィが手を打った。彼女はセラの手を取って、店の奥へと引っ張っていく。

「でもまずは埃を落として着替えましょ？　お部屋も用意するわね！」

困惑顔で引きずられていくセラに、アンガスは呑気《のんき》に手を振った。

「いってらっしゃ〜い」

「アンガスもよ！」噛みつくようにアイヴィは言った。「そんなカッコで歩き回って、店ん中に砂まき散らしたら、ただじゃおかないからね！」


遺跡で手に入れた本の鑑定をトムに頼み、アンガスは店の裏手へと抜けた。小さな裏庭を挟んで、彼らの住居が建っている。古びて煤《すす》け、なんとなく右側に傾いではいるが、それでもここはアンガスにとって唯一心許せる場所だった。

裏庭の隅《すみ》に造られた衝立《ついたて》、その奥は即席のシャワールームになっていた。底に釘《くぎ》で穴を開けたバケツに水を汲み、フックに引っかける。ぼたぼたと落ちてくる水を浴び、石鹸《せっけん》で髪と体を洗う。最後に頭から水を被って終了。ものの十分もかからない。

体を拭《ふ》き、新しい服を着て、アンガスはほっと息をついた。本にとって湿気は大敵なので、念入りに髪を拭《ぬぐ》う。右目の上にインディゴ染めのバンダナを巻いてから、彼は店に戻った。

店ではトムが、熱心に本の断片を調べていた。

「見てくれましたか？」とアンガスが声をかけると、彼は本から顔を上げ、にっこりと微笑んだ。

「ああ、さすがだね。確かな鑑定眼《がん》だ」

そう言って、調べていた本の欠片を指さす。

「完本の『真ラジエルの書』もすごいけど、こいつもすごい。十三ラグエルの歌本の一部だ」

「あのおばさん。僕は好きじゃないです」

「歌は素晴らしいよ。彼女の発言はともかくね」

トムはカウンターに本を置くと、アンガスに向き直った。

「全部で九万と八千ギニーで買うよ。それでどうだい？」

「交渉成立ですね」

「まいどあり」

トムはカウンターの下から紙幣の束を取り出し、アンガスに手渡した。

それを数え、アンガスは困惑顔で問いかける。

「あの……十万ギニーありますけど？」

「ああ、アイヴィから伝言。バクスターの店に行ってレッドビーンズを百ドランと、ホールド牛のモモ肉を一カロン買ってきてくれって」

「そういうことか。じゃ、僕も」

アンガスは紙幣の束から五千ギニーを抜き出した。

「セラが戻ってきたら渡してください。借りたお金、お返ししますって」

「了解。預かっておくよ」

「それじゃ、行ってきます」

アンガスは街に出て、言われた食材を買って戻ってきた。それを使ってアイヴィは見事なミートローフを仕上げた。パンを焼き、ジャガイモを茹《ゆ》でる。ささやかなパーティの準備がすっかり整った頃、それを見越したようにエイドリアンが姫を抱えて戻ってきた。すでにかなり酒臭い。

食事をしながら、アイヴィはお気に入りの本を入手した時のようにはしゃいでいた。

「明日、髪を切って貰《もら》って来《く》るわ。ジュディの店に寄って服も買わなきゃ！　セラは素材が良いから、磨《みが》けばすっごい光ると思うの！」

賑《にぎ》やかな食卓は久しぶりだった。ここのところ、ずっと乾燥肉《ジャーキー》と堅パンの食事が続いていたので、温かい食べ物は身にしみるほどありがたかった。

みんなよく食べ、よく飲んだ。食事が終わり、テーブルの上が片づけられると、アンガスは荷物の中から一枚の大きな紙を取り出し、そこに広げた。

「ソリディアス大陸の地図です」

アンガスがセラに説明した。それに対し、セラは『知っている』というように頷く。どうやら前にも見たことがあるらしい。気を利かせたつもりだったのだが、こうなると少し気まずい。

世界で初めて地図を作ったのはアルフレッド・スペンサーという男だ。彼は自らの足で大陸中を歩き、各地を計測してまわった。けれど世界は広く、彼一人ですべての土地を網羅《もうら》することは出来なかった。そこで彼は私財を投じ、命知らずな男達を集め、前人未踏の砂漠や山地に送り込んだ。

そうやって作られたのが、このソリディアス大陸地図だ。まだ所々に空白が残るものの、大陸の全体像はかなり明確にされている。

「で？　今回はどこを回ったって？」

ジントニックを片手にエイドリアンが尋ねた。

テーブルに広げられた地図には幾つもの印がつけられている。それは旅の記録だった。どこで何番目の文字《スペル》を手に入れてきたか、これを見れば一目瞭然《いちもくりょうぜん》だった。

「サニディ経由で東から南へ。港町サウザンスーラで二十八番目の『堕落《Corruption》』を発見しました」

アンガスは地図に縦線と横線を引き、数を書き込んだ。さらにその横にタップを当て、スタンプコードを描き込んでいく。

「あと、トレヴィル砂漠の遺跡で十五番目の文字《スペル》『信頼《Trust》』を得ました」

セラは身を乗り出し、今アンガスが描いたばかりのスタンプをじっと見る。砂に埋もれた遺跡の幻影《ヴィジョン》が立ち上がった。その真ん中では虹色の蝶が羽ばたいている。尊敬と感動の入り交じった目でセラはアンガスを見上げた。しかし彼はそれには気づかず、砂漠の縁に情報を描き込んでいる。

「その手前にあったサンディッチ村は砂漠に飲み込まれてなくなっていました」

彼が描いたスタンプからは『砂漠の縁《サンディッチ》』にある井戸が砂に埋もれている幻影《ヴィジョン》が立ち上がる。

「以上です」

アンガスはペンとタップを置いた。追記を終えた旅の記録地図を見て、エイドリアンが呟く。

「そろそろ西の方にも足を延ばさなきゃな」

アンガスは答えずに俯いた。

彼のような白い髪と青い目を持つ者を、西部の一部地域では『天使還《がえ》り』と呼んで忌《い》み嫌《きら》う。場所によっては宿にも泊めて貰えず、食事すら出して貰えない。いつかは西部へ赴かなければならない。そう思いこそすれ、いざとなると決意は鈍る。誰だって石もて追われるのは嫌なものだ。

「さてと——セラ」

突然、名を呼ばれ、セラは驚いたように顔を上げた。テーブルには一冊の『本』が置かれている。

その上で胡座《あぐら》をかいているのは、もちろん姫だ。

「質問していいか？」

姫の問いにセラは頷き、首を傾げる。

エイドリアンがトムとアイヴィに姫の言葉を伝えた。この二人は生きた文字《スペル》に触れたことがない。ゆえに彼らは姫の姿を見ることも、声を聞くことも出来ない。それでも彼らは姫の存在を信じてくれた。いや、正確に言えば、彼らが信じているのは姫ではなくエイドリアンだ。この二人はエイドリアンを、実の両親以上に敬愛しているのだ。

「お前は今いくつだ？」

姫の質問にセラは両手を広げた。一度閉じ、それから右手の指を三本、再び開いた。

「十三歳？」

セラが頷く。

アンガスは意外に思った。もっと下だと思っていたのだ。

「墓荒らし達に拾われた時はいくつだった？」

今度の答えは指が九本。

「ならば覚えているな。奴らと行動をともにする以前、お前はどこに住んでいた？」

何を思い出したのか、セラはきつく下唇を嚙む。その様子を見て、慌てたのはエイドリアンだった。

「無理に答えなくてもいいんだよ。色々と複雑な事情もあるだろうし――」

頭をぶんぶんと横に振って、セラはエイドリアンの台詞を遮《さえぎ》った。彼女は立ち上がると地図の上に身を乗り出し、町の名を示すスタンプに次々と目を凝《こ》らし始めた。

『晴天《サニディ》、推定人口三万人』

『山羊《ファゴート》の毛皮、推定人口四万人。毛織物の一大産地』

そして大陸の北、オルトゥス砂漠にある町に目を向けた時、彼女は息を呑んだ。震える指で、それを指さす。

「アウラだって？」エイドリアンは驚いて立ち上がった。「セラ、あんたアウラの生き残りなのかい？」

アンガスはセラが指さした町のスタンプを見た。

立ち上がったのは一対の翼《アウラ》。塩田《えんでん》の中の小さな町。そこを襲う夜盗。燃える家、倒れ伏す人々。そして最後に廃墟《はいきょ》となった家並みが横たわる。

「夜盗に襲撃されて、住人全員が死亡したっていう……あのアウラ？」

セラは幾度も頷いた。倒れるように椅子に座ると、顔を覆って泣き始める。細い肩がガタガタと震えている。

「泣かないで、セラ」その肩にアイヴィがそっと手を置いた。「ここには怖いことなんて何もないから。安心して、ね？」

声なく泣きじゃくるセラをぎゅっと抱きしめ、優しく呼びかける。

「うんうん、怖かったね。長い間たった一人で寂《さび》しかったね。でも、もう大丈夫。私達が傍にいる。今日はもう寝よう。私と一緒に寝ようね？」

セラは泣きながらも頷き、立ち上がった。アイヴィに肩を抱かれたまま、寝室に続く階段を上っていく。アイヴィは振り返り、私に任せてというように頷くと、セラと一緒に姿を消した。

「いやぁ、驚いたな」

エイドリアンは椅子に座り直した。アイヴィが飲んでいたコーヒーを横から失敬する。

「ああもう、酔いが醒《さ》めちゃったよ」

「そういえば四年前だったね。夜盗に襲われたということになっているけれど、とにかく謎だらけの事件だった」顎をさすりながらトムが呟く。「セラが話せたら、何があったか聞けたんだけどな」

「あの様子じゃ、話せたとしても教えてくれたかどうかはわからないけどね」と言い、エイドリアンは腕を組む。「こうなってくると、セラには意地でもタップの使い方を習得してもらわなきゃ」

「一夜にして滅びた町か」

姫は眉間《みけん》に縦皺《たてじわ》を寄せた。「文字《スペル》の臭《にお》いがプンプンするな」

「決まりですね」アンガスは立ち上がり、指で地図をなぞった。「ウィードまで汽車で行って、そこからは駅馬車ですね。それでもアウラまではオルトゥス砂漠を歩いて横切らなきゃならない。それなりの準備をしてかないと……」

「そう急ぐんじゃないよ」

エイドリアンはゆっくりとコーヒーを飲み干し、それからアンガスに目を向けた。

「発《た》つ前に三ヵ月分の新見聞《ニュースペーパー》を読んでおいき。真実は剣になり、情報は盾《たて》になる。どちらも決してお前を裏切らない。必ず力になってくれるはずだよ」

8

薬草園の管理は作業用の自動人形《ドール》がやる。雑草抜きから収穫まで、すべてがプログラムされている。間違いなく植物が植えられているか。育ち、収穫され、出荷されていったか。俺はただ見守っていればよかった。

簡単な仕事だった。精神ネットワークに繋がることの出来ない子供でも、簡単に出来る仕事だった。けれど俺がここに送り込まれた理由はそれだけじゃなかった。薬草園の中にある家はとても古く、精神ネットワークは断線したまま修理されていなかった。俺は相変わらずアクセスクリップも与えられず、首輪もつけたままだった。にもかかわらず、彼らは俺をネットワークに近づけたくなかったのだ。

ガブリエルは忙しい仕事の合間を縫って顔を出してくれた。彼以外に俺を訪ねてくる者はいなかった。朝から晩まで、誰とも話さない日が続いた。俺は日がな一日、本を読んだり、昼寝をしたりして気を紛《まぎ》らわそうとした。

他にやることもないので、俺は薬草園をうろついた。栽培されている植物の中で、一番の生産量を誇っていたのはトケイソウだった。同心円状に並んだ小さな花弁と、その中央に突き出した磔《はりつけ》台のような雌蕊《めしべ》。名前の通り、時計のような形をしたこの花には、人の記憶を記録する力があった。

このトケイソウから抽出されるセラニウムという精神感応成分を紙に塗布したものが感応紙であり、それにイメージを焼き付けて、製本したものが本になる。トケイソウは本の原材料なのだ。

それ以外にも、化学合成が難しい薬剤を得るために、数々の薬草が植えられていた。俺が朝夕に飲む亜硝酸製剤も、ここの薬草を原料にしているのだと知った。

薬が毒にも劇薬にもなると知ったのはこの頃だ。死んだら楽になれるだろうかと、考え始めたのもこの頃だった。実際に毒草を摘《つ》んで、部屋に持ち帰ったが、それを口にすることは出来なかった。独《ひと》りぼっちは嫌だったが、死はそれ以上に恐ろしかった。

言葉さえ忘れてしまいそうな、孤独な日々が続いた。そんなある日、俺は薬草園の林で意外なものと再会した。

それはパロットの群れだった。こんな場所になぜ鳥達がいるのか。その謎はすぐに解けた。林の梢《こずえ》に彼らの巣があったのだ。彼らはここで卵を産み、子供を育てていた。やがて雛《ひな》が成長し巣離れすると、群れは島の中心へと飛び去っていった。

一人残されて気落ちしていた俺は、翌日、別のパロットの群れがやってきているのを発見した。どうやら彼らは交替で巣を使い、子育てをしているらしかった。鳥達は俺を見ると「エサ」と鳴いて食料をねだった。俺はパンくずや果物を撒《ま》いてやった。鳥達はきゅるる、きゅるると鳴きながらエサをついばみ、腹一杯になると枝にとまって賑やかなお喋《しゃべ》りに興じた。俺はその声を聞き、独りぼっちの寂しさを紛らわせた。

パロットはいい遊び相手だった。ガブリエルの言った通り、彼らはすぐモノマネをした。ラジエルの本の台詞を聞かせてみたところ、奴らはすぐにそれを覚えた。面白がって色々な台詞を教えているうちに、俺は奇妙なことに気づいた。一つの群れに台詞を教えると、いつの間にか他の群れにもその台詞が伝わっているのだ。

「まるでネットワークがあるみたいだな」

「マルデねっとわーくガアルミタイダナ！」

「パロットネットワークだな」

「ぱろっとねっとわーく・ダナ！」

「なぁ、俺も仲間に入れてくれよ」

「くきゅーるるる……」

「そこで鳥言葉になるのはズルいぞ」

俺はパロット達を引き連れて薬草園を散歩した。奴らは俺の頭に乗るのが大好きで、その次に肩に乗るのを好んだ。いくら小型とはいえ、いっぺんに乗られるとかなり重い。「順番に乗れ」と言ったところ、本当に一羽ずつ順番に乗るようになった。鳥のくせに意外と頭がいいらしい。でも「俺の上にフンを落とすな」という命令は聞かなかったから、人の言葉を理解しているわけではなさそうだった。

薬草園は広く、島の縁にまで到していた。外縁にある古い石壁に登ると、眼下に大地を見渡すことが出来た。どこまでも続く赤茶色の大陸。点在する青い湖。浮き島から細く白い滝が落ちていく。吹き上げてくる風が、頬を冷たく撫《な》でていく。

俺は目を閉じ、澄んだ空気を胸一杯に吸い込んだ。パロット達がいっせいに空に舞い上がる。羽ばたきの音に包まれていると、空を飛んでいるような気がした。でも目を開くと俺は一人、島の縁に縫いつけられている。

「翼が欲しい」

灰白色の鳥達が上空を飛び回る。

それに向かって手を伸ばす。

「自由になりたい」

不意に涙が溢れた。

こんなに世界は広いのに、俺を受け入れてくれる場所はどこにもない。こんなに空は広いのに、俺はどこにも行かれない。なぜ人間なんかに生まれてしまったのだろう。俺は鳥になりたい。鳥になって自由に大空を飛んでみたい。たとえいつかは羽ばたき疲れて、落下する運命にあったとしても。

目を閉じて両手を広げた。背中に二つの翼を想像してみた。冷たい風を頬に感じる。吹き上げてくる風が翼を震わせる。

飛べそうな気がした。

本当に飛べそうな気がした。

俺は一歩、前に踏み出した。

「危ない！」

誰かが俺の腰に腕を回し、後ろへ引き倒した。

ガブリエルだった。彼は顔面を蒼白《そうはく》にしたまま、震える手で俺の肩を摑んだ。

「馬鹿なことしないでください！」

彼の手から恐怖と衝撃が伝わってきた。

それで気づいた。俺に翼はなく、空も飛べない。石壁から外に踏み出せば死ぬしかないのだ。

「飛べると思ったんだ」俺は呟いた。「死のうと思ったわけじゃない」

ここを出ていきたかっただけ。自由になりたかっただけ。その思いはガブリエルにも伝わっているはずなのに、彼はわかってくれなかった。

「ラファエルが死にました」

ガブリエルは震える声で言った。

「その後任として貴方を薦める準備が整いました」

その意味を理解するのに数秒かかった。

「俺を四大天使に推挙するって？　本気で言っているのか？」

「本気です。すでに十大天使の中の数人に、承認を取りつけてあります」

彼は俺の体を前後に揺さぶった。

「自由になれるんですよ。こんなことしなくても！」
この時――俺は十五歳になっていた。

第二章

1

一週間後。アンガスはウィード行きの汽車に乗っていた。西に向かう汽車とあって、乗客の姿は少ない。アンガスが座る三等客車にも客は数えるほどしか乗っていなかった。

『本』を抱え、ぼんやりと窓の外に目を向ける。見渡す限りに広がる丘陵地帯。羊や牛がのんびりと草を喰《は》んでいる。そんなのどかな風景も、寂しさを紛らわしてはくれなかった。

バニストンの喧噪《けんそう》が恋しい。旅に出る時はいつもそうだ。あそこは居心地が良すぎる。離れる時はいつも辛い思いをする。

別れ際、駅のホームまで見送りに来てくれたセラの顔を思い出す。彼女は汽車が出る寸前まで、アンガスの手を放そうとしなかった。エイドリアンの所にいれば安心だからと言っても、俯いたままだった。必ず戻ってくるからと言うと、ようやく顔を上げて頷いた。その目からはポロポロと涙がこぼれ落ちていた。

今回の行き先を、セラには話していない。なぜ旅をしているのかも話しそびれてしまった。

アンガスはバンダナの上から右目を押さえた。「なぜ右目を隠してるの?」と尋ねてくる者には、「昔、事故でなくした」と答えることにしている。が、それは嘘だ。眼球は今もこの瞼《まぶた》の下に収まっている。

なぜ右目を隠すのか。本当の理由を知ったら、セラはもう笑いかけてはくれないだろう。別れを惜しんで涙を流すこともなくなるだろう。

疎《うと》まれることには慣れているはずなのに――なぜか心が痛んだ。

2

ガブリエルは俺を、教育と養育の管理者であるレミエルの部屋へ連れていった。

レミエルは老婆だった。それも半端《はんぱ》な婆さんではない。百三十歳を軽く超えているくせに、まだまだ矍鑠《かくしゃく》としている化け物だった。

「待ってたよ」

そう言って、レミエルは顔の皺を増やした。笑ったのだと気づくのに少し時間がかかった。

レミエルはひょこひょこと俺に近づき、あろうことか俺の額に自分の額をくっつけた。そんなことをしてただですむわけがない。俺はぎゅっと目を閉じて、頼むからひっくり返ったりしないでくれ！と、それだけを祈っていた。

レミエルはひょいと額を離した。俺の顔を見上げ、「はいよ。合格」と言う。

俺の隣でガブリエルが安堵《あんど》の息をついた。

これはテストだったのだ。きちんと力を制御出来るか、この婆さん、俺を試しやがったのだ。

「とんでもねぇことしやがる婆さんだな」

「ほほほ……」婆さんは高らかに笑った。「なんとも口の悪い餓鬼だねぇ」

ほっとけ。

「さ、昼ご飯にしよう。そこの悪餓鬼もガブリエルも、緊張してお腹が空いただろう？」

レミエルは俺達に昼飯をご馳走してくれた。薄く切った合成肉を炙《あぶ》って、パンに挟んだだけのシンプルな昼食だった。肉はモソモソしていたし、パンも乾いてパサパサしていたけれど、それは今まで食べたどんな物よりも美味《おい》しかった。一番のスパイスは、もちろんレミエルのお喋りだ。

彼女は話し上手で、婆さんにもかかわらず抜群の記憶力を保《たも》っていた。彼女は俺の生い立ちについても話してくれた。かなり悲惨な話なのに、彼女の話し方がおかしかったので、つい笑ってしまった。俺の隣では「不謹慎ですよ？」と言いながら、ガブリエルも笑っていた。

こんな楽しい食事は初めてだった。これからもずっと、こんな風に楽しく飯が食えたらいいのに。その思いは強く俺の心に残った。

今思えば、あれもレミエルの作戦だったのだろう。もうあの薬草園に戻りたくない。そのためなら、どんな障害でも乗り越えてみせる。そう決意させるために、彼女は俺を昼食に誘ったのだ。

食後、レミエルは白い楕円《だえん》形のピルケースを差し出した。

「持っとき。これはお前さんの命綱だよ」

「命綱？」

「さっき話しただろう？　お前さんの心臓には欠陥がある。心臓移植が出来ればいいんだろうけど、お前さんは精神感応能力が高すぎるからね。他人の細胞を体内に入れたら、拒否反応を起こす可能性が高いんだよ」

そう言われてもピンとこなかった。心臓に欠陥があるということは知っていたが、今まで俺はそれに苦しめられたことはなかった。

「発作が起きたら、この中の薬を二錠《じょう》、舌の下に入れるんだ。軽度の発作ならそれで治まる」

俺はピルケースを受け取ったが、使うことはないだろうと思った。レミエルはそれを察したらしい。腰に手を当てて、俺に顔を近づけた。

「いいかい？　狭心症発作ってのはとても苦しいもんなんだ。ヤバい！　と思った瞬間に錠剤を口に放り込めるようにしておかないと、いざというとき手遅れになるよ！」

「……わかったよ」

彼女の剣幕に押されて、俺は渋々《しぶしぶ》頷いた。

「それじゃ、行こうかね」

レミエルは俺の肩を叩いた。ガブリエルも立ち上がる。

俺は二人の顔を交互に眺め、首を傾げた。

「行くって、どこへ？」

「まさかこれで終わりだと思ったんじゃないだろうね？」レミエルは上目遣いに俺を眺めた。「十大天使がお前さんをテストする。つまり、これからが本番ってことさ」

そうなのか？　と俺は目線でガブリエルに問いかけた。彼はにこりと笑って答えた。

「今の調子で行けば問題ありませんよ」

「……だといいけどな」

「しけた顔しなさんなって！」

レミエルが俺の尻《しり》をぽんと叩いた。

「堂々と胸を張ってお行き。お前さんには少なくとも二人の味方がついてるんだ」


俺達三人はビークルに乗って、島の中央にある議事堂へと向かった。人を圧倒するようにそびえ立つ白亜の巨塔。この建物に『理性』の刻印がある。

この時、俺はまだ刻印というものを目にしたことがなかった。が、一般的な知識として、それが聖域を支えていることは知っていた。刻印は『思考原野』に蓄積された人の思考をエネルギーに変換する。この聖域が過酷な地上を離れて空に浮かんでいられるのも、水耕栽培野菜や合成肉が生産出来るのも、すべて刻印から得られるエネルギーのおかげなのだ。

聖域に生まれた子供達は最初に『鍵の歌《クラヴィスカントゥス》』を覚えさせられる。大勢の人間が同じ歌を歌うことにより、『思考原野』のエネルギーポテンシャルが上がり、刻印からより大きな思考エネルギーを取り出せるようになる……というのが大まかな仕組みらしい。

昔、俺は歌を拒否した。それにより俺はネットワークから隔離された。当たり前だ。強い影響力を持つ人間が歌うことを拒否したら、多くの人間がそれに従うことになる。統一思考の減少はエネルギーの枯渇につながり、聖域の根幹を揺るがす大惨事へと発展しかねない。

今ならそれが理解出来る。だから同じ失敗は二度と繰り返さない。首輪を外し、俺は自由になる。そのためになら何だってする。何だって出来る。

——はずだったんだが。

3

ウィードまでは汽車で丸二日かかった。昔は酪農が盛《さか》んだったこの町も、周辺地域の砂漠化に伴《ともな》い、すっかり様子が変わってしまった。

寂れたメインストリートには空き家が目立つ。埃っぽい道を枯れた草《タンブルウィード》が転がっていく。テラスでは老人達が細々と籠《かご》編みをしていたが、若者や子供の姿は見られなかった。

ウィードは鋼鉄道路《レイルウェイ》の終点だった。さらに西に行くには馬に乗るか、駅馬車を待つしかない。アンガスは後者を選んだ。宿の主人の話では、明後日《あさって》にワイトに行く馬車が出るという。それを待つ間、彼は水や食料の買い足しをしたり、二日遅れで駅に届く新見聞《ニュースペーパー》を読んで過ごした。

宿屋の一階にある飯屋の壁には『賞金首情報《ウォンテッド》』がずらりと並んでいた。デイリースタンプ社に貼ってあった数とは較べものにならない。西部には東部連盟《イースタンリーグ》の手も及ばない。しかも山岳地帯が多く、人口も少ない。ゆえに法の整備もままならず、無法地帯と化している場所が多いのだ。

それにしても朝夕の飯時に「これでもか！」と凶悪犯の顔を見せつけられては食も進まない。出立日の朝もアンガスは大量殺人犯の似顔絵とにらめっこしながら、豆と豚肉のスープを喉に流し込んだ。

支払いを済ませ、宿を出る。町外れには西部方面に向かう駅馬車が何台も停車し、乗り合わせる者達を待っていた。

アンガスが選んだのはオルトゥス砂漠の縁にある町ワイトに向かう馬車だった。御者台《ぎょしゃ》にいる爺《じい》さんに途中下車する旨を伝え、五百ギニーを前払いする。幌《ほろ》付きの荷台に乗り込むと、そこにはすでに二人の子供をつれた夫婦が乗っていた。

「あのお兄ちゃん、頭白い」

子供の一人が物珍しそうにアンガスの髪を指さす。母親が低い声でそれを窘《たしな》めた。彼女はアンガスに向かい、申し訳なさそうに頭を下げる。気にしてませんよというようにアンガスは笑って見せた。家族連れから少し離れた場所に腰を下ろし、荷物と『本』を膝に抱える。

しばらくして、恰幅《かっぷく》のいい中年男が幌馬車に乗り込んできた。日に焼けた褐色の肌。薄くなりかけた黒髪。典型的な西部の親爺だ。肩に下げた荷物袋から木製の測量道具が頭を覗かせている。地図屋の測量士なのだろう。

「ちょっくらゴメンよ」と言って、親爺はアンガスの隣に腰を下ろした。突然の加重に、木製の荷台がギシギシと文句を言う。

「いや〜、暑いなぁ」親爺は汗を拭きながらアンガスに話しかけた。「兄ちゃんはあまり汗かいてねえな？　暑くないのかい？」

気さくに話しかけてくる彼を見て、珍しいなとアンガスは思った。この親爺さん、外見は典型的な西部男なのに白髪頭に偏見ないんだ。それがちょっと嬉しくて、アンガスは彼に微笑みかけた。

「この前までトレヴィル砂漠にいたので、暑さには慣れてしまったみたいです」

「ああ、あそこも砂漠が広がって大変だっつう話だな。まったく、いくら測ってもすぐに地形が変わっちまうんだから、やってらんねぇよ」

ブツブツと文句を言ってから、彼は思い出したように手を差し出す。

「オレはベンジャミン・ファーガソン。ベンと呼んでくれ」

ツン……と嗅《か》ぎ慣れた匂いがした。それはエイドリアン愛飲の煙草『クールウォーター』の匂いだった。田舎《いなか》の測量士には不似合いな煙草だなと思った。

「ア……ンドリュー・パーカーです」アンガスは彼の手を握った。「アンディと呼んでください」

咄嗟《とっさ》に嘘をついたのは、西部出身であることを見抜かれたくなかったからだ。アンガスという名前は、西部山岳地方特有の名前だ。だがアンガスの髪は東部でも稀《まれ》な白銀だ。このお喋り好きな親爺さんには親しみを感じるが、名前と外見の不一致を根ほり葉ほり訊かれるのはさすがに面倒だった。

やがて馬車が動き出した。左手には万年雪を頂くアンスタビリス山脈が見える。その山裾《やますそ》に広がる高原地帯《ハイランド》を、馬車はゴトゴトと登っていく。道の両側には膝丈《たけ》ほどに草が茂っている。川辺では野生の水牛が水を飲んでいる。彼方の草原を野生馬の群れが駆け抜けていく。人も人家も見当たらない。まさに西部の風景だった。

日が暮れかかる頃、駅馬車は井戸のある宿営地に辿《たど》り着《つ》いた。御者の爺さんが火をおこし、乗客達にコーヒーを振る舞った。家族連れの奥さんと二人の子供が夕食のシチューを作っている間に、男達は馬の世話をする。十七歳といえば西部ではもう一人前の男だ。よってアンガスも、暴《あば》れる馬に手を焼きながらその汗を拭き、水を与え、草の生《は》えている場所に連れていった。解放されても四頭の馬車馬はつかず離れず、大人しく草を食べている。よほど人に慣れているのか、逃げ出そうとする様子もない。

レッドビーンズのシチューとトウモロコシのパン、それにコーヒーという夕食の後、奥さんと子供達は幌馬車で眠りについた。男達は交替で見張りにつくことになった。これぐらい小規模な駅馬車となると用心棒も雇えない。自分の身は自分で守れというわけだ。御者の爺さんと測量士のベンが先に横になり、アンガスと夫婦連れの旦那がラッパ銃を片手に火の番をする。

アンガスはラッパ銃を地面に置き、そのかわり『本』を開いて膝に置いた。肩から毛布を羽織《はお》り、膝の上の『本』を覆い隠す。せっかく開かれたのに視界が毛布で遮られ、姫はご立腹な様子だった。

「どうせ誰にも見えやしないのに……」

「念のためですよ」とアンガスは小声でささやいた。「ずっと閉じられているよりはマシでしょ？」

姫はフンと鼻を鳴らしたが、それ以上文句は言わなかった。

コーヒーをちびちび飲みながら、アンガスと旦那は他愛《たわい》もない話をする。夫婦はもともと西部の町ブロムペース出身なのだという。一山当てようと東部に出たはいいものの、馴染《なじ》むことが出来ず故郷に戻るのだそうだ。

「兄さんは東部の人かい？」

「そうです」とアンガスは嘘をついた。「バニストン出身で、今はデイリースタンプで働いています」

「へぇぇ！　まだ若ぃのにすごぃねぇ！」

「いえいえ、まだ駆け出しで。だからこうやって、何か記事を拾ってこいと旅に出されてるんです」

「なるほどねぇ」

「旦那さん、何か奇妙な噂や伝説を聞いたことはありませんか？　どんな話でもいいんですけど？」

「さてねぇ――」男はコーヒーを一口飲んで、ふと思いついたように顔を上げた。「そういや子供の頃、行っちゃいけねぇって言われてた場所があったな。噂によると、そこにはすげぇ綺麗《きれい》な花が咲き乱れてて、とってもいい香りがして、まるで夢のような場所なんだと」

「お花畑……？」アンガスは首を傾げた。「それほど危険な場所とは思えないけど」

「ところがよ、その花畑にゃ一度入ったが最後、生きては出てこられねぇんだと」

「ええ？　どうして？」

「そりゃあ兄ちゃん、生きて戻った奴がいねぇんだから、わかりようがねぇだろ」

「それもそうだな」と膝の上から姫の声がする。もちろん旦那には聞こえていない。「どこにあるのか訊いておけ。もしかしたら文字《スペル》がらみかもしれん」

「面白い話ですね」アンガスはずり落ちた毛布を肩にかけ直した。「その花畑ってどこにあるんです？」

「オレの聞いた話じゃ、ブローミン山の西側ってことだった。かなり岩場を登ったところにあるってさ。山羊を飼ってた奴らはみんな怖がって、その辺りを避けてたもんさ」

「なるほど――」とアンガスが呟いた時。

かすかに地面が震動した。

「おや地震だ」男は言った。「最近多いらしいな」

「そうなんですか？」

「ああ、ウィードの宿で会った奴が言ってた。大きくはねえんだが、とにかく数が多いんだとさ」

そう言って、男は黒々と横たわるアンスタビリス山脈を見上げる。

「昔、イオディーン山が火を噴いたって話。本当なのかね？」

「本当ですよ。今は休火山状態ですが、地下ではまだ火山活動が続いているから、いつ噴火してもおかしくないんです」

「キュウカ？　カザンドウ？　何がなんだかわからんが、兄ちゃん物知りだねぇ」

アンガスは思わず口を押さえた。膝の上から「口は災《わざわ》いの元」と呟く姫の声がする。

「じいちゃんから聞いた昔話ですよ」と彼は取《と》り繕《つくろ》った。もちろん大嘘だ。アンガスの祖父は彼が生まれる前に亡くなっている。話を聞くどころか、顔も見たことがない。

「そうかぁ。年寄りの言うことにゃ間違いねぇからなぁ」

疑うこともなく、男は屈託のない顔で笑った。

「まぁ、子供達が大きくなるまでは、何事も起きねぇでほしいもんだ」

一瞬、答えに窮した後、アンガスは笑ってみせた。

「そうですね」

大陸中に散らばった四十六の文字《スペル》。その中でも『滅日《ホロビ》』以後に出現した文字《スペル》は、悪意に満ちた波動を放出し続けている。それは人の心に作用する。たとえ目に見えなくても、直接触れることがなくても、文字《スペル》はそこに存在するだけでじわじわと人々の心を蝕《むしば》んでいく。このまま文字《スペル》を放置すれば、荒《すさ》んだ人間は互いに争い、殺し合い、やがては滅びてしまうだろう。

なんて話をしても、正気を疑われるだけだよな。

アンガスは冷えきったコーヒーを啜《すす》った。

4

白い楕円形のホール。白一色の無機質な床。椅子も机もない。その中央に十大天使が半円形に並んでいる。誰が誰なのか、正確にはわからない。男も女もいる。一番の年寄りはレミエルで、一番若いのはガブリエルだった。

彼らと向かい合うようにして、俺ともう一人のラファエル候補が立っていた。意外なことに、俺と同じぐらいの年齢だった。橄欖石《ペリドット》の瞳に雪花石膏《アラバスター》の肌。健康的な薔薇色《ばらいろ》の頬。目が合うと、にこりと笑った。男のくせに愛嬌のある、人なつっこい笑顔だった。

「ではラファエル候補の審査を開始いたします」

宣言したのはガブリエルだった。彼は十大天使の中央に立っていた。右手に大きな杖《つえ》を握っている。ガブリエルは司法の長を務める。審査も彼の仕事の一つなのだろう。

「私は認めないわ」

冷たい合成音声が割って入った。

「悪魔の子がラファエル候補だなんて、認められるものですか」

天使達の視線が一人に集中する。銀色の髪をした女性だった。精神波を感知して動く車椅子《くるまいす》に乗り、背後にはぞっとするほど美しい少女と、愁い顔の美少年を従えている。

ガブリエルから聞いたことがある。あの美少女は夜の天使《レリエル》。美少年が昼の天使《シャムシエル》。両方とも自動人形《ドール》だ。となると、彼らの主人である銀髪の婦人は四大天使の一人ウリエルだ。彼女は幼い頃に遭遇した事故で全身が麻痺《まひ》し、五感さえもほとんど失ってしまった。しかし、その精神力は飛び抜けて鋭く、精神ネットワークの隅々まで把握しているという。

「今まで精神ネットワークに接続せずに生きてきた者が、我らと思考を同じく出来るはずがないわ」

彼女は無表情に座っている。唇も動かない。が、その合成音声はさらに激しさを増して俺を糾弾《きゅうだん》する。

「騙《だま》されないで。この子は化け物よ。首輪を外したら最後、私達の喉笛《のどぶえ》に喰らいつく気よ」

これにはさすがにカチンときたが、俺は表情一つ変えなかった。何とでも言え。俺は自由になるんだ。そのためなら、どんな罵詈雑言《ばりぞうごん》だって我慢してみせる。

「そうよ！　みんな忘れたの！　この子は九十九人のきょうだいを殺した悪魔の子よ！」

別の女が興奮して叫んだ。ハニエルだった。胎児の俺を殺そうとして、出来なかった女だ。

「そうは見えないがなぁ？」

美しい金色の巻き毛を持った若い男が言った。彼は興味津々に俺の顔を覗き込む。

「シャンパンゴールドの髪にアイスブルーの瞳か。愁いを帯びた顔もいいな。うん、今度の主人公は君でいこう。役柄《やくがら》は悲劇の王子。これしかない！」

「だまれ、ラジエル！」目の細い黒髪の男が、金髪巻き毛の青年を怒鳴りつけた。「ふざけるにも程がある！　いい加減にしろ！」

「もう、スリエルさん。大きな声を出さないでいただけます？」その隣に立っていた太った女性がわざとらしく耳を塞《ふさ》いだ。「わたくしのデリケートな耳に、貴方の濁声《だみごえ》はいたたまれなくてよ」

「ラグエルの言う通りだ」

くすんだ金髪を角刈りにした大男が低い声で言った。彼のことは知ってる。四大天使の一人ミカエルだ。彼は鋭い眼光でスリエルを睨みつける。

「個人攻撃をする場所ではないぞ。下がっていろ」

スリエルは歯ぎしりしながらもそれに従った。

十大天使といえども、みんな仲良しというわけではないらしい。俺にとっては好都合だ。あとは俺を毛嫌いしているウリエルやハニエル、彼女達の味方がどれぐらいいるのか。それが問題だ。

「よろしいでしょうか?」

今までずっと黙っていた若い女が右手を挙げた。一番右端《みぎはし》にいた地味な女だ。収まりの悪いくしゃくしゃな髪に灰色の目。不細工ではないが美人でもない。印象の薄い女だ。

「どうぞ、ツァドキエル」

ガブリエルの声に女は一礼を返し、再び正面に向き直った。

「新しく四大天使になられる方に要求されるもっとも重要な条件。それは危機的状況にあるエネルギー問題を解決してくださる方であること。つまり刻印との同調率が高い方ほど望ましい。そのために必要なのは高い精神感応力。強力な精神波は脅威にもなりますが、膨大なエネルギーを引き出すためには必要不可欠な因子でもあります」

「そうだな」とミカエルが言った。「ツァドキエルの言葉はもっともだ。ここは一つ、実際に試してみようじゃないか」

「それでよろしいですか?」ガブリエルは周囲の面々に問いかけた。

「賛成!」

「結構ですわ」

ハニエルは自信満々に頷いた。もう一人のラファエル候補にしきりに目配せをする。仇敵《きゅうてき》をやっつけろということなのだろうが、あからさますぎて逆に笑える。

「ではこれから、お二人に『解放の歌《リベルタカントゥス》』と『鍵の歌《クラヴィスカントゥス》』を歌っていただきます」

ガブリエルは部屋の中央へと進んだ。杖を両手で握り、その先を床につける。

「先に私が歌います。見ていてください」

そう言うと、ゆっくりと息を吸い——澄んだ声で歌い始めた。

この歌が届けばよいのだが
偉大なる魂の御元に
愛する貴方の元に
この歌が届けばよいのだが

天井が光った。杖を中心に、放射状に光の筋が走る。杖の柄《え》に赤い模様が浮かびあがる。

それが『理性』の刻印だった。

炎の如《ごと》く　燃える怒りにも
嵐の如く　渦巻く憎悪にも
凪《なぎ》の如く　穏やかであれ
其《そ》が汝らを　人たらしめる

歌声は穏やかで優しく、とても美しい。けれど杖から溢《あふ》れ出るエネルギーは猛々《たけだけ》しく、ビリビリと肌に突き刺さった。圧倒された。これが刻印の力。精神社会を支える源泉。すべての生命の源。人類の進化を促し、育《はぐく》んできたという二十二個の刻印の力。

これが？　これがそうなのか？

こんなに激しく攻撃的な力が人を育んできたなんて、とても信じられない。

ふらり……とガブリエルが倒れかかった。彼は杖にすがって体を支える。深呼吸して息を整え、今一度姿勢を正した。

そして、杖を前に突き出す。

「では、まず一六六七から」

この数は生まれ年のことだ。もう一方のラファエル候補は、俺より一つ年下らしい。

一六六七はさすがに気圧《けお》されたようだったが、それでも前に出て、ガブリエルから杖を受け取った。彼は杖を床につき、両手でそれを支え、正面を向く。

歌声が紡《つむ》ぎ出される。先程ガブリエルが歌ったのと同じ歌だ。女のような高く澄んだ歌声に、刻印は再び思考エネルギーを放出し始める。

荒れ狂うエネルギーの奔流が襲ってくる。その勢いはガブリエルに勝《まさ》るとも劣《おと》らない。天井だけでなく部屋の壁全体が白く輝き、俺はまぶしさに目を細めた。

歌が終わった。

疲れ切ってがっくりと膝をつく彼を、横からミカエルが抱きかかえる。

「うむ、見事であった」

ミカエルは一六六七から杖を受け取ると、今度は俺に向かってそれを差し出した。

「次はおぬしの番だ」

俺は両手で杖を握った。一六六七が青ざめた顔で俺を見上げた。その瞬間——なぜだろう、背筋がぞくりとした。

「動かないでくださいね」

ガブリエルが俺から首輪を外した。喉のあたりがひんやりとした。視界が明るくなった。世界が見える。島の隅々まで目が届く。空を舞う鳥が見える。鳥の視点で空を飛ぶ。

これが自由。

なんていい気分だ。

俺は歌い始めた。

この歌が届けばよいのだが
偉大なる魂の御元に

ガクガクと杖が震えた。柄に浮かんだ模様が白い光を放っている。部屋全体が震動している。杖を握った掌が灼《や》けるように熱い。

愛する貴方の元に
この歌が届けばよいのだが

杖を通じ、刻印の意志が俺の中に流れ込んでくる。理性的であれと呼びかける歌詞とはまるで逆の、なじみ深い感覚。それは胸が引き裂かれるような深い悲しみと、腸《はらわた》が煮えくりかえるような激しい怒りだった。

頭の中に声が響いた。

俺は驚き、迷い、葛藤《かっとう》した。歌が途切れたのを十大天使達が不審がっている。ガブリエルが今にも泣き出しそうな顔で俺を見ている。続きを歌わなければ……と頭では思うのだが、胸をつく熱い思いがそれを邪魔する。


（私を汎用《はんよう》するな）


（私が求めるのは彼）

（其のためだけに私は有る）

（私を捕らえるな）

（私を汎用するな）


それでも俺は歌おうとした。鳥のように空を飛ぶ、この感覚を失いたくない。なぜこんな声が聞こえるのかはわからないが、自由を求めているのは俺だって同じだ。自由を得るためになら、俺はどんなことだってする。

再び口を開こうとした俺を、衝撃が襲った。背中を殴られたのだと思った。次の瞬間、何かが肩にぶち当たった。床だった。俺は床に倒れていた。

ものすごい激痛が胸に突き刺さった。

心臓が——悲鳴を上げたのだ。

5

真夜中過ぎになって、見張りを交替した。

丸い石を枕《まくら》に、土の上に横になる。夏草の匂いと土の匂い。それらを嗅いでいるうちに、いつしかアンガスは眠りについていた。

ぐっすり寝ていたはずなのに、夜明け前に目が覚めた。青紫色の空に黒い影が浮かんでいる。山岳地帯の上空を迷子のように彷徨《さまよ》う島。『滅日《ホロビ》』の際、落下を免《まぬが》れた唯一の浮き島――ラティオ島だ。

横になったまま、アンガスはそれを見上げた。山岳地帯に住む者にとって、ラティオ島は浮き雲のような存在だ。ただそこに浮かんでいるだけ。何の恩恵ももたらさないが、害を及ぼすこともない。けれどあの島を浮かせているのは文字《スペル》の力だ。それを回収するために、いつかはあの島に赴かなければならない。今でも天使が住んでいるといわれる、あのラティオ島へ。

アンガスは上体を起こした。少し離れた場所に御者の爺さんとベンが立っている。彼らはラティオ島に向かって頭《こうべ》を垂れていた。朝起きて、ラティオ島が上空にいたら、「どうか落ちてこないでください」と祈る。西部ではよく見る光景だった。

だが二人はそのまま身じろぎもしない。

アンガスは違和感を覚えた。

自分の記憶ではない記憶が警鐘を発する。天使達は私利私欲のため、文字の精霊を蹂躙《じゅうりん》し続けた。その報《むく》いを受けて彼らは滅びた。そんな天使達の島にいったい何を祈る？　何を願う？

アンガスはぶるっと身震いした。

昨夜のシチューの残りに乾燥トウモロコシを入れたお粥《ポリッジ》を食べ、馬車は出発した。今日も良い天気だ。照りつける日差しは強かったが、標高が高いため暑くはない。高原特有の清々《すがすが》しい風が幌の中にも吹き込んでくる。木の車輪がゴトンゴトンと単調な音を響かせる。昨夜の睡眠時間が短かったせいか、ついウトウトしてしまう。

昼過ぎになって、馬車は荒野に出た。荒れはてた岩石砂漠だ。かつてここも草原だったというが、その面影《おもかげ》はどこにもない。

道の傍らにアンガスは古ぼけた木の標識を見つけた。それにはアウラをしめす翼の絵が刻まれていた。

彼は御者席へ「止めてください」と声をかけた。

「アウラなんぞに何の用かね」呆《あき》れ顔で御者台の爺さんは言った。「あの町は呪われとる。わざわざ見に行くようなとこじゃねぇだに」

「これが僕の仕事ですから」

アンガスは荷物を持って、馬車を降りた。

「旅の無事を祈ってます」

「気ぃつけてな」と爺さんが言い、「がんばれよ」と旦那が言った。

ベンは測量士らしく、荒野の地平を指さした。

「もし途中で道がわからなくなったら、とにかく北を目指して歩けや。そしたら海に出る。海沿いに東に向かえば、ナーレって漁村がある」

「わかりました、ありがとう」

「じゃ、達者でな」

アンガスをその場に残し、馬車は再び動き出した。

「お兄ちゃん、バイバイ!」

幌の下から二人の子供が無邪気に手を振る。それに手を振りかえし、アンガスは布袋を背負った。

「さて……」

『本』を開く。現れた姫は陽炎《かげろう》に霞《かす》む地平を睨み、声高らかに宣言した。

「行くぞ！」

乾いてひび割れた大地。それでもオルトゥス砂漠には、まだ生命が残っていた。岩の間をちょろちょろとチギトカゲが走り回る。岩陰には背の高いヒバサボテンが生えている。

その日は日没まで歩き続け、荒野の真ん中で休むことにした。岩陰には蛇が出るし、灌木《かんぼく》の藪《やぶ》にはサソリが潜んでいることが多い。毒虫に刺されたくらいならまだ手当てのしようもあるが、毒蛇に噛まれたら手の施しようがない。

携帯食料で簡単な夕食をすませた後、傍に『本』を開いたままアンガスは眠りについた。


夜明け前——オルトゥス砂漠には海からの風が吹く。水蒸気を多く含んだ空気は陸にあがって急激に冷やされ、大量の霧を発生させる。視界は白い闇《やみ》に閉ざされ、一トラム先さえ見渡せなくなる。

アンガスは慌てなかった。彼は朝食のビスケットを囓《かじ》りながら、日の出を待った。

やがて地平に太陽が顔を覗かせると、あんなに深く立ちこめていた霧はみるみるうちに消えていった。それを待って、アンガスは歩き出した。途中、昼食をかねた休憩を挟み、あとはひたすら荒野を歩き続ける。道標《みちしるべ》はなく、はたして自分が正しい方角に歩いているのかどうかもわからない。

「最悪でも海に出るだけだし」

自分を鼓舞するために、アンガスは呟く。

「遭難するってことはない……はずですよね？」

「遭難などしないし、道を見失ってもいないぞ」

姫は断言し、行く手を指さした。

「見ろ――アウラだ」

揺れる陽炎《かげろう》の中に黒いシミのようなものが見える。蠢《うごめ》く亡霊を思わせる不気味な影、それは半壊したアウラの町並みだった。

6

俺は胸を掻《か》きむしり、床の上をのたうち回った。息が出来ない。呼吸が出来ない。灼けた杭《くい》を胸に打ち込まれているようだ。

ひっくり返った視界の中、天使達の引きつった顔が見えた。みんな巻き添えを食らうのを恐れて、俺に近づこうとはしない。当然だ。今の俺は首輪をしていないのだから。

そんな中、レミエルが何か叫んでいる。

ああ、そうだ。薬を飲むんだ。

俺はピルケースを探したが、なんてことだ、どこにもない。胸を掻きむしったせいで、どこかに飛んでしまったようだ。

俺は必死に目を凝らした。視線の先、床の上に白くて丸いモノが転がっている。だがそこに至るまでの五、六歩の距離が絶望的に遠い。痛みは全身を蝕みつつある。背骨が軋《きし》む。腕が痺れて動かない。

「死んじゃだめだ！」

間近に声が聞こえた。誰かが俺を抱き起こす。もう片方の手にはピルケースを持っている。

「口を開けて！」

ガブリエルだった。

死にかけた俺に触れるなんて、まるで自殺行為だ。馬鹿な、一緒に死ぬ気かよ。俺のことなんか放っておけばいいんだ。

「出来るわけないだろう！」

俺にとってガブリエルは唯一の光だった。俺は彼に縋《すが》り、足を引っ張ってきた。この上、彼を道連れになど出来ない。頼む、俺から離れてくれ。

「勝手なことを言うな！」

口がこじ開けられる。

「お願いだ。私を残して逝《い》かないでくれ！」

食いしばった歯をわずかに開く。歯の隙間《すきま》から丸い粒が二つ、口腔《こうこう》に転がり込んできた。

舌にピリッとした甘さを感じる。

胸を押しつぶそうとしていた圧迫《あっぱく》感が徐々に薄れていく。俺はこわばった手足を伸ばし、仰向けに横たわった。

疲れ切っていた。全身に嫌な汗をかいていた。痛みからは解放されたが、もう指一本動かせそうにない。ガブリエルの声を遠くに聞きながら、俺の意識はゆっくりと薄れていった。

7

アウラは塩の産地だった。海から汲《く》み上げてきた海水を、塩田で干して塩を作るのだ。海に近く、雨が少ないこの土地ならではの手法だった。けれど今、町を取り囲む塩田は白く干上がり、それを囲む柵も半分以上が倒壊している。

「文字《スペル》の波動を感じる」

突然、姫が言った。「気をつけろアンガス。ここには生きてる文字《スペル》がある」

『本』の十九ページに焼き付いた『Quest《探索》』という文字《スペル》。これを回収したことにより、姫は文字《スペル》の波動を感知出来るようになった。といっても範囲は狭く、正確な位置もわからない。この事実が判明した時、アンガスはつくづく思った。すべての文字《スペル》は意味と意志を持ち、魔術的な力を秘めている。でも、決して万能というわけじゃないんだな。

塩の混じった砂を踏みながら、アンガスと姫はアウラに入った。町は廃墟と化していた。壁は焼け焦げ、窓ガラスは割れ、テラスも崩壊してしまっていた。屋根が落ち、潰《つぶ》れてしまった家もある。

さらに剣呑なことに、町の至る所に白骨化した遺骸《いがい》が転がっていた。男もいれば女もいる。アンガスよりも小さい遺骸もあった。まだ幼い子供の骨だ。

葬られることもなく放置され、白骨化した遺骸を見つめながら、姫は陰鬱《いんうつ》な声で呟いた。

「夜盗にやられたんだろうか？」

「わかりません。でも――見てください」

町の大通りに横たわった白骨死体。右手の傍には一丁の六連発が転がっている。アンガスは膝をつき、その頭蓋骨《ずがいこつ》を指さした。

「こめかみに穴があいています。おそらく銃弾が当たったんでしょう」

姫はその骨をじっと見つめ、それからアンガスに目を向けた。「殺されたということか？」

「もしくは自殺したか」

「こんな通りのど真ん中でか？」

「目立ちたがり屋だったのかもしれない」

アンガスは再び立ち上がった。陽は西に傾き、空は暗くなってきていた。

「気乗りしないけど、今夜はここで夜営するしかないようですね」

「そのようだな」

「じゃ暗くなる前に、どこか風を遮ってくれる場所を探さな――」

「アンガスッ！　後ろだッ！」

悲鳴のような声で姫が叫んだ。咄嗟に振り返ろうとして、背中を蹴《け》られた。

「うわ！」

勢いよくつんのめる。右手から『本』が離れ、地面に落ちた。ぱたんと表紙が閉じる。それを拾おうと体を起こした瞬間、今度は横っ腹を蹴られた。痛さに呻く彼の額に、がちゃりと重い音を立てて銃口が突きつけられる。

「何者だ？　お前？」

その男は長い黒髪を首の後ろで束ね、革のブーツを履いていた。薄汚れたシャツにすり切れた茶色のコートを羽織っていた。日に焼けた肌は浅黒かったが、言葉に西部の訛《なま》りはない。無精髭《ぶしょうひげ》に覆われた顔を見て、アンガスは息を呑んだ。

賞金首――レッド・デッドショット
列車強盗および大量殺人容疑
賞金額　二百万ギニー
生死を問わず

ウィードではこの顔とにらめっこしながら飯を食ったのだ。忘れるはずがない。

「滅びた町と聞いて、略奪しに来たか？」

史上最悪と称された悪名高い賞金首は、銃の先でアンガスをこづいた。

「何とか言えよ。お前も骨になりたいのか？　ここに転がってる奴らみてぇに？」

殺されると思った。それでもいいかと何かが呟く。姫に会わなければ死んでいた身だ。いまさら命が惜しいとも思わない。

次の瞬間、別の声がそれを否定する。

だめだ。まだ死ねない。僕は約束した。必ず戻ると約束した。僕が戻らなければ、彼女はきっと泣く。もう彼女の泣き顔は見たくない。

アンガスは意を決し、男を見上げた。

「怪しい者じゃありません。ここへは本のページを探しに来ました」

「本だと……？」

男は横目で地面に落ちている『本』を見た。

「その『本』は世界に二つとない、大変稀少な『本』なんです。でもページが欠けている。ここにその断片があると聞いて、探しに来たんです」

「ほほぅ？」

男は銃口をアンガスに向けたまま『本』に近づく。

「そんな値打ちもんなのか？　このボロい本が？」

ブーツの先で『本』を蹴る。身をかがめ『本』の表紙に顔を近づけ、そこに描かれた赤い文様をしげしげと眺める。

「確かに――見たこともねぇ本だな」

アンガスは心の中で念じた。

すべての本は読まれるために存在する。

その『本』を開け。

さあ、開くんだ。

「動くんじゃねぇぞ」

男は『本』の表紙に手を置いた。

「スタンダップ」と小声で言い――彼は『本』を開いた。

呼吸の文字よ
其処より此処へ
此処より彼方へ
来たりて慟哭《どうこく》の音を響かせよ

気圧差で鼓膜がベコッと凹んだ。

ゴゴッという低い音。男の足下に発生したつむじ風が砂や小石を巻き上げる。

「うわっ……！」

男が腕を上げて顔を庇《かば》った。その隙《すき》にアンガスは跳ね起きて『本』を掴んだ。そして今度は『本』を庇うようにして身を伏せる。姫の呪歌は大技だ。この程度ですむわけがない。

嵐は突然やってきた。ものすごい突風が男を軽々と吹き飛ばす。

「のわーっ！」

男の体はテラスにつっこみ、その奥にある壁を突き破った。支えを失った廃屋がギギギ……と軋《きし》み、つんのめるように崩壊する。

「マズい……！」

アンガスは『本』を置いて立ち上がった。倒壊した建物に駆け寄ろうとして、男が落とした六連発を蹴り飛ばす。そのはずみでラッチが押され、シリンダーがスイングアウトした。

「――えっ？」

シリンダー内は空だった。弾は一発も装填《そうてん》されていない。空の拳銃を持つ早撃ち自慢の賞金首。そんな馬鹿な話があるだろうか？

アンガスは崩れた家屋の中を覗き込んだ。よく見ると崩れたのは前半分だけで、家の後ろの部分は無事だった。木の床に男が伸びているのが見える。

「アンガス！　そんな奴は放っておけ！」

姫の声を無視し、アンガスは半壊した家屋に入った。床を踏み抜かないように注意しながら男に駆け寄る。首に手を当てると、しっかりとした脈が感じられた。

「よかった。生きてる」

屋根や壁がギシギシと音を立てて揺れている。いつ崩れてもおかしくない。アンガスは男を背中に担いだ。

「うう……重いぃ……」

半ば引きずるようにして、アンガスは男を建物の外へと運び出した。とりあえず安全圏まで移動する。力つきてその場にへたり込む。

「そんな奴、なぜ助ける！」姫は怒り心頭で怒鳴《どな》り散らした。「そいつはお前を殺そうとしたんだぞ！」

「それが、違う、みたい、なんです」

すっかり息が上がってしまったアンガスは、切れ切れに反論した。

「銃には、弾が装塡されて、いませんでした。この人は、僕に、危害を加える気は、なかったんです」

「でもお前を蹴ったぞ！」姫は憤慨《ふんがい》して地団駄を踏んだ。「私だってまだ蹴ったことないのに、私よりも先に蹴りやがった！」

「なんか、論点が、違う気がする」

アンガスはベルトに下げていた水筒を手に取った。蓋《ふた》を開けてまずは一口水を飲む。それから首に巻いていたスカーフを外し、それを水で湿らせた。男の額に出来た擦り傷をそっと拭う。

「いっ……」

男の喉が変な音を立てた。かと思うと、

「……てーッ！」

飛び起きた。頭突きを喰らいそうになり、アンガスは慌てて身を引く。

「なんだぁ？　何が起こったんだ？」

男はきょろきょろと周囲を見回す。そしてアンガスを見つけると、今度は慌てて立ち上がる。

「オレは急用を思い出した。それじゃな」

踵《きびす》を返して立ち去ろうとする。

そのコートの裾《すそ》をアンガスが摑んだ。

「いきなり逃げることないでしょう」

「放せ、精霊使い」男はコートをぐいぐい引っ張った。「お前の勝ちだ。な、それでいいだろ？」

「いいわけないでしょうが」

「ああもう、しつけぇ奴だな。いいから放せって。一張羅《いっちょうら》が破れちまうじゃないか！」

「逃げるな」アンガスは精一杯低い声を出した。「もう一度、吹き飛ばされたいのか？」

それが合図だったかのように、男の背後で家が崩れた。もうもうと埃を巻き上げて、家は跡形もなくぺしゃんこになる。

「いえ……エンリョします」

男は抵抗をやめて、その場にきちんと正座した。かと思うと、手をついて深々と頭を下げる。

「ごめんなさい。乱暴働いてすみませんでした」

何なんだ、こいつは？

アンガスは困惑し、眉を寄せた。

「じゃ、そういうことで」

男はぱっと立ち上がった。

アンガスは再びコートの裾を摑んだ。

「ちょっと、もう放してくれよ。ちゃんと謝っただろ？」

「そうはいくか！」

なぜか腹が立ってきた。アンガスは彼を睨みつけ、低い声で言った。

「大人しくしろ。レッド・デッドショット」

男の表情が一変した。だらけた口元が引き締まり、目つきが別人のように鋭くなる。

「お前、知ってるのか？」

「知ってるさ。有名な賞金首だからな」

「ああ――何だ。そういうことか」

男は悲しそうに頭を横に振った。

「オレじゃない」

「――何？」

「オレじゃねぇっつうの」

男は大きなため息をつくと、その場にどっかと胡座をかいた。「そんなに似てるかぁ？　オレの方が女にはモテたし、オレの方が絶ッ対にいい男だと思うんだけどなぁ？」

「どういうことです？」

「あいつはさ、ココに」と言って、男は左目の下を指さした。「泣きボクロがあるんだよ。『賞金首情報《ウォンテッド》』の似顔絵にも描いてあっただろ？」

確かに男の言う通りだった。列車強盗にして大量殺人犯。生死問わずの賞金首なのに、レッドは端整な顔立ちの色男だった。他のむさ苦しい賞金首の顔より幾分かマシだと思ったからこそ、彼の似顔絵の前に座って飯を食ったのだ。だからよく覚えている。彼の左目の下には確かにホクロが描かれていた。

「オレの名はジョナサン・ラスティ。ここには弟を捜しに来た。弟はデヴィッド・ラスティ。今はレッド・デッドショットと呼ばれてる」

男は意味もなく胸を張って見せた。

「さあ、オレは名乗ったぞ。ここに来た訳も話した。もういいだろ、手を放せよ」

「弟を捜しに来たと言ったな」と姫が言った。「ならばこの惨状は奴の仕業か？」

男には姫の声は聞こえていない。そこでアンガスは改めて尋ねた。

「この村を襲ったのはレッドなんですか？」

「そんなのオレが知るわけねぇ。けど、ここの住人は、ちまたで言われているように、夜盗に襲われて死んだんじゃねぇぞ」

男は人差し指で眉間をコンコンと叩いた。

「ここの白骨死体は、みんな何かしらの武器を握ってる。心中するみたいにお互いの胸をナイフで突き合った奴もいる。ちょっと調べりゃわかることさ。この町の住人は、互いに殺し合ったんだよ」

「——文字《スペル》だ」

呻くような声でアンガスは呟いた。

「文字《スペル》は人を狂わせる」

悪《あ》しき文字《スペル》は人の心に入り込み、知らぬ間に心を蝕む。アウラの人々は文字《スペル》に翻弄《ほんろう》され、狂気に駆られて殺し合ったのだ。大人も子供も男も女も……おそらくセラの家族も。

吐《は》き気《け》がこみ上げてきた。喉の奥から嗚咽《おえつ》が漏れる。両手で自身を抱きしめても、身体の震えが止まらない。右目を覆ったバンダナに、じわりと涙がしみていく。怖かった。恐ろしかった。自分もいつか文字《スペル》の魔力に精神を冒され、狂気に駆られ、周囲の人々を殺してしまうかもしれない。エイドリアンやトムやアイヴィやセラを、この手で殺してしまうかもしれないのだ。

「お、おい。どうしたんだ?」

男は心配そうな顔をしてアンガスの顔を覗き込んだ。

「泣くなよ、馬鹿。オレが困るだろうが」

「アンガス、心配するな。お前は大丈夫だ。お前には私がついている」

姫の声が聞こえる。温かいその言葉も、アンガスの心には響かなかった。

無理だよ——姫。

僕はすでに人を殺してる。怒りに我を忘れ、狂気に駆られて——僕がケヴィンを殺したんだ。

8

結局、俺はラファエルになりそこなった。

俺の方が、もう一人の候補よりも、大きなエネルギーを引き出せたかもしれない。しかし、その度に発作を起こして死にかけるのでは仕事にならない。

目覚めた時、俺は首輪をはめていた。これを外した時に感じた、あの途方もない開放感。それは今、絶望となって俺の心を蝕んだ。

目覚めたくなかった。またあの薬草園に戻されるぐらいなら、いっそ死んでしまいたかった。

「惜しかったね」とレミエル婆さんが言った。彼女は俺の脈を測り、血圧を測り終えると、重苦しいため息をついた。

「お前さんの心臓がここまで悪くなかったらねぇ」

「もう一人の候補だって捨てたもんじゃない。歌うたびに死にかけるような欠陥天使に較べたら、はるかにマシだろ？」

自棄《やけ》になって、俺は笑って見せた。けれどレミエルの表情は晴れない。

「彼はね、ハニエル達が長年研究して作り出した優良遺伝子のキメラなんだよ」

初耳だった。

「なにか――問題があるのか？」

「私の取り越し苦労だといいんだけどさ」レミエルは背中を丸め、再びため息をつく。「私にゃ、あのかわいい笑顔の後ろに、黒い蛇がとぐろ巻いているのが見えるんだよ」

それを聞いて思い出した。俺もあいつの顔を見て、訳もなくぞっとした。もしかしてレミエルも同じものを感じていたのだろうか？

「ああ、ごめんよ。お前さんのせいじゃないんだ。そんな顔、するんじゃないよ」

レミエルはよしよしと俺の頭をなでた。

「調子がいいなら、そろそろ首輪を外そうかね？」

――え？

「どういう、ことだ？」

「怪我《けが》の功名というのかねぇ。お前さん、死にかけても周囲を巻き込まなかっただろ？　あれが効いてね。もう首輪は必要ないってことになったんだよ」

「まさか！　そんなことウリエルやハニエルが承知するわけがない！」

「そりゃ一筋縄にはいかなかったさ。ま、そのへんについてはガブリエルに礼を言うんだね」

レミエルは視線を俺の背後に向けた。

振り返ると、そこにはガブリエルが立っていた。

「貴方を救うためなら、私はなんでもしますよ」

今にも泣きそうな顔をしているのに、その口元は笑っている。なんて答えたらいいのか、わからなかった。礼を言わなきゃいけないことはわかっていたのだが、俺の心の中には、助かったことを素直に喜べない部分がまだ残っていた。

そんな俺に、ガブリエルは銀色のアクセスクリップを差し出した。

「このアクセスクリップは貴方の精神波を抑制するよう調節されています。自由度は限定されますが、それでもネットワークに接続することは出来ます」

彼はそれを俺の耳朶にはめた。

「これは拘束具《リング》と同じく、刻印に触れた者にしか外せません。これからはこれが拘束具《リング》のかわりになります」

ガブリエルが俺の首輪を外す。

視界が明るくなった。病室の壁を駆け抜けていく精神ネットワークがチカチカと瞬《またた》いて見える。けれどあの時のような、空を飛ぶような開放感はない。

「さて、ひとつ忠告しておくよ」今度はレミエルが言った。「ネットワークに繋がるということは、常にウリエルに監視されているということだ。だからあんまりハメを外しちゃいけないよ。お前さんが思考犯罪を企《たくら》むのを、彼女は手ぐすね引いて待っているんだからね」

「――なるほど」

それでようやく合点がいった。奴らにしてみれば、俺は相変わらず得体の知れない化け物なのだ。少しでも怪しいことをしでかしたら、今度こそ徹底的に叩きつぶすつもりなのだろう。

「奴らの狙《ねら》いは、それか」

「大丈夫。お前さんならすぐに防壁の作り方も覚えるだろうし、簡単に尻尾《しっぽ》は摑ませないだろうよ」

「そう言うあんたも、なかなか曲者《くせもの》だよな」

「年の功と言っとくれ」

レミエルはベッドの端に腰を下ろした。

「いい機会だ。早速、初体験といこうか」彼女はにかっと笑った。「相手がこんな婆さんじゃ、ちょっと気の毒だけどねぇ」

それを聞いたガブリエルは、何故《なぜ》か赤くなって俯いた。でも俺にはわけがわからない。

「準備はいいかい？」

「あ——ああ」

彼女は俺の手を握った。

「ゆっくりと目を閉じて」

言われた通りにする。視界が閉ざされ、暗闇《くらやみ》が訪れる。

「瞼を閉じたまま、目を開いてごらん」

無茶を言う。出来るわけないじゃないか。

「額の中央にもう一つの目を想像するんだ。やってごらん」

俺は額の中央に意識を集中した。ふっと何かが抜け出すような感覚があり、視野がぼんやりと明るくなる。でも俺は目を閉じたままのはずだ。

「もっと絞って。お前さん、明るすぎるよ」

——絞る?

「もっともっと小さくなるような感じ」

小さく小さく、自分が縮んでいく感じ……

「そう、うまいじゃないか」

脳裏に知らない女のイメージが浮かんだ。金色の髪をした快活そうな若い娘だ。

「——レミエル?」

「そう」女は頷いた。「どんな風に見える?」

「若い」と答えた後、不満の波動を感じ取り、俺は慌ててつけ加えた。「元気いっぱいで、活動的な感じがする。それに……美人だ」

「よろしい」

若いレミエルはにっこりと笑った。

「お前さんは惚《ほ》れ惚《ぼ》れするくらいいい男だよ。私があと百若かったら、ほっとかないねぇ」

「自由恋愛は禁じられているんじゃないのか?」

「固いこと言うねぇ。まだ若いくせに」

レミエルは俺の腕に自分の腕を絡ませた。

「さて、どこに行く?」

「どこって——」

その時になって、俺は初めてあたりを見回した。

灰色の空間に幾つもの球体が浮いている。球体の間を幾本ものラインが走り、時々、虹色の光を放っている。あの時、刻印から放たれたのと同じ光だった。刻印から取り出された思考エネルギーが、聖域を網羅しているのだ。

「どうやら刻印に関心があるみたいだね」

レミエルがぐいっと腕を引っ張った。

「ついておいで、いい先生を紹介するよ」

9

アンガスは目を覚ました。

霞《かすみ》のかかった頭で、ここはどこだろうと考える。頭上に太陽が輝いている。外にいるということは、自分はまだ旅の途中なのだ。だとしたら、いつの間に寝てしまったのだろう。

重い頭を押さえながら、アンガスは上半身を起こした。体にかけられていた毛布がはらりと落ちる。趣味の悪いジグザグ柄の毛布だった。寝ていたのは小さな馬車の荷台だった。周辺には崩れかけた建物が並び、人気のない通りには埃が舞っている。

「やっと起きたか」

男の声がした。振り返ると、荷台の傍に黒髪を束ねた男が立っていた。びっくりして身を引くアンガスに、彼は「よう」と片手を上げて見せる。

瞬時に記憶が蘇った。慌てて周囲を見回し、すぐ傍に『本』を見つける。アンガスはそれを手に取り、しっかりと胸に抱えた。

「何だよ、感じ悪《わり》ぃな。盗《と》ったりしねぇよ」

言葉の割に怒った様子はない。男は銅製のマグカップにコーヒーを入れ、アンガスに差し出す。

「ほらよ」

その様子があまりに自然だったので、つい受け取ってしまった。

「あ……ありがとう」

男は荷台の端に腰掛けた。自分もコーヒーを飲みながら、のほほんと呟く。

「お前、変な奴だな」

そう言われても仕方がないと思ったので、アンガスは黙っていた。

「精霊を呼び出してオレを吹っ飛ばしたかと思うと、今度は餓鬼のように泣き出して、無防備に寝ちまうんだから」男はほっと安堵《あんど》の息を吐いた。「オレが悪党でなくて、本当に良かった」

「——貴方も変な人ですね」

「うん、よく言われる」男は悲しそうに眉根を寄せた。「けど、オレのどこが変だっつぅんだ?」

そういうことを真顔で言うところですよと突っ込みたかったが、やめておいた。

「ここまで運んでくれたんですね。すみません。お世話になりました」

「ま、お前もオレを倒壊しかけた家から運び出してくれたワケだし? ここはおあいこってことにしようぜ、兄弟」

彼は歯を見せて笑った。

「オレのことはジョニーって呼んでくれ」

なんて調子のいい奴なんだろうと思いながらも、つい吹き出しそうになる。

「僕はアンガス・ケネスと言います」

「アンガス・ケネスか。『火から生まれた選ばれし者』——汝の名はアンガス・ケネス、だな」

彼の言う通り、アンガスには『選ばれし者』という意味がある。今は失われた昔の言葉で、ケネスは『火から生まれた者』という意味だ。けれどそれを知る者は、西部にもそう多くない。

「よくご存じですね？」

「当然よ。こう見えてもオレ、修繕屋だったりするんだぜ？」ジョニーは顎に手を当て、格好つけたポーズを取る。「ラスティって言えば、東部でも三指に入る名工さ」

「ラスティ――？」

修繕屋ならば、その名を知らない者はいない。初めてスタンプの印刷に成功した名職人だ。デイリースタンプ社でも、ラスティが考案した輪転印刷機を使っている。

「でも名職人ロバート・ラスティは、九年前に亡くなったはずですが」

「ぐはぁっ！」ジョニーは派手にのけぞった。「お前、何者？　なんでそんなことまで知ってんの？」

「僕の師匠が話してくれました」

「師匠？　師匠って誰よ？」

「エイドリアン・ニュートンです」

「なんてこった」彼は額に手を当て、大袈裟《おおげさ》に空を仰いだ。「よりにもよって、バニストンの女傑の弟子かよ！」

「そういう貴方はラスティの名を騙《かた》るニセモノですか？」

「いやいや、ジョナサン・ラスティは本名だ。ロバートはオレの親父《おやじ》で師匠だ」

ジョニーはズボンの尻ポケットからくしゃくしゃに潰れた紙巻き煙草を取り出した。マッチで火をつけ、煙を空に吐き出す。焦《こ》がした麦に似た匂いがする。銘柄は『ハーヴェスト』。アンガスの父が吸っていたのと同じ煙草だった。

「ま、とにかくそこから降りろや」

ゆっくり一服つけてから、ジョニーはおもむろに立ち上がった。

「長くなりそうだし、飯でも食いながら話そうぜ」

『本』を抱えたまま、アンガスは馬車の荷台から降りた。砂上に蹄鉄《ていてつ》の足跡が残っているが、辺りに馬の姿は見えない。

「座れよ」

ジョニーは温めたポークビーンズの缶詰を差し出した。アンガスは地面に座り、缶詰を受け取った。温かいものを口にすると、急に腹が減ってきた。アンガスはせっせと豆を口に運び、防腐剤臭い肉の欠片を飲み込んだ。

「親父は厳しくてさ。息子だからといって俺達を甘やかしたりはしなかった。修業はそりゃあ厳しいもんだったぜ」

ジョニーは煙草を吹かしながら、ひょいと肩をすくめた。

「オレは優秀だったよ。真面目《まじめ》に勉強しなくても、すぐ模様《パターン》も読めるようになったしな。弟のデイヴはオレと違ってすげぇ真面目な努力家だったんだが、いまいちセンスがなくってな。親父にもよく言われてたよ。『お前は修繕屋に向いてない』って」

ジョニーは煙草の灰を地面に落とした。乾いた風が、すぐにそれを吹き散らす。

「あれは九九〇年十二月九日の夜――一人の客が来たんだ。身なりはいいが、イヤな感じのする男だった。そいつは一冊の本を鑑定してほしいと言った。その本には見たこともないような、奇妙な文様が描かれていた」

ポークビーンズを口へと運ぶ手を止めて、アンガスはジョニーの顔を見つめた。

「まさか──文字《スペル》？」

「ああ。その男もそいつを文字《スペル》って呼んでた」

いいから食えというように手を振って、ジョニーは話を続ける。

「文字《スペル》を目にした時のデイヴの顔。ありゃ一生忘れられねぇな。幽霊みたいに青ざめてるのに、目ばっかりギラギラさせてさ」

彼はため息をついた。この男に似つかわしくない、重いため息。

「その夜、弟は客人を殺し、親父を殺し、親父の弟子達を半殺しにして家を飛び出した」

アンガスはぎゅっと缶詰を握りしめた。

「文字《スペル》は人を狂わせる」

「昨日も言ったな、それ」

ジョニーは煙草を捨てると、立ち上がってそれを踏みつけた。それから舞台役者のように両手を広げ、芝居がかった口調で言う。

「なんと無情な出来事だろうか！　かくしてラスティ家の伝統は滅び去り、それ以来、私は哀《あわ》れな旅暮らし。文字《スペル》という悪魔に取り憑《つ》かれた弟を追い、最果ての地を流浪する身と相成《あいな》りました」

そこで彼はアンガスを振り返った。

「──拍手はいらねぇよ？」

「そんなの、する気もないですよ」

「なんだよ、ケチ」

ジョニーは再び地面に座ると、残っていたコーヒーを一気に飲み干した。空のマグカップを置くと、人差し指をアンガスに突きつける。

「さて、これでオレの手の内はスッカラカンに明かしたぜ？　今度はお前が吐く番だ」

「吐くって……何を？」

「とぼけるな。『文字《スペル》は人を狂わせる』って言っただろ？　そりゃどういう意味だよ？　アウラの連中が殺し合ったのと、デイヴが奪ってった文字《スペル》ってヤツには何か関係があるのか？」

正直、アンガスは困惑していた。一人では決められそうになかったので、膝の上に『本』を開く。

「どうしましょうか？」

姫は腕組みをした。難しい顔で彼を見上げ、それからジョニーに目を向ける。

「こいつは馬鹿だが悪人ではないようだ。話してやってもいいのではないか？」

アンガスは顔を上げ、ジョニーに尋ねた。

「誰にも言わないって、約束出来ます？」

「世界一高価な『真ラジエルの書』にかけて」ジョニーは右手を肩の高さに上げてみせる。「誰にも話さないと誓います」

本当だろうか？　どうも信用出来ないのだが。

アンガスは空になった缶を置き、『本』の上で両手を組んだ。

「この世界には四十六の文字《スペル》がある。そのうち二十二個はすでに活動を停止している。問題は残りの二十四個。これらの文字《スペル》は今も生きていて、悪しきエネルギーを放出し続けている。それに触れると、人は狂気に取り憑かれる」

アンガスは両手をぎゅっと握った。

「直接見たり触れたりしなくても、文字《スペル》の傍で生活しているだけで、人は悪しき波動の影響を受け、次第に正気を失っていく。悪しき文字《スペル》は人間を滅びへと導く。それを止める方法はただ一つ。文字《スペル》の魔力を無力化するこの『本』に――」と言って、彼は視線を膝上《ひざうえ》の『本』に落とした。「すべての文字《スペル》を回収するしかないんです」

「回収？　そんな話、聞いたこともねぇな」

「この『本』は、かつて天使達が本を作ったのと同じ技法で作られてるんです。本を作るのに天使達はタップなんか使わなかった。彼らは精神波を投射して、イメージを直接感応紙に焼きつけたんです」

「――はぁ？」

「わからなくてもいいです。どういう仕組みでそうなってるのか、僕にだってわからない」

「なんじゃそりゃ？」

「それこそ信じられないでしょうが――」アンガスは自分のこめかみを叩いてみせた。「僕の頭には、積み重ねてきた自分の記憶とは別の記憶があるんです。自分が学んだ知識以上の知識が、生まれつき備わっているんですよ」

「へぇぇ……」

納得したようには見えなかったが、ジョニーはそれ以上は尋ねなかった。彼は身を乗り出し、しげしげと『本』を眺める。「そのボロい本に、そんなヒミツがあったとはね」

「ボロいとは何だ！　失礼な！」姫は眉をつり上げ、怒りの声を上げる。「人のことを言える顔か？ええい、小汚い顔を私に近づけるな！」

アンガスは慌てて『本』をジョニーから遠ざけた。

「あんまり悪く言わない方がいいですよ。この『本』には意思があるんです」

「んな、馬鹿な」

「馬鹿とは何だ！　お前のような馬鹿に馬鹿呼ばわりされる覚えはないッ！」

「まぁまぁ、落ち着いて」

アンガスは姫をなだめた。

その様子をジョニーは怪訝そうに眺めている。

「そこに誰かいんのか？」

「ええ、貴方には見えないだろうけど――」アンガスは姫を指さした。「ここには一人の女性が立ってます。僕は『姫』って呼んでます」

ジョニーは横目でアンガスを見た。正気を疑っているような目つきだった。彼が失言を重ねて姫に吹き飛ばされないよう、アンガスは早口に説明を続ける。

「昨日、貴方がこの『本』を開いた瞬間、精霊が現れたのは覚えてますよね？　あれは僕がやったんじゃありません。『本』が開かれることにより、姫がその力を発動したんです」

「なんならもう一度飛ばしてやろうか？」凄《すご》みのある声で姫は言う。「どんな馬鹿でも、それで理解出来るだろう」

アンガスは姫の言葉をそのまま彼に伝えた。

「――と、姫は言ってます」

「わかった。信じる。信じるよ」ジョニーは大げさに両手を振った。「信じるからやめてくれと言ってくれ」

「貴方の声は姫にも聞こえていますよ。だから悪く言わない方がいいって言ったんです」

「あ、そう」

ジョニーは地面に片膝《かたひざ》をつくと胸に右手を当て、やはり芝居がかった仕草《しぐさ》で一礼した。

「姫――ご尊顔を拝めないのは誠《まこと》に残念。さぞかし美しい方でいらっしゃるのでしょうな」

「この馬鹿、飛ばしていいか？」

「やめてください」

「なんだ、挨拶ぐらいさせろよ」

「貴方に言ったんじゃない」

アンガスは大きなため息をついた。やりにくいことこのうえない。

「生きた文字《スペル》に触れた者は、姫の姿を見ることが出来るようになるんです。先日、アウラの生き残りという子に会って――その子には姫の姿が見えていた」

「それでここに生きた文字《スペル》があると思ったんだな？　で、お前はそれを探しに来た、と？」

アンガスは頷いた。

「なるほど――」ジョニーは顎の無精鬚を引っ張った。「じゃ、デイヴの狙いもそれだったんだな」

「そういえば、貴方は弟を――レッドを追ってきたと言いましたね？」

「ああ」と答え、彼はなぜか声を潜める。「聞いたことないか？　レッド・デッドショットが列車を襲うのも人を殺すのも、金が目当てなんじゃない。奇妙な紋章を集めているからだって噂を？」

「初耳です」と答え、アンガスは身震いした。

文字《スペル》には物理的な作用を及ぼす力はない。そのかわり、生きた文字《スペル》は人々の心を蝕む。心を蝕まれた人間を使い、世界を滅ぼそうとする。レッドはすでに文字《スペル》を一つ持っている。それが彼にどんな影響を及ぼしたのかはわからない。が、彼がしてきた悪行の数々を思えば、すでに彼は文字《スペル》に取り込まれてしまっていると考えるべきなのかもしれない。

アンガスはジョニーを見た。話すべきかとも思ったが、言えなかった。貴方の弟は文字《スペル》に心を蝕まれてしまった。もはやかつての彼を取り戻すことは出来ないだろう……なんて、言えるわけがない。

そんなアンガスの葛藤にはまるで気づかず、ジョニーは話を続けた。

「ナーレに住む漁師が一週間前、アウラに向かう盗賊団を見たんだ。その先頭にいたのが、あのレッド・デッドショットだったたって聞いてさ。追っかけてきたはいいが、廃墟にいたのは白骨と――お前だけだったたってわけだ」

「でも文字《スペル》はまだこの町にある」姫がそれを感じているのだ。間違いない。「ということは――レッドは文字《スペル》を見つけられなかったんだ」

「どっかに隠されてるってことか？」

「文字《スペル》は目に見えるとは限らない。どんな形で、どんな大きさで、どこに隠されているのか、実際に見つけだすまではわからない」

アンガスは立ち上がった。

「ごちそうさま」と言い、身を翻して歩き出す。

慌ててジョニーが追いかけてくる。

「おい、どこへ行くんだ？」

「決まってる。文字《スペル》を探すんです」

振り返りもせずに、アンガスは答えた。

「この町のどこかに手がかりがあるはずです」

レッドはどうして文字《スペル》の探索を諦めたのか。わからない。わからない以上、いつまた戻ってこないとも限らない。

これ以上、レッドに文字《スペル》を渡すわけにはいかなかった。

10

俺は講堂に座っていた。右隣にはレミエルが、左隣にはいつの間にかガブリエルが座っていた。

俺は教壇に立つ人物に目を向けた。まだ若い女だった。艶《つや》のない金色の髪、白い顔、凜《りん》とした眼差《まなざ》しが美しい。

「己を一人の人間として自覚させているもの……思考、個性、人格、魂。いろいろと呼び方はあるけれど、ここでは統一して『個の意識』と呼びます」

女は手を上げた。彼女の指から幾つもの泡《あわ》が生まれる。泡は彼女の周囲をふわふわと漂う。

「これが個人です。個人が有している『個の意識』は表層的には分離している。けれどその根底にある無意識は、すべて一つに繋がっているのです」

泡から根が伸び、彼女の足下で一つに繋がった。そこに目映《まばゆ》い光が生まれる。

「存在するすべての知的生命体。その意識の根底に存在する巨大な無意識。『思考原野』と呼ばれるこの次元には、空間や時間さえも超越した、ありとあらゆる知恵や知識や記憶が眠っています」

床が白く輝き、講堂はそれに飲み込まれた。床や椅子が感じられない。浮きあがる俺の身体を、レミエルとガブリエルが両脇から支えてくれた。

「これが思考原野です」

女の声が聞こえる。

俺達は薄暗い空間に浮かんでいた。周囲には幾多の意識が星のように散らばっている。そのはるか下方に、白く輝くエネルギー体がある。あれが無意識。思考エネルギーの源泉。女が作り出した疑似空間だとわかっていても、その強烈な光に圧倒された。宇宙空間から太陽を見下ろしたら、こんな気分になるのかもしれない。

「思考原野には記憶や知識がエネルギーとして存在します。意志や知識はより多くの『個の意識』に支持されることにより、そのポテンシャルを増していく。物事の摂理も、我らの未来もまた然《しか》り。無数にある可能性の中から、より多くの意識に望まれたものが、真実として選び出されるのです。今までも……そしてこれからも、我らは選択し続けていくのです。我らが持った、この意志の力で――」

周囲の様子が一転した。また講堂に戻っている。

「この思考原野から思考をエネルギー化して取り出すために、用いられているのが刻印です。刻印には意志があり、我々はその意志に同調することによって、思考原野からエネルギーを取り出してきました。この方法を最初に確立した人物――その人を我らは『大賢人』と呼んでいます」

女が手をひと振りすると、大きな地図が現れる。初めて見たのだが、それが世界地図であることはわかった。地図の上には二十二個の島が浮かんでいる。

「大賢人は思考エネルギーを用いて、刻印の周囲の土地を地上から切り離し、大気が安定している中空に浮かべ、この聖域を築きました。我々の祖先はそこに精神ネットワークを張り巡らせ、知恵や知識や思想の同期を行ってきました」

二十二個の島が細い線で結ばれていく。

「より多くの者が思考を共有し、より多くのエネルギーを生み出すために必要とされたのが思想統一。ですから我々は生まれた時から子守歌を聴かされ、『鍵の歌《クラヴィスカントゥス》』を歌わされて育つのです。これには賛否両論ありますが……」

耳の奥にピーッという警告音が響いた。

ウリエルの検閲に引っかかったのだ。

「まあ、多くは語りますまい」

女は斜め上方を見上げ、ふっとため息をついた。

「現存する二十二の刻印には、それぞれに対応する二十二の『鍵の歌《クラヴィスカントゥス》』があります。ご存じの通り、『鍵の歌《クラヴィスカントゥス》』は刻印の意志を表す歌です。我々は有史以前から、世界を創った神に感謝を捧げ、その偉業を讃《たた》えるために『鍵の歌《クラヴィスカントゥス》』を歌ってきました。これに『解放の歌《リベルタカントゥス》』を組み合わせて歌うことにより、思考原野からエネルギーを取り出す方法を確立したのが大賢人です。歌う者の精神感応力が高ければ高いほど刻印との同調率も高くなり、より大きな思考エネルギーを引き出すことが出来ると言われています」

そこで彼女は俺を見て、にこりと笑う。

「先日の貴方の歌は素晴らしかった。途中までしか聞けなくて、とても残念だったわ」

「ありがとう」

俺のかわりにガブリエルが礼を言った。

「貴方の講義はいつも斬新《ざんしん》で興味深いですね。ツァドキエル」

ツァドキエル？

十大天使の右端にいた地味な女？

「失礼なことを言うんじゃないよ」

レミエルが俺の頰をぎゅっとつねった。

「彼女は近年悕《まれ》に見る、優秀な記憶と記録の管理者《ツァドキエル》なんだからね！」

11

アンガスとジョニーはアウラを探索して回った。残っている建物はもちろん、倒壊した家屋も、棚の中も、厩《うまや》の床も、台所の鍋《なべ》の底まで探した。屋根の上も見た。涸《か》れた井戸の底もさらった。便所の溜桶《ためおけ》の中まで探した。けれど見つかったのは、互いに殺し合ったとしか思えない人々の遺骸だけだった。

四日が過ぎ、焦燥感だけが募《つの》っていく。アンガスとジョニーが携行していた食料も水も、底をつきかけていた。

「出直した方がよかないか？」

疲れ切った顔でジョニーが言った。

二人は町の中央にある涸れ井戸の傍に座り、朝食がわりの乾燥肉《ジャーキー》を嚙っていた。

「もう一度、わかったことを整理してみましょう」

アンガスは人差し指を立てた。

「一つ、町の人々は狂気に駆られ、互いに殺し合った」次に中指を立てる。「二つ、人々はほぼ同時に狂気に駆られた。つまり文字《スペル》は誰もが目にする場所にある」次は薬指。「三つ、人々は互いに殺し合った。けれど略奪は行っていない。逃げ出そうとした形跡もない。なのに一ヵ所だけ、焼き討ちにあっている場所がある」

「ああ、あの町長屋敷《やしき》」

アウラ町長の屋敷は町で唯一、跡形もなく焼け落ちていた。しかもその中には二体の白骨が残されていた。一つは大人の男。もう一体は、それよりも小さかった。小柄《こがら》な女性か、子供のものだろう。「あそこに必ずヒントがある」乾燥肉《ジャーキー》の最後の一片を口に投げ込み、アンガスは立ち上がった。「もう一度、探してきます」

「もうよせよ。あそこにゃ何もねぇよ。さんざん探したじゃねぇか」

「変なんですよ、あそこは」アンガスは譲らない。「他の家は小火《ぼや》や延焼で焼け焦げているだけだけど、あの家は意図的に焼かれてた。もしかしたら危険を察した誰かが、文字《スペル》を燃やそうとしたのかもしれない」

「実際、焼けちまったんじゃねぇの？」

「文字《スペル》は決して壊れない」今までに幾度も繰り返してきた言葉を、アンガスは再び繰り返す。「文字《スペル》が刻まれた果実は腐ることなく、文字《スペル》が刻まれた紙が燃えることはない」

「お前の主張もわかるけどさ。いい加減、食料もなくなってきたし——一度ワイトに戻って態勢立て直そうぜ」ジョニーは傍らに置いた布袋を持ち上げた。「金になりそうな本の欠片も見つけたしさ」

「あ、いつの間に……？」

「どこから略奪してきた？　この恥知らずが！」

姫が怒りの声を上げた。が、もちろんジョニーには聞こえない。

「そこの本屋、けっこういいモノ揃えてたぜ？　こんな所に埋もれさせちまうのは惜しいだろ？」

「そんなこと言って、実は金儲《かねもう》けが目的なん——」

アンガスは途中で言葉を飲み込んだ。瞬きするのも忘れて、布袋からはみ出した一冊の本を凝視する。

「それは——」

「ああ、これ？　見たこともない本だけど、完本なんで拾っておいた」

「見せて」アンガスは飛びかかるような勢いで、彼からその本を奪い取った。「これは本じゃない！」

「──え？」

「製本した白紙の本にスタンプが描いてあるんだ。アウラの本屋はタップが使えたんだよ！」

これを見れば謎が解けるかもしれない。

アンガスはそれを開いた。途端、目の前に砂嵐が散る。保存状態が悪い。スタンプコードが掠《かす》れて消えかけている。

「うう、こりゃ無理だ」ジョニーが、目を押さえて呻いた。「こんなん見てたらスタンプ酔いしちまう」

「だったら黙ってろ！」

乱暴に言い放ち、アンガスは再びスタンプに集中した。見えるのは砂嵐だけ。次のページも、その次のページも同じだった。彼は祈るような気持ちで紙をめくった。

斜線に掻《か》き乱《みだ》された幻影《ヴィジョン》が立ち上がった。一人の少女が椅子に座って本を読んでいる。それに重なる刃物職人《フォスター》の幻影《ヴィジョン》。フォスター……この少女の名前だろうか。さらにもう一つ。何か見えそうだった。そこで幻影《ヴィジョン》は乱れ、砂嵐に戻った。

アンガスはページをめくった。

砂嵐の間に井戸が見えた。真新しい井戸だ。その横に男が立っている。胸に光る丸い白金のバッジ。アウラの町長だろう。彼の背後にも刃物職人《フォスター》のイメージ。フォスターはアウラ町長の名前だ。

そこまで辿《たど》ったところで、幻影《ヴィジョン》は砂嵐に溶けた。

アンガスはページをめくった。

次のスタンプからは、町の人々が立ち上がった。みな頭を抱えている。耳を塞いで苦しんでいる。その頭上、空の中央に輝く太陽――

次のページ。

水面に浮かぶ虹色の蝶。歌う小柄な人影。悶《もだ》え苦しみ、砂となって崩れていく人々。乱れ飛ぶ黒い影。

次のページ。

真っ黒な眼窩《がんか》と真っ赤な口腔。それがグニャリと引き歪む。瞬く閃光《せんこう》。目の前で幻影《ヴィジョン》が破砕する。粉々になった断片が視覚に突き刺さる。

「――ッ！」

アンガスはのけぞった。日記を取り落とした。今のはスタンプが見せた幻影《ヴィジョン》だ。実際に破片が刺さったわけではない。そうわかっていても目眩《めまい》がする。立っていられない。

「おい！」倒れかけた彼をジョニーが支えた。「だから言ったんだ、この阿呆《あほう》が！」

「大丈夫か？　アンガス？」

心配そうな姫の声が聞こえた。アンガスは頭を振り、目眩を振り払おうとする。

「大丈夫、です」

足を踏ん張り、何とか自分の力で立つ。ジョニーが差し出してくれた水筒から水を一口飲み、ようやく一息ついた。

「ありがとう」

水筒をジョニーに返し、アンガスはもう一度頭を振る。それから空を見上げた。太陽はかなり高い位置まで昇ってきている。

先程見た幻影《ヴィジョン》を思い出す。

真昼の太陽。苦しむ人々。水に浮いた虹色の蝶。

文字《スペル》は町のすべての人々が、頻繁に目にする場所にある。

「そうか――」

アンガスは背後の涸れ井戸を振り返った。

町長フォスターの助力で完成した新しい井戸。その後、人々の様子はおかしくなっていった。

「文字《スペル》はこの井戸の中にあるんだ！」

「そこはもう探したろ？」

ジョニーはくしゃくしゃになった煙草を取りだした。ブーツの底でマッチを擦り、それに火をつける。「砂をかき出して底の底まで調べたんだ。それらしいモンはどこにもなかったぜ？」

それはアンガスも確認していた。

水漏れを防ぐためか、井戸の横壁はガラスのようにツルツルとした黒曜石で覆われていた。おかげでとても登りにくかったのを覚えている。井戸の底は地下水脈に達していたらしいが、今は砂に埋もれ、水も涸れてしまっていた。

アンガスは井戸の中を覗き込んだ。太陽の光が差し込み、黒曜石の壁を照らし出す。そこに文字《スペル》らしき模様は見えない。

「黒曜石はこのあたりじゃ採れない。そんな高価な石を、わざわざ井戸の壁に使うなんて不自然だ」

ジョニーは井戸の縁に手を置き、身を乗り出して井戸の壁を見回す。

「けど……なんも見えねぇよ？」

「当時は見えていたはずなんです。今、見えないのは、その時と条件が違うから――」

アンガスは空を見上げた。雲一つない青い空。ほぼ中央に太陽がある。空の頂点に太陽が昇る時、日の光は井戸の奥まで差し込む。あとは——

「水だ。井戸の中に水を満たせば、きっと文字《スペル》は現れる」

「だとしてもだ」ジョニーは両手を広げて見せた。「そんな大量の水がどこにある？　海まで汲みに行くか？　その前にこっちが干あがっちまうぜ」

アンガスは答えずに、地面に置かれている『本』を見た。

「姫——？」

「うむ。任せろ」重々しく彼女は頷いた。それからジョニーの馬車を指さす。「幌を立てて二人とも中に入っていろ。私の呪歌は強力だからな」

「けど——姫は？」

「心配など無用だ」姫は勝ち気な笑みを浮かべて、その長い黒髪をかきあげた。「急げ！　太陽が傾いてしまってからでは遅い！」

姫に言われた通り、アンガスは荷台に幌を立て、ジョニーをそこに追い立てた。

「雨を降らすだって？」ジョニーは短くなった煙草を馬車の外に投げ捨てた。「馬鹿言うなよ。ここらへんはほとんど雨が降らねぇんで有名なんだぜ？」

「呪歌の威力を疑うとバチがあたりますよ？」

幌の下から井戸と姫の様子をうかがいながら、アンガスは言った。「ほら——始まった」

誕生の文字よ
いま一度　目覚め来たれ

天に昇りて風を抱き
大気を裂いて戻り来たれ

かなりの距離があるのに、姫の声は朗々と響いた。

地面がパキパキとひび割れる。毎朝、海からやって来る濃霧。ここ一帯の地面は乾いているように見えて、実はその奥に水分を蓄積しているのだ。それが再び霧になって空気中に噴出した。霧は渦を巻き、上空へと昇って雲になる。それは見る間に密度を増やし、太陽を覆い隠す暗雲へと姿を変えた。

「マジかよ」

ジョニーの呟きに、バツンという音が重なった。雨粒が幌を打ったのだ。それを皮切りに雨が降り出した。あっという間に激しさを増し、天の底が抜けたような豪雨になる。

井戸の傍に取り残され、雨ざらしになっている『本』を見て、ジョニーが尋ねた。

「あの本、濡れても大丈夫なのか？」

「文字《スペル》は決して壊れない。無力化しているとはいえ、『本』のページには文字《スペル》が書かれてるから、大丈夫……だと思うんだけど」

そう答えはしたものの、不安は拭いきれない。本に湿気は大敵──その先入観から、アンガスは姫を水気にさらしたことがない。なのにいきなりこの大雨だ。本当に大丈夫だろうか。

上空の雲が、まるで見えない手に絞られたように渦を巻きはじめた。白い小さな竜巻は、井戸の中へと吸い込まれていく。その最後の一滴まで井戸の中に落としきった後、あたりは静けさを取り戻した。濡れた地面に強烈な太陽の光が燦々《さんさん》と降りそそいでいる。青く晴れ上がった空には、嵐の気配など微塵《みじん》もない。

アンガスは幌の下から飛び出した。広場を横切り、『本』に駆けよる。

「何を慌てているのだ」

姫は苦笑しながらアンガスを見上げた。

「この私が、自分の降らせた雨にやられるような愚か者に見えるか？」

「いいえ――でも心配だったので……」

アンガスは『本』を手に取り、状態をチェックする。表紙が若干湿っているが濡れた様子はない。

彼はほっと安堵の息をついた。

「おい、アンガス！　見ろよ！」

井戸を覗き込んで、ジョニーが叫んだ。

「あれが文字《スペル》ってヤツだろ？」

アンガスは血相を変えた。『本』を抱えたまま井戸に駆け寄り、その中を覗き込む。

手を伸ばせば届きそうな所まで水が満ちていた。時は正午。太陽光が井戸に差し込み、水面をキラキラと輝かせている。その水面下……井戸の横壁は銀色に光って見えた。

黒曜石の表面には薄いガラスの層があったのだ。井戸を水で満たしたことで、黒曜石とガラスの間に出来た空気の層が光を全反射し、黒曜石の黒色を消し去っていた。銀色のガラス面に残されたのは黒い文様――

「『Jealousy《嫉妬》』……三十七番目だ」

押し殺した声で姫が言う。

ジョニーは井戸の縁から身を乗り出し、水の中に手を突っ込んだ。

「そいつに触るな！」

アンガスは彼を井戸から引き戻した。

「何すんだよ」ムッとしたようにジョニーはアンガスを睨んだ。「その『本』を見るためには文字《スペル》に触んなきゃなんないんだろ？　それとも何か？　俺には見せたくないってか？」

「違いますよ。僕はただ——」

反論しかけて、アンガスは彼から手を放した。

ジョニーは目を眇《すが》め、彼を睨んでいる。お調子者の彼らしくない険しい表情。

「まずいぞ、アンガス」左脇に抱えた『本』から、姫の声が聞こえる。「こいつ、文字《スペル》に触れたぞ」

「今の声、その『本』からか？」

ジョニーが手を伸ばす。アンガスは反射的に『本』を背後に隠した。

「何だよ、隠すなよ。俺にも見せろよ」

『本』を奪おうとジョニーが摑みかかってくる。それを振り払い、アンガスは三十七ページを開いた。

「ごめん、姫！」

『本』を地面に置き、そのまま勢いよく滑《すべ》らせる。水たまりの上、『本』はくるくると回転しながら離れていく。それを追いかけようとしたジョニーの腕を、アンガスが摑んだ。

「待って、ジョニー」

「邪魔すんな！」噛みつきそうな勢いでジョニーは言った。「一人占めしてんじゃねぇよ！　クソ、放せったら！」

「後でちゃんと紹介するから、今は僕の言うことを聞いて」

「何だよ、エラそうに。ガキのくせに威張ってんじゃねぇ！」

アンガスを振りほどこうと、ジョニーは腕を振り回す。その肘《ひじ》がアンガスの顔面を強打した。

「姫！　急いで！」

アンガスは叫んだ。ぬるりとしたものが口の中に流れ込む。鉄の臭い——血だ。鼻血が出ているらしい。でも今はジョニーを止めるのに必死で、そんなことにかまってはいられない。

失われし　我が吐息
砕け散りし　我が魂
帰り来たれ　悔恨の淵へ
いま一度　我が元へ

姫の美しい歌声が聞こえてきた。が、それを聴いている余裕もない。

叶わぬ望みが　胸を焼き
届かぬ思いが　我を狂わす
羨望《せんぼう》はやがて　呪いと化し
緑眼の獣を　解き放つ

パンッ！　と『本』が跳ね上がった。

開かれた三十七ページに禍々《まがまが》しい緋色《ひいろ》の文字《スペル》が焼きついた。それは徐々に色を失っていき、最後には黒く焦げついたような文字《スペル》だけが残った。

「……おや？」

暴れるのをやめ、ジョニーは首を傾げた。どうやら正気に戻ったらしい。それを確認してから、アンガスは鼻を押さえてしゃがみこむ。

「痛《ひ》ったぁ～」

「わ、悪《わ》りぃ。うん本当に、驚いたね、こりゃ」

「ヒョニィ？」

「ん？」

「殴《なく》っれひひ？」

「よせよせ、暴力反対！」「殴るだけじゃ足りん。蹴倒《けたお》してやれ！」

二つの声が同時に答えた。

見れば、姫が『本』の上に仁王立《におうだ》ちになっている。

「アンガスは顔がいいのだけがとりえなんだぞ。それなのに、よりにもよって、顔に肘鉄《ひじてつ》喰らわせるとは何事だ！　この馬鹿者が！」

「わぁお！」

ジョニーが目を見張った。

「あれが姫？　ホントに『スタンダップ』なしでも見えるんだ？　しかも会話出来るなんて、こんな

『本』見たことねぇ！　マジすげぇや！」

文字《スペル》に触れたために、彼にも姫の姿が見えるようになったのだ。ややこしい通訳がいらなくなったのは幸いだが――どうも素直に喜べない。

「お前、あんな『本』、どこで見つけたんだよ」

上を向いて鼻をつまんでいるアンガスの肩を、ジョニーはゆさゆさと揺さぶった。

「いいなぁ、すげぇなぁ、オレも欲しい～っ！」

「まだ言うか！　この馬鹿男が！」姫は眦《まなじり》をつり上げた。「いいか、覚えておけ。今でこそこのような『本』に身をやつしているが、私はれっきとした人間だ。誰の所有物でもないし、誰の所有物にもならん！」

「ああ、なんて、つれないお言葉――」

ジョニーはアンガスから離れ、スキップしながら姫に近づく。その傍らに膝をつく。

「『しかし逆境が人に与える教訓ほど、うるわしいものはない』と真ラジエルも書いている」

「お前の頭は空っぽらしいな、この壺頭め！」

「おお、怒る姿もお美しい……」

ジョニーは『本』を手に取った。目線の高さまで持ち上げ、うっとりと姫を眺める。

「ええい、やめろ。私に触るな！　また吹っ飛ばされたいのか！」

「決めたよ、我が姫」

うんうんと、ジョニーは頷く。

「君と一緒に行くよ。もう君から離れることなんて考えられない」

「お前にはお前の旅の目的があるだろうが！　そんな馬鹿げた理由でついてくるんじゃない！」

「弟は文字《スペル》を探してる。君は文字《スペル》を集めてる。となれば闇雲《やみくも》に探し回るより、君と一緒にいた方が、弟に巡り会える確率は高い……そうだろ？」

一方向にまくしたて、ジョニーはふらりとよろめいた。

「何という運命的な出会い！　かくして二人は将来を誓い合い、波瀾《はらん》の旅へと乗り出すのであった！」

「アンガス～ッ！」

姫が珍しく半泣きの声を上げた。

「傍観してるんじゃない！　早くこの馬鹿を何とかしろッ！」

アンガスは鼻を押さえたまま空を仰いだ。

天使が降ってきそうなほど、いい天気だった。

彼はため息をついて立ち上がった。

「――やれやれ《ひやれひやれ》」

12

俺は薬草園を出て、ガブリエルの家に居候《いそうろう》をすることになった。最初こそ戸惑ったものの、俺はすぐに精神ネットワークを自由に行き来するコツを摑んだ。ネットワークには知恵と知識が溢れていた。今までの空白を埋めるように、俺は情報の海を泳ぎ回った。

特に興味を抱いたのは、やはり刻印についてだった。世界には二十二の刻印がある。刻印は有史以前からこの地上に存在し、微弱ながらも思考エネルギーを放出してきた。それが生物の誕生や進化を助け、人類の発展を促す要因にもなったのだという。

ある歴史学者達の集まりで聞いた話だ。

第一の刻印『生命』が現れた時、原始の惑星に有機物が生まれた。第二の刻印『誕生』が現れた時、ヌクレオチドとアミノ酸から原始細胞が生みだされた。第三の刻印『呼吸』が現れた時、シアノバクテリアは光合成を開始した。第四の刻印『共生』が現れた時、好気性細菌と原始真核細胞は共生を始めた。第五の刻印『繁栄』が現れ、多くの多細胞生物が発生した。

その後も刻印がこの世に現れるごとに、生命は飛躍的な進化を遂げた。人類を誕生させたのは、第八の刻印『自我』であると言われている。そしてそれに続く『勇気』『好奇心』『慈愛』が人類を繁栄させ、『尊厳』『理性』『英知』が人類を知的生命体へと進化させた。二十二番目の刻印『思考』は人類の精神感応能力を高め、その結果、大賢人が生まれた。大賢人は刻印の研究に生涯を費やし、ついに『解放の歌《リベルタカントゥス》』を発見する。これが精神文明の黎明《れいめい》——後の刻印暦元年となったのだという。

しかし、知れば知るほどわからなくなる。そもそも刻印とは何のために、誰によって作られたのか。それを知るための方法はただ一つ。すべての記憶と知識が眠る思考原野に潜るしかない。その第一人者であるツァドキエルの、ネットワーク上にある講堂に俺は入り浸った。

彼女は思考原野に潜り、そこにある意識や思想の断片を持ち帰ることが出来る数少ない人間の一人だった。思考原野の底にあるという無意識。高エネルギー体であるそれに不用意に近づけば、『個の意識』などあっけなく焼き尽くされてしまう。そうなったら『個の意識』はもう肉体には戻れない。意識を失った肉体もまた衰弱して死んでいく。この現象を眠り病と呼ぶ。

今までに眠り病で死んでいった者は数知れない。だがその危険を冒してでも、思考原野には潜る価値があるとツァドキエルは言う。

「大きな声では言えないけれど――」

検閲ラインをうまく外した後で、彼女は俺に打ちあけた。

「今の社会は秩序を守るため、真実を隠蔽《いんぺい》している。そういうの、私は嫌いだな。すべてを自分の目で見て、それで判断したいから」

たとえば――と、彼女は耳朶のクリップを指さした。

「今、聖域に住んでる人達は精神ネットワークに接続するだけの精神感応能力を持ってる。でも聖域がまだ地上にあった時代には、精神感応能力が低くてネットワークにアクセス出来ない人達もいたの」

「首輪を付けられた俺みたいに？」

「ええ、だからこそ彼らは貴方と同じく洗脳を免れた。彼らは主張した。思想統一は個の人格を破壊する。文明を維持するために、個人の考えや思想が否定されるのはおかしいってね」

俺は笑った。なんて命知らずな。この聖域で生きていきたければ、それだけは言っちゃいけない。

「大賢人は彼らを放逐《ほうちく》したわ。彼らは聖域に属することも許されず、思考エネルギーから切り離された生活を余儀なくされたの」

思考エネルギーが得られなければ、精神ネットワークの維持はもちろん、電気も水も得ることは出来ない。過酷な地上に投げ出された彼らは、はたして生き残ることが出来たのだろうか。

「でもね。思考原野の片隅《かたすみ》に時々見つけることがあるの。私達とは文化も文明も違う、けれど私達と同じ人間の存在を」

俺は聖域の外縁から見下ろした地上の様子を思いだした。青く澄んだ湖。荒れ果てた大地。あのどこかに、楽園から追放された人々が暮らしているのだろうか。

「彼らは誰にも支配されず、自由に考え、自由に生きている。私は思うの。大賢人は彼らを放逐したのではなく、歪《ゆが》んだ考え方をする人達を聖域に隔離したんじゃないかって。狭く不自由な籠に囚《とら》われているうちに、私達は羽ばたく方法を忘れてしまったんじゃないのか……って」

どきりとした。

自由になりたい。この囲いを出て、鳥のように生きたい。

彼女もそう願ったことがあるのだろうか?

問いかけようとした次の瞬間、突然ネットワークが切れた。

精神が体に戻ってくる。俺の体は激しい苦痛を訴えていた。息が出来ない。誰かが俺の顔に枕を押し当てている。手を振り回し、枕を外そうともがいたが、相手はびくともしない。心臓が酸素を求めて過剰な運動を始める。この後にやってくるのは冠状動脈狭窄《きょうさく》、狭心症発作、急性心筋梗塞《しんきんこうそく》。そして死だ。俺の場合、自然死に見えるだろう。誰も殺されたとは思ってくれない。

焼けつくような痛みがやってくる。

椅子に座っていられない。胸を押さえて床に倒れる。押し当てられていた枕が外れた。なのに息をすることが出来ない。襲ってくる激痛。薄れゆく意識の中、俺を見下ろしている殺人者の顔が見えた。

小さな黒い人影。玲瓏とした美少女。ぞっとするほど美しい自動人形《ドール》。それはいつもウリエルの後ろに立って、彼女を守っている夜の天使——

なぜ、夜の天使《レリエル》が、俺を殺す?

第三章

1

　それはロウパ杉の大木だった。まっすぐ伸びた幹は太く、その梢は空を突くほどに高い。樹齢千年は下らないに違いない。横に張り出した枝では、たくさんの鳥が翼を休めている。

　その巨木は——海の真ん中に生えていた。

「……ぷはッ！」

　海面に浮き上がり、アンガスは大きく息を吐いた。

「お疲れさん」と言いながら、ジョニーが手を差し出した。アンガスは『本』を船の上に戻してから、彼の手を借りて小舟に這《は》い上《あ》がる。

「ううう……」

　唇が塩辛い。山育ちのせいか海は苦手だ。

　アンガスはコートを引き寄せ、濡れた素肌に巻きつけた。

「で、どうだった？」とジョニーが尋ねる。

「間違いない」と姫が答えた。「十一番目の文字《スペル》『Affection《慈愛》』だ」

　彼女には呼吸も水圧も関係ない。一緒に潜っていたにもかかわらず、ページが湿った様子もない。

「回収する」と姫は宣言した。

「わかりまし——」答えかけ、アンガスは立て続けにくしゃみをする。「すみません。服を着るまで待ってください」

「早くしろ」姫は彼に背を向ける。「私とて、お前の貧相な裸など見たくはないわ」

「――だってさ」

ジョニーはニヤニヤと笑いながらアンガスに服を放った。「お前、もっと鍛《きた》えたら？　せめてオレくらいにはさ？」

これ見よがしに上腕二頭筋を見せびらかすジョニーを片目で睨み、アンガスは言い返す。

「修繕屋に腕力は必要ありません」

ジョニーは勝ち誇ったように鼻で笑った。アンガスはそれを無視し、服を着ることに専念する。

彼らが乗っているのは近くの漁村ナーレで借りた漁船だ。二人と一冊が乗っただけで満員になってしまうくらい小さい舟だ。下手に重心を傾けると、それだけでひっくり返ってしまう。

「まだか？」苛立った声で姫が訊く。アンガスは慌ててシャツを頭から被った。

「はい、ただいま」『本』の十一ページを開く。「――どうぞ！」

姫は頷くと、超然と立っているロウパ杉と向かい合った。

失われし　我が吐息
砕け散りし　我が魂
帰り来たれ　悔恨の淵へ
いま一度　我が元へ

この世に在りし　全《すべ》てのもの
汝らに惜しまず　愛を与えん
母の腕にて　微睡《まどろ》む子らよ

汝らは我が子　愛《いと》しき幼子《おさなご》

海中に虹色の光が生まれた。それはゆらゆらと漂いながら海面に浮かび上がってくる。

Affection

虹色の文様は舞い上がると、開かれた本の十一ページに、ふわりと優雅に着地した。

「これでよし」

姫の呟きに、ミシミシという嫌な音が重なった。彼らの上に、茶色くなった杉の葉がバラバラと降ってくる。ジョニーは巨木を見上げた。千年以上直立し続けていた杉の木がゆっくりと傾き始めている。

「もしかして倒れるの？　コレ？」

まさかね？　というように両手を上げる彼の足下から、アンガスはオールを拾い上げた。

「見てる暇があったら漕《こ》げ！」

巨木は枯れていく。まるで役目を終えたかのように葉が落ち、枝がたわんでいく。太い幹は自重を支えきれず、音を立てて縦に裂けた。

悲鳴を上げる暇もなく、アンガスは力の限り舟を漕いだ。上空が陰った。枝葉を広げたロウパ杉が覆《おお》い被《かぶ》さってくる。


ざ、ざざ～ん……！

倒れたロウパ杉が大波を生み、そのあおりを喰らって小舟はひっくり返った。

「――うっぷ！」

投げ出されたアンガスは海面に浮き上がった。慌てて周囲を見回す。「姫――！　姫は――？」

「ここだよ～ん」

ジョニーが言った。彼はひっくり返った小舟の横に、『本』を片手に立っている。

「アンガス君は海水浴がお好きなようね～」

言われて初めて気がついた。水は腰くらいまでしかない。余裕で足がつく。

「あ～もう……」

照れ隠しに、アンガスは濡れた髪をかき回した。額に張りつくバンダナが気持ち悪い。

彼らは舟を浜に引き上げ、馬車の荷台へと積みこんだ。ジョニーは口元に指を当て、ピーッと口笛を鳴らす。と、それを聞きつけて、浜辺で遊んでいた二頭の馬が砂を蹴立《けた》てて駆けてくる。白い毛並みに斑《まだら》のある牡馬《おすうま》と艶《つや》やかな栗毛《くりげ》の牝馬《めすうま》。ジョニーの馬車を牽《ひ》く馬達だ。そのうちの一頭、栗毛の方がフンフンと鼻息を鳴らしながらアンガスの背後に近づいた。かと思うと――

「あだだだだ……！」

彼の頭に食いついて、その髪をもしゃもしゃと食《は》み始める。どうやらアンガスの白い髪を干し草と勘違いしているらしい。

「やめろオフィーリア！　そんなもの喰ったら腹を壊す！」

ジョニーに手綱を引かれ、オフィーリアはしぶしぶといった感じで口を開いた。解放されたアンガスは頭を押さえてしゃがみこむ。

「くそ～、ハゲたらどうするんだよ！」

「オフィーリアに『くそ』とか言うな。失礼だろうが。なあ、ハムレット？」

主人の言葉を理解したように、もう一頭の白馬の方がブルル……っと鼻を鳴らした。

「どこがオフィーリアなんだ」アンガスはブツブツと文句をいう。「どこから見ても じゃじゃ馬《カタリーナ》じゃないか」

「そーゆーこと言うと、また噛みつかれっぞ？」

「すみません、すみません」アンガスは速攻、謝った。「もう言いません。許してください」

「アンガス……」

荷台の上に置かれた姫が、呆れたように呟いた。

「最近のお前、言動がその馬鹿男に似てきたぞ？」


ハムレットとオフィーリアが牽《ひ》く馬車に乗って、アンガス達はナーレに戻った。

ナーレはジョッコ川の河口近くにある小さな漁村だ。百人ほどの村人達が魚を捕り、それを売って生計を立てている。

村の周囲には網が張り巡らされ、開かれた魚が天日干しされていた。せっせと作業をしていた村の娘達が、彼らに気づいて手を止める。ひそひそ話をしていたかと思うと、キャーッという歓声があがった。どうやらジョニーがウインクしたらしい。

「さてと――」わざとらしい咳払《せきばら》いをして、ジョニーは馬車を止めた。「オレは舟を返してくる。お前は先に戻っててくれ」

とか言って、女の子達を口説きに行くつもりなんでしょう？　という台詞を飲み込む。

今は一刻も早く小屋に戻って、濡れた衣服を着替えたい。

「それじゃ、よろしくお願いします」

アンガスは『本』を手に御者台から降りた。歩き出した彼の背後から、キャアキャアと娘達の声が聞こえてきたが、彼は振り返りもしなかった。

魚干し網の間を通り抜け、村の中を歩いていく。その途中、ガラクタを荷馬車に載せている老人がいた。何の気なしに荷台へと目をやって、アンガスはぎょっと目を剝《む》いた。

「──首？」

鉄錆《てつさび》が浮いたナイフ。美しい文様の入った壺の欠片。弦のない竪琴《たてごと》。そんなガラクタに埋もれるようにして──生首が転がっていた。金色の巻き毛に雪花石膏《アラバスター》の肌。白磁のような耳朶とそれを飾る銀の耳飾り。すらりと鼻筋の通った美しい顔立ち。閉じられた瞼の長いまつげも金色だった。

知らない顔だ。見たこともない。

なのに自分のものではない記憶が告げる。これは自動人形《ドール》の首だ。楽園を讃える歌を、歌い聞かせるために作られた自動人形《ドール》の首だ。

「驚いたけ？」

老人は歯の抜けた口を開けてカカカ……と笑う。

「兄ちゃん、ソレ欲しいんかい？」

とんでもないとアンガスが首を横に振ると、老人は再びカカカ……と笑った。

「こいつらは打ち上げられたモンなんじゃ。ここいらの浜には、海辺に沈んだ遺跡から、いろんなモンが流れ着くでな。何に使っておったのかはわからんが、こういうキラキラピカピカしたモンは、ちょっとした金になるんじゃよ」

「こんなもの買う人がいるんですか？」

「兄ちゃんにはまだわからんじゃろが、こういう遺物を欲しがるモンもけっこうおってな。こいだけキレイな顔立ちしとれば、首だけでもかなりの値がつくじゃろうて」

「世の中には変わった人がいるもんですね」アンガスは馬車の荷台をポンと叩いた。「いい値で売れることを祈ってますよ」

「おう、あんがとな」

老人と別れて歩き出す。村を抜け、川辺に出る。ナーレ村には宿などないので、彼らは空いている漁師小屋を借りていた。川岸に建てられた粗末《そまつ》な小屋。潮の臭いと魚の臭いが染《し》みついている。慣れない人間にとっては、これがかなり辛ぃ。

小屋に戻ったアンガスは、川で水浴びをし、髪を洗った。

「は〜、さっぱりした！」

乾いた服を身につけ、替えのバンダナを頭に巻く。ついでに濡れた服を洗い、それを干し終えた頃、ジョニーが夕食を調達して戻ってきた。

「ほーい、今夜も干し魚と海草のスープだよ〜」

「――……」

アンガスは声もなく笑った。この村にたどりついて三日目。朝も晩も魚ばかり食べている。いい加減、別のメニューが恋しいところだが、安値で小屋を借りている上に食事の準備までして貰っているのだ。贅沢《ぜいたく》は言えない。

ジョニーは夕食を床に置くと、アンガスに呼びかけた。

「なぁ、一仕事終えた祝いにさ。一緒に一杯やりに行かねぇ？」

ナーレには酒場はない。が、この男は持ち前の人なつっこさを発揮して、村の集会所に入り浸っているのだ。昨夜も酒をたらふくご馳走になったうえ、一晩中戻ってこなかった。どこに泊まったのかは訊かなかったが、先程の娘達の嬌声《きょうせい》から察するに、アンガスの想像もあながち的はずれではないだろう。

「魚以外のモノも喰わせて貰えるしさ～」

小屋にたった一つしかない丸椅子に腰掛け、ジョニーは体を前後に揺らしている。

「一緒に行こうぜ、アンガスく～ん」

「僕はいいです」アンガスは床に座った。黙々と干し魚を口に運ぶ。「やりたいこともあるし、行くなら一人でどうぞ」

「え～？」

「何か問題でも？」

「だってさ、ゾラが『あの白い髪の子を連れてきてくれたら、貴方にもキスしてあげる』って言うんだもん」

悪びれもせず、ジョニーは笑ってみせる。

「だから一緒に行こ、アンガスちゃん？」

「か……勝手なコト言うな！」

声を荒らげるアンガスを、ジョニーは不思議そうに眺める。「なんで怒るのよ？　女の子にモテるの、嬉しくないの？」

「モテてるんじゃありません。白い髪が珍しいだけです。ノコノコ出ていったりしたら、笑いものになるに決まってます」

「若いくせにヒネてんなぁ！　もっと素直に人生楽しめよ？」

「余計なお世話ですっ！」早く行けというように、アンガスはしっしっと手を振った。「貴方がどこでどんな油を売ろうと僕の知ったことじゃない。けど今度僕をダシに使ったら、左目の下にホクロ描いて、保安官に突き出しますからね！」

「ちぇ、つき合い悪いなぁ」

ジョニーは渋々立ち上がる。「若者らしくない」とか「かわいげもない」とか、失礼なことを呟き続ける彼を小屋から叩《たた》き出し、アンガスは引き戸を閉じた。

「なぜ断ったんだ？」

部屋の中央に置かれた『本』の上から姫が問いかける。「一緒に行けばよかろう？　それともお前、女が嫌いなのか？」

「そんなの、どうだっていいでしょう！」

アンガスは荷物の中からカンテラを出して火をつけた。その横にアウラで見つけた日記を置く。本屋の主人が描き残した、あの日記だ。

「それ、持ってきたのか？」

姫の声に、アンガスは頷く。

「死者の持ち物を奪うのは感心せんな」

「これは本じゃありません。売り物にはならないし、売るつもりもありません。いずれ機会を見て返しに行きます。天使達の遺跡ならともかく、文字《スペル》によって滅ぼされた町を略奪するほど、僕は恥知らずじゃないです」

「では、なぜそんなモノを持ってきたのだ？」

「修理してみようと思って」

アンガスは日記の横に新しい紙を広げ、タップとペンを用意する。そして紙面に焦点を合わせないよう、用心しながら日記を開いた。

「ちょっと気になる箇所があったんです」

「ふむ……」

姫はアンガスの手元を覗き込んだ。アンガスは慎重な手つきで、かすれて消えかけたスタンプコードを拾い、同じ模様《パターン》を別の紙に描き写していく。

かなりの時間をかけて、問題のページを描き取った。

アンガスはペンを置き、それに焦点を合わせる。

窓辺に座る少女の幻影《ヴィジョン》が立ち上がった。熱心に本を読んでいる黒髪の若い娘。その肩越しには刃物職人《フォスター》の幻影《ヴィジョン》と王女《セラ》の幻影《ヴィジョン》がぼんやりと浮き上がる。

「アウラ町長の娘の名は——セラ・フォスター」

セラは珍しい名前ではない。偶然の一致ということも充分に考えられる。それでもアンガスは、バニストンに置いてきたセラのことを思った。本を熱心に読む少女。その幻影《ヴィジョン》に彼女の姿が重なる。

「焼け落ちた町長の館《やかた》に残されていた骨は……セラの父親と母親だったのかもしれない」

「アンガス」姫が難しい顔で彼を見上げる。「セラのことは哀れだとは思う。何かしてやりたいと思うお前の気持ちもわからなくはないが、私達には文字《スペル》を探すという使命がある。余計なことに首を突っ込んでいる暇はないのだぞ？」

「ええ、わかってます」

アンガスは日記を閉じた。その表紙に目を落とし、独り言のように呟く。

「でも――この日記には、他にも気になるところがあるんです」

これはあくまでも推測だ。何の根拠もない。それを口にしていいものか、彼は逡巡《しゅんじゅん》した。

「何が気になるんだ？」じれったそうに姫が先を促した。「いいから言ってみろ」

アンガスは顔を上げた。意を決して口を開く。

「これは受け売りの知識ですが――かつて天使達は、より多くの思考エネルギーを生み出すため、『鍵の歌《クラヴィスカントゥス》』による思想統一を行っていたんです」

「その話なら以前にも聞いた」

「ええ、ここからが僕の推論です」

アンガスは心持ち身を乗り出し、声を潜めた。

「アウラの井戸にあった文字《スペル》――あれは人々の嫉妬心《しっとしん》……互いに殺し合うほどの狂気を集めるため、故意にあそこに置かれたんじゃないでしょうか？」

「何のために？」

「おそらく思考エネルギーを集めるために」

「天使達が行っていたことを再現しようとしているヤツがいる……ということか？」

「そうです。この日記には――」と言って、アンガスはアウラの日記に手を当てる。「歌う小柄な人影が描かれていました」

「スタンプコードの読み間違いじゃないのか？」

「その可能性はあります。けど、こう考えたら辻褄《つじつま》が合うと思いませんか」

アンガスは日記の表紙に手を置いたまま、再び姫に目を向ける。

「誰かがアウラに文字《スペル》を置き、人々に『鍵の歌《クラヴィスカントゥス》』を聴かせた。その結果、アウラの人々は狂気に走り、全滅した」

一息分の間を挟んで、続ける。

「住民がすべて滅んでしまったので、手入れする者がいなくなった井戸は砂に埋もれてしまう。あの文字《スペル》は井戸の水が涸れると、自動的に姿を隠す仕組みになっていたんです。ああしておけば、万一誰かが文字《スペル》を奪いに来ても、容易には見つけられない。井戸に水を満たすには、もう一度井戸を掘り直さなきゃならない。これはかなり大変なことですよ？　現にレッド・デッドショットも文字《スペル》を見つけられなかった」

「うむ――」

「これを仕組んだ誰かは、そうやって文字《スペル》を保管しておいて、またの機会に掘り起こし、同じことを繰り返すつもりだったんじゃないでしょうか。もしそうだとしたら、その誰かは文字《スペル》の仕組みも、歌の恐ろしさも十分に理解した上で、これを行っていることになります」

「誰かが意図的に文字《スペル》を置いたというのは、間違いないと思う」

そこで姫はゆっくりと首を横に振る。

「文字《スペル》からエネルギーを取り出すには、『鍵の歌《クラヴィスカントウス》』と『解放の歌《リベルタカントウス》』が必要だ。勘のいい人間ならば、文字《スペル》から『鍵の歌《クラヴィスカントウス》』を聴くことが出来るかもしれない。だが『解放の歌《リベルタカントウス》』は別だ。この時代に、私の他にそれを知っている者がいるとは思えない」

「それは……」

「考えすぎだ、アンガス。『解放の歌《リベルタカントウス》』がなければ、文字《スペル》からエネルギーを取り出すことは出来ん。取り出すことが出来ないエネルギーをため込んで、その誰かは何をしようというのだ？」

「…………」

「その誰かは文字《スペル》に操られ、文字《スペル》をアウラに運び込んだ。『鍵《クラヴィスカントゥス》の歌』を歌い、アウラに災いをもたらすためにな。そう考えた方がまだ筋が通る」

確かに姫の言う通りだ。けれどアンガスにはもう一つ、気がかりなことがあった。

セラのことだ。

あの惨劇の最中にあって、なぜ彼女だけが生き残れたのか。なぜ彼女は文字《スペル》の影響を受けなかったのか。そこには何か理由があるはずなのだ。

「もし『解放の歌《リベルタカントゥス》』を歌う者が姫の他にも存在していたら？　アウラに文字《スペル》を仕込んだ誰かが、それを手に入れていたとしたら？」

アンガスの問いに、姫は唇を歪めた。

「悪意を持ってそれを歌えば、世界を滅ぼすことなど容易《たやす》いだろうな」

2

夢を見ていた。

初めて見る夢ではない。今までにも同じような夢を見たことがある。なのに目覚めれば何も覚えていない。懐かしいような、切ないような感覚だけが胸に残る。

そんな夢から――俺は目を覚ました。

消毒液の臭いがする。天国というわけではなさそうだ。どうやら俺はまた死に損《そこ》なったようだ。

「すぐに飲めるよう訓練しておけって言っただろう。まったく年寄りの言うことを聞かないから、こんな目に遭うんだよ」

現れたレミエルは俺に説教をし、それから状況を説明してくれた。

異変を察知したのは、やはりガブリエルだった。彼は俺に薬を飲ませ、すぐに病院へ運んだ。心筋梗塞を起こしかけていた俺は、ずいぶんと長い間、昏睡《こんすい》状態にあったらしい。その間、ガブリエルはずっと俺の手を握り、呼びかけ続けていたのだそうだ。

「彼は今どこに？」

俺の問いかけに、レミエルは複雑な顔をした。

「議事堂に行ってるよ」

本当は私も行かなきゃならないんだけどね、と前置きして、レミエルは続けた。

「エネルギー問題が深刻化していてね。歯止めが利かないんだとさ」

彼女は俺の頭をなで、少し悲しそうな顔をした。

「新たな解決策とか言って、いろいろと話し合いが行われているけど、嫌な話ばっかりさね。私はもうこの先、長くない身だからいいけどさ。お前さんやガブリエルみたいに、これから先のある若者にゃ、辛い世の中になりそうだよ」

3

「起きろ！」

誰かが肩を摑んだ。

「起きろったら、起きろってば、起きろ～！」

アンガスは目を覚ました。

ジョニーが彼の両肩に手を置いて、激しく前後に揺さぶっている。

「痛い痛い痛いってば！」アンガスは文句を言って、彼の手を振り払った。「乱暴だな。起こすなら、もうちょっと優しく起こしてくださいよ！」

「なんだよ。心配して起こしてやったのに」

ジョニーはふてくされた。「うなされてたぜ？　借金取りに追われる夢でも見たか？」

夢――？

言われてみれば、懐かしい夢を見ていたような気もする。けれど、どんな夢だったかは覚えていない。ただもの悲しい、胸が苦しくなるような感覚だけが残っている。

「でなきゃ、保安官にしょっぴかれる夢とか？　切れたはずの女に追っかけられる夢とか？」

「貴方と一緒にしないでください」

アンガスは起き上がった。外はすでに明るい。少し眠りすぎたようだ。

「朝飯、喰う？」

ジョニーはニカッ、と歯を見せて笑った。

「いつも通りの干し魚と海草のスープだけどな？」

「もちろん食べますとも」

呻くように答えてから、アンガスは小声で続けた。

「なんかもう、ウロコが生えてきそうだ」

朝食を終え、水と食料を積み込んでから、彼らはナーレ村を出た。川沿いに南下し、モール湖を目指す。その湖畔にあるウィードに立ち寄ってから、今度は山岳地帯にあるウォラーレ湖に向かう予定だ。その畔《ほとり》にあるという遺跡が、次の目的地だった。

ギョッ、ギョッ、とカエルが鳴いている。川辺には茶色い下草が生えている。その中をハムレットとオフィーリアが牽く馬車が行く。ジョニーが御者台で手綱を握り、アンガスは荷台に座っていた。歩くより早くて楽な旅だったが、行く先々でかかる食費と宿代はアンガス持ちだ。この状況、はたして素直に喜んでいいものか。

「眠そうだな？」

荷台に置かれた『本』から姫が呼びかけた。

アンガスは欠伸《あくび》をかみ殺し、苦笑いする。

「昨夜、どうも眠りが浅かったみたいで」

「何だ～？　アンガス、眠たいのか？」

言葉の端を聞き取ったらしい。ジョニーが会話に割って入った。

「じゃ交替しようぜ。手綱を握れば目が覚めるぞぉ？」わざとらしく欠伸をする。

「昨夜は寝かして貰えなくてさ。もう眠いのなんのって……」

「言っていることが矛盾してますよ」

アンガスは『本』を手に取った。立ち上がり、御者台へと移る。

「寝ぼけた貴方に手綱を任せるのは不安だし、かわりましょう」

「ありがたい！」

ジョニーは手綱を放り出すと、後ろの荷台に移った。横になる場所を作るために荷物を片側に寄せ、丸めてあった毛布を引っぱり出す。

「ひゃあっ！」

素《す》っ頓狂《とんきょう》な悲鳴が聞こえた。何事かとアンガスが振り返ると、ジョニーは荷台の床を凝視したまま凍《こお》りついている。

「なんだ？」と姫が言い、

「どうしました？」とアンガスは尋ねた。

ジョニーは蒼白な顔を彼に向け、口をパクパクと動かした。左手に毛布を抱えたまま、右手で床を指さしている。何か足下にいるらしい。座ったままでは見えないので、アンガスは御者台から腰を浮かせた。

「あ――！」

今度はアンガスが目を見張る番だった。

荷台の床に転がっているモノ――それは首だった。昨日ナーレで見かけた、あの自動人形《ドール》の首だった。

「なんでここに？」

「そんなのオレが訊きたいよ！」アンガスの呟きを耳ざとく聞きつけ、ジョニーが早口にまくし立てる。「この人殺し！　誰なんだコイツは？　お前がやったのか？　隠すならもっとマシな所に隠せよ！　それともオレに罪をおっかぶせようってハラか！」

「違いますよ」アンガスは手綱を引いて馬の歩みを止め、荷台へと戻った。「これは人間じゃない。天使達が作った自動人形《ドール》の頭です」

彼は首を拾い上げた。千年近くの時を経ているはずなのに、美しい顔には傷一つない。

「嘘つけ！　こんな精巧な人形があってたまるもんか！　つくならもっとマシな嘘つけ！」

大声で喚き散らすジョニーの目の前に、アンガスは首を突きつけた。

「うひぃ！」

慌てて飛び退《との》くジョニーに、ぐぐっと首を押しつけ、アンガスは低い声で言った。

「よく見て。うぶ毛とか毛穴とかないでしょ？」

さらに首の断面を見せる。そこには骨や筋肉のかわりに、銀色の線がびっしりと詰まっていた。

「ね？　作り物なんだってば」

「う……わかった。わーったから近づけんな！」

アンガスが首を離すと、ジョニーは薄気味悪そうに彼と人形の首を交互に見た。

「で？　なんでそんなモノを後生大事にしまい込んでたワケ？」

「僕じゃない」ムッとしてアンガスは言い返した。「人形の首になんか興味ない」

「でも――」とジョニーは首を指さす。「知った顔なんだろ？」

「昨日、ナーレ村で見かけただけです。ガラクタの中にコレがあって――お爺《じい》さんは海岸で拾ったって言ってました」

アンガスは人形の顔を眺め、小首を傾げる。

「なのに、なんでこんな所にあるんだろう？」

「知るかよ。オレもお前も持ち込んでないってことは、その爺さんの仕業なんじゃねぇの？　気味が悪くて手放したくなったんだろ」

「でも彼は売りに行くって。結構いい金になるんだって言ってたのに」その時の彼の顔を思い出し、アンガスは眉を寄せる。「くれるって雰囲気じゃなかったけどなぁ」

「とにかく！」

パン！　とジョニーは手を打った。

「そんな気色悪いモノ、荷台に転がしとくな。お前が責任持って何とかしろ」

まるで首がここにあるのは、彼のせいと言わんばかりだ。アンガスは横目でジョニーを睨んだ。

「わかりました」と言って、彼は荷台を降りた。「捨ててきます」

そのまま川の畔まで歩いていく。人形の首を右手で摑み、大きく振りかぶって川面《かわも》にそれを投げようとした時――

右の掌に、チクリと痛みを感じた。

途端……目の前が真っ暗になった。

『私を連れていってください』

そんな声が、直接頭の中に響いてくる。

『私を連れていってください』

その声は柔らかく、美しかった。この声で子守歌を歌われたら、子供だけでなく大人でさえ、眠らずにはいられないだろう。

『私の体はカネレクラビスにあります。どうか、私を連れていってください』

カネレクラビス……ソリディアス大陸の中心地。ここからそう遠くはない。けれどあそこは独自の文化を守り続けているネイティヴ達の聖地だ。彼らは外界との接触を嫌い、余所者《よそもの》を嫌う。勝手に踏み込んだりしたら、それこそ殺されかねない。

『私を連れていってください』

声は訴えた。幾度も幾度も。

『お願いです』

『私を連れていってください』

『お願いです』

真っ暗だった視界に色彩が戻ってくる。と、同時にその声は薄れ、かわりに聞き慣れた女性の声が彼の名を呼んだ。

「アンガス！　おい、アンガス！」

姫の声だ。ジョニーがペチペチと彼の頰を叩いている。アンガスは呻き、上半身を起こした。いつの間に倒れたのかさえ覚えていない。

「何だ？　今の？」

自問しながら右手を見る。痛みを感じた箇所、掌の中央に虫に刺されたような跡がある。どうやら自動人形《ドール》の精神伝達物質が体内に入ったらしい。

「ん……？」

アンガスは首を傾げる。

精神伝達物質って何のことだ？

馴染みのない言葉だったが、伝達というくらいだから何かを伝えるためのものなのだろう。それが体内に入ったから、自動人形《ドール》の意識を感じ、自動人形《ドール》の声を聞くはめになったのだろう。

「目ぇ開けたまま気絶するなんて器用なヤツだな」、ジョニーは心配そうにアンガスの顔を覗き込む。「呪いだよ。生首の呪い。投げ捨てようとするからバチが当たったんだ」

「あぁ……そうかもしれない」

「げ、マジぃ？」

慌てて身を引くジョニーを無視して、アンガスは人形の首を拾い上げる。コートを脱いで、首をくるんだ。それを脇に抱えて荷台に戻る。

「よくわからんが、妙なところで時間を喰っちまったな」

やれやれと首を振り、ジョニーは御者台に戻った。手綱を一振りし、川辺の草を喰《は》んでいた二頭の馬に労働を促す。

「急がねぇと今日中に湖までたどり着けねぇぞ？」

ジョニーの予言通り、その日はモール湖にはたどり着けず、川岸で一泊した。川辺にたくさんいるカエルを捕まえてきて夕食にする。皮を剝《は》ぎ、内臓を抜き、灌木の小枝に刺して火であぶる。白い肉は淡泊だったが、鶏肉《とりにく》のような味がして予想以上に美味《うま》かった。ここのところ魚ばかりを食べていたので、余計にそう感じたのかもしれない。

食事を終え、馬達の世話をした後、二人はたき火の傍に横になる。いつもならばすぐに寝入ってしまうアンガスだったが、今夜ばかりは勝手が違った。

意識が眠りに引き込まれそうになると、決まってあの声が響いてくるのだ。

『私を連れていってください』

『私の体はカネレクラビスにあります』

『お願いです』

『どうか私を連れていってください』

とても眠れる状況じゃない。それでも意地で目をつぶり眠ろうとすると、声は夢の中までついてくる。

「貴方を守りたかった。貴方の傍にいたかった。他の誰よりも、貴方に近しい存在でありたかった」

自動人形《ドール》が言う。胸がしめつけられるほど悲しげな声で。

「この世界にはどんなに望んでも、決して手に入らないものがある。それを悟った時……どんな気分になるか。貴方にわかりますか？」

自動人形《ドール》の青い目が、まっすぐに彼を見る。

「すべてを壊してしまいたくなるんですよ」

4

夜の天使《レリエル》に殺されかけたことを、俺は誰にも話さなかった。誰か言ったところで信じて貰えるはずがない。ガブリエルとレミエル婆さんは別だろうが、それが二人のためになるとは思えない。

確かにウリエルは俺を嫌っていた。けれどこんな実力行使は慎重な彼女らしくない。もしかすると俺は自分でも気づかないうちに、彼女が探られたくない事実を摑みかけているのかもしれない。

退院してから、俺はツァドキエルに会いに行った。が、どうも態度がよそよそしい。どうやら俺が発作を起こしたのは、あの時の会話のせいだと思っているようだ。あんたのせいじゃないと何度も言ったのだが、彼女は当《あ》たり障《さわ》りのないことしか話してくれなくなってしまった。しかも思考原野に潜るのは諦めた方がいいと言う。

「思考原野に潜って生還するためには、生きたいという強い意志を必要とするの。でも貴方は心のどこかで自らの死を願っている。そんな貴方が思考原野へ降りたら、戻ってこられなくなるわ」

俺は言い返せなかった。図星だったからだ。

「貴方が知りたいと思っていることと、私が知りたいと思っていることは同じ。もし何かわかったら、こちらから連絡する」

だからもうここには来るな。そういう意味だった。

ガブリエルは俺の体を心配して、とにかく安静にしているようにと言った。心臓に負担がかかるので精神ネットワークに入り浸るのも禁止だという。

「お願いですから無茶はしないでください」

涙を浮かべてそう言われたら、頷かざるを得ない。俺は毎日、暇を持て余すようになった。まさしく身の置き所がないというヤツだ。そんな折、意外な人物からお誘いがかかった。

俺を自宅に招待したいと言い出した奇特な男。それがラジエルだった。十大天使の一人で、豪奢《ごうしゃ》な金髪の巻き毛の持ち主。俺が議事堂に召喚された時、悲劇の王子が似合うだとか何とか、訳も分からないことを言った男だ。

しかし人は見かけによらない。彼——ラジエルはとても著名な本の創造者だった。彼の本なら、俺も薬草園にいた頃に何度も見たことがある。

本は人々に共通の感動を与え、思想を統一化するために、大賢人が考え出したものだ。その後、長い年月を経るにつれ、本に記録される内容は徐々に複雑化していった。今では視覚や聴覚だけにとどまらず、知覚や触覚までもが再現される本もある。

本の創造者は自分が頭の中に思い描いた場面を感応紙に念写する。するとそれは色鮮やかな文様となって紙面に焼きつく。これを起動させるには自己催眠の呪文が必要だ。呪文を唱え、脳を催眠状態にしてから本を開く。すると紙面に焼きつけられた文様は視覚を通じて脳を刺激し、感覚を再構築する。本とは創造者が念写した感覚を、読者に疑似体験させる記録装置なのだ。

ほとんどの創造者は、主人公の動きと台詞を書き込むので手一杯になる。が、ラジエルは違った。

彼は効果音や音楽、豪華な衣装をまとった大勢の役者とその立ち居振る舞い。さらには彼らが立つ劇場と背景の書き割りまで、こと細かく本に念写した。

これは爆発的な支持を受けた。原本から幾重にも複製が作られ、それはこの十三聖域のみならず、他の聖域にまで広まっていた。

「君を見たときに閃《ひらめ》いたんだ。次回作は悲劇の王子の物語にしようと」

ラジエルは大仰な身振り手振りを交えて力説した。

「父王を暗殺した叔父を倒そうとする、悲劇の王子の復讐譚《ふくしゅうたん》なんだ」

物語の内容はさておき、この本に出てくる主人公の姿は俺に酷似していた。彼は本の宣伝をかねて、俺をいろいろな所に連れて行った。精神ネットワークを通じてではなく、実際に生身を伴って聖域を見て回るのは初めての経験だった。

豪華なオペラハウス。第十三聖域で一番大きな劇場。座天使《スローンズ》階級以上でなければ入れない高級クラブ。酒はどんなに高級な物でも俺の口には合わなかったが、煙草は気に入った。白い煙を吐き出すと、体が軽くなるような気がした。それは空を飛ぶ感覚に少し似ていた。喫煙が心臓に良くないことは重々承知している。寿命を縮めたいのかと問われれば、多分そうだと答えただろう。

生まれてからずっと俺は問いかけ続けてきた。

なぜ俺は生まれてきたのだろう、と。

この聖域もそうだ。ヒエラルキーは存在しても、それはエネルギーの分配が少ないだけの話。下級階層であっても不当な重労働を強《し》いられることはない。犯罪はなく、寒さに震えることも、飢えに苦しむこともない。まさしく楽園といえるだろう。

けれど楽園の住人は、その代償として思考の検閲を受け、思想を統一する歌を強制される。自由意思を持つことは許されない。ここは楽園に見せかけた牢獄だ。巨大な棺《ひつぎ》だ。こんな世界を維持するために、刻印が生まれたわけではないはずだ。

　何のために刻印は生まれたのか。何のために俺は生まれたのか。俺は真実が知りたかった。

5

　ウィードに到着したのは、それから三日後のことだった。久しぶりの町だ。アンガス達は買い出しをするべく、さっそく雑貨屋へと向かった。

「親爺ぃ、高いよ。もうちょい何とかならない？」

　金を出すのはアンガスだったが、交渉するのはジョニーの役目だ。口八丁手八丁。ここまでくると立派な詐欺《さぎ》師だ。

「こっちの缶詰一箱を五百ギニーにしてくれたら、ついでに乾燥トウモロコシも買うんだけどなぁ？」

　延々と続く交渉を聞いているうちに、アンガスは気分が悪くなってきた。この三日間、例の声に邪魔されてろくに眠っていない。いつもは気にもならない肉の臭いが今日はやたらと鼻につく。

「ジョニー……ごめん」

　ますます交渉に熱が入ってきたジョニーに、アンガスは声をかけた。

「ちょっと気分が悪い。外に出てるから――」

「おう、わかった！」と勢いよく答えてから、ジョニーは慌てて彼の肩を摑む。「おい。お前、真っ青だぞ？　大丈夫か？」

「うん、少し休めば――」大丈夫……と言い終わらないうちに、アンガスは床にしゃがみ込んだ。

「だめ――吐きそう」

結局、彼はジョニーの肩を借りて宿屋に戻った。ベッドに倒れ込むなり意識を失う。だが眠ったという感覚はなく、次の瞬間には例の声に呼び起こされる。

「――ッ!」

「目が覚めたか?」

飛び起きると、枕元《まくらもと》に置かれた『本』から、姫が心配そうに彼の顔を覗き込んだ。

ということは、自分は寝ていたのだろうか。眠っていたにしては体が怠《だる》いし、頭も鉛のように重い。なのに窓の外はすでに暗かった。すっかり日が落ちている。

「おお、アンガス。よくやった!」

ジョニーが上機嫌で彼の肩を叩いた。

「なんのことです?」

「雑貨屋の親爺が同情してくれてさ。缶詰一箱と乾燥トウモロコシ一袋、八百ギニーでいいって。ついでにお前に喰わせてやれって、こんな物までくれたんだ」

ジョニーが差し出した紙袋の中には、茹でたソーセージが山ほど入っている。

「お前の手柄《てがら》だ。たくさん喰え」

茹でた肉と甘い油の匂いがする。美味そうな匂いだったが、寝不足の胃袋にはきつい。空の胃袋から胃液が逆流しそうになり、アンガスは口を押さえた。

「ごめん――今はいらない」

「なんだ? 元気ないな? どっか悪いのか?」

「ううん。大丈夫だから……」

「そうは見えん」姫は上目遣いに彼を睨んだ。「最近よく眠れていないようだが、どうしたんだ？」

アンガスは返答に詰まった。隠さねばならない理由はない。けれど本当のことを話せば、姫はカネレクラビスに行くと言うだろう。それが嫌だった。誰かの思惑に乗せられている気がして嫌だった。

「あの首のせいか？」

姫の言葉に、アンガスは思わず顔をはね上げた。

それを見て、姫は厳しい顔をする。

「やはりそうなのだな」

「どうしてわかったんです？」

「お前の様子がおかしくなったのは、人形の首を投げ捨てようとして気を失って以来だ。それくらい気がつかないようでどうする」

姫は『本』の端から、ぐいっと身を乗り出した。

「隠し事は一切ナシのはずだぞ？　忘れたのか？」

「ああ……そうでしたね」

アンガスは観念して口を開いた。

ナーレ村で首を見かけたこと。それが自動人形《ドール》の首だとわかったこと。首を投げ捨てようとした時に痛みを感じたこと。精神伝達物質というモノのせいで、人形の声が聞こえるようになったこと。眠ろうとすると聞こえてくるその声が気になって、最近ろくに眠っていないこと。それらをすべて打ち明ける。

「といっても――僕の体内に入った精神伝達物質はほんの少量ですから、効果はそう長くは続かないと思います」

「わからんぞ？」姫は腕組みをして言った。「なにしろ天使が作ったモノだ。下手をすれば一生、聞こえ続けるかもしれん」

「そんな大げさな……」

「憂いは早いうちに断たねばならん。予定を変更し、カネレクラビスに向かおう」

「冗談だろぉ？」ジョニーが抗議の声を上げる。「あそこにいるネイティヴ達は、余所《よそ》モンを歓迎してくれるほど、愛想《あいそ》のいい連中じゃねぇよ？」

「お前の意見など訊いておらん」

「じゃ、僕の意見なら聞いてくれるんですか？」

「却下する」

「独断かよ！」とジョニーが叫ぶ。

「そうだ」姫は胸を張った。「お前達に有無は言わせん！」

ジョニーはアンガスにヒソヒソと尋ねる。

「もしかして、いつもこうなの？」

「ええ、大体は……」アンガスは嘆息した。「でも、もう慣れました」

「それにな」と姫は言う。「お前達にはわからんだろうが、体がないというのは、それはそれは辛いことなのだ」

問題の首はアンガスのコートに包まれたまま、荷物と一緒に部屋の床に転がされている。それに向かい、姫は呼びかけた。

「なぁ首よ？　お前の気持ち、私にはよくわかるぞ。明日にもお前の体を探しに、カネレクラビスへ向かうからな」

もちろん返事はない。かまわずに姫は続ける。

「しかしアンガスに倒れられると、私を持ち運ぶ下僕がいなくなり、大変不自由する。だからもう呼びかけないでやってくれ。わかったな？」

しばらくの沈黙の後、姫は笑顔でアンガスを振り返った。

「うむ。わかってくれたようだ」

「って、どうしてわかるんです！」

だが驚いたことに——

この時を境に、本当に声は聞こえなくなった。


彼らはウィードを出てカネレクラビスへ向かった。

カネレクラビスとはフロリーン山の麓《ふもと》に広がる高原地帯で、北はネリル峠から南はメディウム湖までの地域をさす。ここではネイティヴと呼ばれる人々が昔ながらの生活を守り続けている。

彼らは非常に閉鎖的で、排他的といわれている。メディウム湖の南側に開拓者が村を築いた時も、何かと小競《こぜ》り合《あ》いが絶えなかったそうだ。数回にわたって話し合いの場が持たれ、両者は一本の線を引いた。イオディーン山が火を噴《ふ》き、すべてが混沌《こんとん》に沈むその時まで、互いの土地には干渉しないという約束が交《か》わされた。なのでよほどのことがない限り、ネイティヴ以外の者達がカネレクラビスに足を踏み入れることはない。

根雪の残るネリル峠を越え、アンガス達はカネレクラビスへ入った。そこにはまったく手つかずの自然が広がっていた。青葉を繁《しげ》らせた白樺《しらかば》の森。ゆっくりと草原を横切る水牛の群れ。道も民家も見当らず、夜になれば星と月以外、明かりは見えない。

これほど広大な土地だ。ひょっとするとこのままネイティヴと接触することなく、人形の体を見つけ出せるかもしれない——そんな淡い期待を抱き始めた矢先のことだった。

「ぎゃあああ！」

白樺林に、夕飯のウサギを狩りに行ったジョニーの悲鳴が響き渡った。薪《たきぎ》を集めて湯を沸《わ》かしていたアンガスは『本』を引《ひ》っ摑《つか》み、声がした方へと走り出した。

数歩も行かないうちに、黒い壁にぶち当たった。それは真っ黒な肌をした屈強なネイティヴの戦士だった。彼が手にしている巨大な戦斧《せんぷ》を見て、姫が低く叫んだ。

「——やるか？」

答えるかわりにアンガスは『本』を閉じた。左手に『本』を持ったまま、両手を肩の高さに上げてみせる。

「怪しい者じゃありません。勝手にカネレクラビスに入ったことは謝ります。僕達は探し物があって来ただけです。用がすんだらすぐに出ていきます」

多少の方言は異なるが、ネイティヴ達も同じ言語を話すと聞いている。言葉が通じないということはないだろう。と思った刹那《せつな》、その戦士はいきなりアンガスを地面へと突き倒した。

「何するんです、乱暴だなぁ……」

体を起こそうとして、アンガスはその場に凍りついた。戦士が斧《おの》を頭上に振りかぶっている。あんなモノで叩かれたら頭蓋骨陥没で即死する。

「ちょっと待って！」

必死になって叫んだが、男は聞く耳を持たなかった。風切り音を上げて戦斧が振り下ろされる。

「うわあああっ！」

「待テ」

閉じた目をおそるおそる開く。戦斧はアンガスの頭を打《う》ち砕《くだ》く直前で止まっていた。冷や汗がどっと噴き出す。彼は『本』を胸に抱えたまま、這《は》うようにして戦斧から逃れた。

だが息をつく暇もなく、今度は別の男がアンガスの前に立ちふさがった。先程の男よりもさらに大きい。三つ編みにした長い黒髪。猛禽《もうきん》類を思わせる黄色みを帯びた茶色の瞳。その眼光に射すくめられ、動くことさえ出来ないアンガスに、男は手を伸ばした。その大きな手には不似合いな繊細な仕草で、アンガスの白髪を指に絡めとる。

「痛っ……！」

数本まとめて髪の毛が引き抜かれた。男はそれを観察した後、再びアンガスに目を向ける。

「本物だナ」

それを確かめることにどんな意味があるのか。わからないまま、アンガスはこくこくと頷く。

「では――お前が予言の男カ」

戦士の顔にちらりと驚きの色がかすめた。彼にとって、それは予想外なことだったらしい。

「一緒に来イ」

男は手にした槍《やり》の穂先をアンガスに向けた。

「お前達ヲ、首長《チーフ》の所へ連れていク」

空には満月を少し過ぎた大月《カリタス》が皓々《こうこう》と輝いている。その月明かりの下、アンガスとジョニーは膝丈ほどもある草の中をひたすら歩かされた。空腹と過労で意識が飛びそうになるが、休むことはおろか立ち止まることさえ許されない。

二人を取り囲むネイティヴの戦士達。彼らが身につけているのは麻のズボンにマール鹿革《しかがわ》のモカシン。上半身は矢筒を下げているだけで裸だった。真っ黒に日焼けした肌が、盛り上がった筋肉を一段と際立たせている。

彼らは無口で無表情だったが、噂に聞いているほど野蛮でも乱暴でもなかった。さすがにジョニーの六連発は没収されてしまったが、アンガスから『本』を取り上げようとする者はいなかった。『本』を胸に抱えたまま、アンガスはよろよろと歩いていた。一足ごとに睡魔が襲ってくる。この先、自分の命の保証すらないのに、林に残してきた馬車と荷物のことを考える。そういえばアウラの日記を置いてきてしまった。人形の首もだ。でもここはネイティヴの土地だ。夜盗の心配はしなくてもいいだろう。ハムレットとオフィーリアはいつも野放しだし、食べ物も水も自分達で調達出来る。心配しなくても、きっと大丈夫だ……

「おい、アンガス」

「――んん？」

ジョニーの声に、アンガスは顔を上げた。どうやら歩きながら眠っていたらしい。東の空が白みかけている。夜明けが近い。

「村が見える」

ジョニーは右手前方に向かって顎をしゃくった。

灌木に蔓《つる》状の植物が巻きつき、見慣れない青白い花を咲かせている。その向こう側、紫色の霧の中に見えてきたのは――

「い……遺跡――？」

崩落した遺跡の外壁は四角く切り出され、煉瓦《れんが》として再利用されていた。白い壁と石積みで出来た三角屋根。それは崩れた遺跡と融合した、ネイティヴ達の住居だった。

建物の形こそ奇抜だったが、そこに暮らすネイティヴ達の生活は西部の田舎町《いなかまち》とあまり変わらなかった。子供達が道端《みちばた》で山羊《やぎ》の乳搾《ちちしぼ》りをしている。三角屋根の煙突からは煮炊《にた》きの煙が立ち昇っている。風に乗って、トウモロコシを茹でるいい匂いが漂ってくる。

「腹、減ったなぁ」

ジョニーがぼやく。捕らえられた時に殴られたらしく、右目の周りに大きな痣《あざ》が出来ている。

「飯、喰わせてくれねぇかなぁ」

アンガスはつい笑ってしまった。この神経の太さ、実は大物なのかもしれない。

戦士達は彼らを追いたて、村の中央へと向かった。ネイティヴ以外の人種を目にしたことがないのだろう。物珍しそうな顔をして、子供達がぞろぞろとついてくる。大人達も朝の作業の手を止めて、何事かと顔を上げる。

やがて前方に石の舞台が見えてきた。擂《す》り鉢《ばち》状の窪みには、座席と思《おぼ》しき階段が切ってある。その一番深い部分には丸い大きな一枚岩が据えられていた。

階段を下りたアンガスとジョニーは最前列の座席に座らされた。それを戦士達が取り囲み、さらにその外側を大勢のネイティヴ達が取り巻く。

見物人の山をかき分けて、一人のネイティヴが颯爽《さっそう》と姿を現した。背はそれほど高くない。アンガスよりは高そうだが、ジョニーほどではないだろう。均整の取れた体つきとくびれた腰。鹿の革で出来たスカートからは、筋肉の乗った太股《ふともも》と引き締まった足首がのぞく。黒い髪を三つ編みにしたネイティヴの女性は、軽やかに石の舞台に飛び乗ると、そこに据えられた石椅子に腰掛けた。

顔立ちからすると三十代だが、全身から醸《かも》し出《だ》されるその貫禄《かんろく》は五十代にも六十代にも思える。彼女は鷹《たか》のように鋭い目でアンガスを見据えた。

「私はローンテイル。このオルクス族の首長《チーフ》ダ」

「僕は――」と名乗りかけたアンガスを、ローンテイルは右手を挙げて制した。

「お前の名前はアンガスケネス。そうでなければ、この場で打ち殺ス」

その言葉の剣呑さよりも、驚きの方が先に立った。アンガスは座席から腰を浮かせ、彼女に向かって問いかけた。

「どうして僕の名前を知っているんですか？」

「命拾いしたナ、若造」

ローンテイルは唇の端を歪め、挑発的な口調で言い放った。

「お前は予言された男。むろんスカイラークの予言を疑うわけではなイ。だが、お前のようなひ弱な若造に、我が歌姫の命を預けるような賭《か》けは出来なイ」

彼女は手にした短槍《たんそう》の石突きでトントンと床を叩いた。と思いきや、くるりと一回転させて、穂先をアンガスに向ける。

「どれほどの力の持ち主か、試させて貰おウ」

嫌な予感がした。困ったことにこの嫌な予感というやつは、今まで外れたことがない。

「上がって来イ」と彼女は命じた。「それともその場で打ち殺されたいカ？」

アンガスは周囲をぐるりと眺めた。左右には槍の穂先が、背後には鉄斧が待っている。選択の余地はなさそうだ。

「やめとけよ、アンガス」ジョニーが小声でささやいた。「どう見たってお前がかなう相手じゃねえ。早いとこ謝ってズラかろうぜ？」

戦士の一人が戦斧の柄でジョニーの頭を小突いた。余計なことを言うなという意味らしい。

「そう簡単にはいかないみたいだよ？」

アンガスは石舞台の上に立つローンテイルを見上げた。

「それに——どうして彼女が僕の名前を知っていたのか、気になるしね」

アンガスは『本』を石舞台に置き、舞台によじ登った。閉じたままの『本』を拾い上げ、再びローンテイルと向かい合う。

「貴方達《あなたたち》の土地に勝手に入ったことは謝ります。けれど僕らにも事情があって……それを釈明する気があればこそ、文句も言わずにここまで来ました」

「お前達の事情など、私の知ったことではなイ」

ローンテイルは立ち上がった。腰につけていたナイフを鞘《さや》ごと取り、それをアンガスの足下へと放《ほう》る。

「私の関心はお前の実力ダ。さぁ得物を取レ、若造。お前の実力を見せてみロ！」

「僕は戦うために来たのではありません」

「関係ないと言っているだろウ！」

ローンテイルは深く一歩踏み出すと同時に槍を一閃《いっせん》した。左肩に石突きの強烈な打撃を受け、アンガスは膝をつく。

「次は手加減せぬゾ。死にたくなければかかってこイ！」

「わからない人だな」奥歯を食いしばって、アンガスは立ち上がった。「僕は話し合いに来たんです。貴方と戦うつもりはあり——」

ガッ……という激しい音とともに、鳩尾《みぞおち》に石突きがめり込んだ。一瞬にして目の前が暗くなる。胃《い》の腑《ふ》がひっくりかえり、胃液が食道を逆流してきた。

「何やってるんだ！　反撃しろ！」ジョニーの声が聞こえる。『『本』を開け、アンガス！　マジに殺されるぞ！」

「う……るさい」

目を開いた。両膝《りょうひざ》をついていた。膝の下に文様があった。見慣れてはいるがアンガスには読めない。それは不活性化した文字《スペル》だった。

右手で『本』を抱えなおし、左手で鳩尾を押さえ、彼はよろよろと立ち上がった。ローンテイルは殺意を漲《みなぎ》らせた目で彼を睨みつけている。

「キサマ、見た目通りの腑《ふ》抜《ぬ》けカ？」

ひゅん……という風切り音。彼女はアンガスの喉元《のどもと》に槍の穂先を突きつける。

「このまま何もせずに殺されるつもりカ？」

彼女の燃えるような瞳には、得も言われぬ迫力があった。一族を統《す》べる首長《チーフ》に選ばれるだけのことはある。だがアンガスも、背負った物の重さでは、誰にも負けるつもりはなかった。

「貴方にも……何か事情があるんでしょう」

アンガスは槍の先を見て、それからローンテイルの顔を見上げた。

「訳を……聞かせてください。お互いに腹を割って……話をしましょう」

ローンテイルは槍を投げ捨てた。かと思うと、今度はアンガスの襟首を摑んで、ぐいっと引き寄せる。

「そんなに死にたければ殺してやル」

手が離れる。支えを失ってよろめくアンガスの左脇腹に、容赦のない蹴りが決まった。跳ね飛ばされる彼を、今度は右からの回し蹴りが捕らえる。

何かが折れる嫌な音がした。力を失った右手から『本』が離れ、ばさり……と開いて床に落ちた。

呼吸の文字よ
其処より此処へ
此処より彼方へ
来たりて慟哭の音を響かせよ

つむじ風が渦を巻いた。

「な――!」

ローンテイルがたたらを踏んだ。砂塵を巻き上げて突風が吹き荒れる。彼女はその一撃を喰らい、石舞台から吹き飛ばされた。

周囲がざわめき立った。戦士達はいっせいに武器をかまえる。緊迫した空気が張りつめる。

勇気の文字よ
熱よ　魂よ
我が怒りを受け
今こそ立ち――

「やめろ！」

アンガスの叫び声が、呪歌の詠唱を遮った。

「姫……やめてください！」

「なぜ止める」

うつぶせた『本』から、呻くような姫の声が聞こえる。

「なぜだアンガス！　お前が殺されるのを、この私に黙って見ていろと言うのか！」

「大丈夫……ローンテイルさんは、ちゃんと手加減……してくれているから――」

両膝をついたまま左手を伸ばし、『本』を取り上げる。泣き出しそうに歪んだ姫の顔が見えたが、アンガスはそのまま『本』を閉じた。

「姫――僕を信じて」

右腕に力が入らない。全身が燃え上がるように熱い。もうどこが痛いのかもわからない。膝がガクガクと笑っている。絶対に立ち上がれないだろうと思ったのに、それでも彼は立ち上がった。

「ローンテイルさん、大丈夫……ですか？」

返事はない。目が霞んで、まわりの様子がよく見えない。

「すみませんでした。姫は……短気なんです。でも、もう攻撃はさせませんから――」

「お前、精霊使いカ」

ローンテイルの声がした。石舞台にひらりと舞い戻ってくる。鍛え方が違うのか、怪我をした様子もない。「これほどの力を持ちながら、なぜ隠ス？　なぜ戦わなイ？」

彼女の声からは先程までの怒りが消えていた。

「お前はいったい何を考えていル？」

「貴方は言いましたね。僕の実力が知りたいと」

アンガスは顔を上げ、笑って見せた。

「戦わないと決めたら、どんなに攻撃されても反撃しない。これが僕の……力です。そういう強さもあるのだと――理解していただけましたか？」

ローンテイルはぐっと唇を引き締めた。

「何もせずに殺されるのが力だというのカ？」

「では――貴方に僕が――殺せますか？」

アンガスは静かに問いかけた。

「武器も持たず、どんなに殴られても抵抗しない者を――貴方は殺せるのですか？」

ローンテイルは無表情に彼を見下ろした。冷たい汗が背中を流れていくのを感じた。経過していく一秒一秒が、鉛のように重く肩にのしかかってくる。

「武器も持たず、無抵抗な者を殺すことは、我ら戦士の矜持《きょうじ》が許さヌ」

彼女はすっと右手を挙げた。

「皆の者、得物をおろセ」

それから彼女はわずかに身をかがめ、両手の拳と拳を合わせた。

「お前の勝ちダ。アンガスケネス」

答えるかわりに、アンガスは大きく息を吐いた。緊張が緩《ゆる》み、疲労と痛みが一気に襲いかかってくる。

――もう立っていなくていいんだな。

そう思ったのが最後だった。床に倒れるよりも先に、アンガスは気を失っていた。

6

俺は初心に戻って、刻印の歴史を調べ始めた。

色々な情報、様々な精神空間にアクセスし、時には別の島の研究者とネットワーク上で話した。

彼らがこぞって支持する説は「知的生命体が発生したからこそ刻印は出現した」というものだった。

つまり知的生命体が発生したことにより、思考原野のエネルギーポテンシャルが上がり、そのエネルギーが出口を求めて、この世界に刻印となって現れたというのだ。

思考原野に時間のベクトルはなく、過去も未来も同時に存在するというから、ある意味、それは正しいのかもしれない。

けれど、それだけでは納得出来ない点もある。エネルギーの噴き出し口として開いたならば、刻印にはなぜ『意志』がある？　なぜ良い意味の刻印しか存在しない？　すべての知的生命体は善良で、悪意の欠片もないというのか？

それこそあり得ない話だ。

行き詰まった俺は、久しぶりに精神ネットワーク上にあるツァドキエルの講堂を訪ねた。また追い払われるだけかもしれないとは思ったが、ぜひとも彼女の意見を訊いてみたかった。

久しぶりに会った彼女は、ずいぶんと老け込み、やつれていた。知的好奇心に輝いていた講堂も彼女の精神状態を反映するかのごとく、薄暗くどんよりと曇ってしまっている。精神体がこれほどの変調をきたすとはかなりヤバい状態だ。

「大丈夫か？」と俺は問いかけた。

なのにツァドキエルはつっけんどんに、「何が？」と問い返した。

「何がって、あんたがだよ」

「私？」と言って、彼女は目を丸くした。それからふふふ……と笑う。「そっか、最近寝ている暇もなかったから。そんなに疲れて見える？」

「ああ。あんたがそんなに夢中になるなんて、何か面白いものでも発見したのか？」

「面白くないよ、全ッ然ね！」

吐き捨てるように言ってから、彼女は少し後悔したようだった。

「ごめん——貴方に当たってても仕方がないことだった」

「いいさ。こう見えても精神安定度は高いんだ。それで気が晴れるなら、いくらでも罵《ののし》ってくれ」

「相変わらずだね。貴方は」

「そうか？」

「実はね、大変なこと発見をしちゃったみたいなの」

彼女は話しかけて——やめた。ネットワーク上で話すには、リスクが高すぎると判断したらしい。

「でも大丈夫。何とかするから心配しないで」

そう言われても、そんな疲れ切った顔を見せられたら、心配するなという方が無理だ。

「何があった？」

ツァドキエルは答えなかった。彼女は大きなため息をついた後、泣きそうな声で呟いた。

「私は真実が知りたいの。一度でもそこに踏み込めば、戻ってこられないのはわかってる。でも……

それでも私は信じたいの。未来が――」

ピーッと警報が鳴る。

彼女は俯いたまま首を横に振った。

「ううん、なんでもない。今のは忘れて」

問いただしたい気もしたが、彼女の精神空間内で無理強《むりじ》いはしたくない。

「今度、直接会いに行ってもいいか？」

そう問うのが精一杯だった。

ツァドキエルは答えずに問い返した。

「覚えてる？　聖域を追放された人々のこと？」

「もちろん」

「聖域は滅びるわ。そう遠くない未来に」

再び警報が鳴る。その発言はまずい。俺は彼女を制止しようとしたが、それよりも早く、ツァドキエルは叫んだ。

「その時が来たら迷わないで。飛べるわ。貴方、飛べるのよ！」

それがどういう意味なのか、問いかける暇もなく、接続が切れた。

俺は彼女の世界から追い出されてしまった。

7

目を覚ました時、彼はふわふわとした動物の毛皮に包まれていた。手触りがよく、とても温かい。

もう少しまどろんでいたいと思ったが、脈打つような痛みがそれを許さなかった。

「ううう……」

呻きながら、彼は体を起こそうとした。その途端、腹筋が悲鳴を上げる。

「あいたたた……」

「馬鹿だなぁ」心配そうに覗き込むジョニーの顔が見えた。「自分が何されたか、忘れたのかよ？」

アンガスは周囲を眺めた。家の中だった。白い壁と円錐《えんすい》形に積み上げられた石の屋根を見て、ネイティヴの家にいるのだと気づいた。

外に続く小さな出入り口。中は半地下になっていて、表から見るよりもかなり広い。しかも壁の一部が取り払われ、隣接する家と繋がっている。

「姫は――どこですか？」

「そこにいるよ」

アンガスの問いに、ジョニーは顎をしゃくった。

柔らかい毛皮に埋もれるようにして『本』が開かれている。そのページの上に姫の姿はない。

「姫――？」

返事はない。

アンガスは不安になった。『本』に右手を伸ばそうとして、自分の右手が白い布でぐるぐる巻きにされていることに気づく。

「何だ、コレ？」

「骨、折られたの。覚えてないの？」

「――覚えてる」アンガスは自分の右手をしげしげと眺めた。「本当に折れてたんだ」

やれやれというようにジョニーはため息をついた。

「キレイに折れたからキレイにくっつくってさ」

「そうか、よかった」

「何が『よかった』だ！」姫の怒鳴り声が家中に響いた。「この大馬鹿者が！　もうお前の面倒など見きれん！」

「ごめん、姫」

声は聞こえるが、やはり姿は見えない。それほどまでに怒っているということだろうか。

「謝るくらいなら、初めからするんじゃない！」

アンガスは言葉に詰まった。その通りだと思った。

「じゃ、謝らない」

「なんだと――？」

「謝るようなことをしたと思ってない」

ゆらり……と陽炎が揺れ、『本』の上に姫の姿が現れた。怒りに満ちたその顔を見て、アンガスは少し後悔した。姫の両目は泣き腫《は》らして真っ赤になっていた。

「アンガス、初めて会った時のことを覚えているか？」

アンガスは頷いた。

忘れるわけがない。

故郷を追われた彼は一人、駅馬車でミースエストに向かった。その後、なぜ湖畔に向かったのか。実はよく覚えていない。ただ気づいた時にはミッドレイ湖の西にある、朽ちた遺跡の中にいた。

湖に張り出した岩の上には、白い石で作られた彫刻が残っていた。風化が進み、細部は欠け落ちていたが、それは翼のようだった。左右に広がる翼の中心に拳大の赤い石が埋めこまれていた。それを見て、なぜか『これは墓標だ』と思ったのを覚えている。

岩の突端に立つと静かな湖面が見えた。西部の人々は遺跡を恐れ、滅多《めった》に近づかない。ここなら誰の邪魔にもならない。ここでなら、きっと死んでも許される。

意を決し、岩の上から飛び降りようとした瞬間——幻覚を見たのだ。

空から天使が落ちてくる、あの幻を。

驚いて、『本』を取り落とした。

「十八ページを開け！」真っ白なページから尊大な声が聞こえた。「十八番目の文字《スペル》、『Peace《平和》』を回収する。ぐずぐずするな！」

何が何だかわからないまま、声に命じられた通りに『本』のページをめくり、十八ページを開いた。

失われし　　我が吐息
砕け散りし　我が魂
帰り来たれ　悔恨の淵へ
いま一度　　我が元へ

どんな嵐も　いつか過ぎ去る
心の平穏も　それに似たり
明けぬ夜が　ないように

全ての罪は　許しを得る

『本』から聞こえるその歌声は美しくて、胸の奥に沁《し》み入った。いつか僕にも許される日が来るだろうか。平穏を取り戻すことが出来るだろうか。そう思うと、知らないうちに涙が溢れた。

「やれやれ、ようやくまともに話せるな」

黒い文字《スペル》が焼き付いたページの上に、若い女性の姿が現れた。「スタンダップ」の呪文もなしに立ち上がった幻影《ヴィジョン》。驚いて後ずさりするアンガスに対し、彼女が言った言葉。それは——


「逃げるな、馬鹿者」

アンガスは呟いて、微笑んだ。

「いきなり、そう罵倒されたっけ」

「あの時、お前は私に誓った。『すべての文字《スペル》を集める』と。そして私はお前に誓った。『必ずお前を守ってみせる』と」

そこで言葉を切り、姫は彼を睨んだ。

「私は開かれなければお前を守れない。お前が殴られても、蹴られても、何も出来ないのだ。それがどんなに屈辱的なことか……お前にはわかっていない！」

「それは、悪かったと思ってます」

そう言ってから、アンガスは続けた。

「でも謝りません。あの場ではああするのが一番正しかったんだって、僕は信じてるから」

姫は何も言わず、怒りに満ちた目で彼を睨《ね》めつけている。

「それにローンテイルさんは悪い人じゃない。彼女には何か事情があって、それで僕の力を試さなきゃならなかったんです」

「そうそう、あの後、詫《わ》び入れてくれたし、こうやって家も貸してくれたし、アンガスの手当てだってしてくれたじゃん？」ジョニーが調子を合わせる。「オレにもメシ喰わせてくれたしさ――」

「黙れ、役立たず」

姫に一喝されて、彼の援護はそこで立ち消えた。

「姫は僕の守り神だから――」アンガスは左手で『本』を引き寄せた。「その力は正しいことに使ってほしい。理由も聞かず、困っている人達をなぎ倒すことには、使ってほしくないんです」

そこでにこりと笑ってみせる。

「それに僕、けっこう強くなったと思いませんか？　あれだけの目にあっても逃げ出さなかったし、挫《くじ》けなかった。そこは誉めてくれてもいいと思うんだけどな？」

「お前はズルいぞ！」

姫はページの上で地団駄を踏んだ。

「いつの間にそんなに口がうまくなったんだ！　そんなふうに笑ってごまかせるとでも――私がごまかされるとでも思ってるのか！」

アンガスは答えず、にこにこ笑い続ける。無言の笑顔で賛辞の言葉を要求する。

「う――」姫は言葉に詰まった。「もし相手が悪党だったら、今度こそ手加減なく、容赦なくぶっ飛ばすぞ？」

「ええ」

「私は短気だからな。お前の制止など聞いてやらんぞ？　それでもいいのか？」

「もちろん」

「その言葉、忘れるなよ！」

姫はフン！　と鼻を鳴らし、両腕を組んでそっぽを向いた。

「あんなに殴られて、蹴られて、それでも反撃もせずにボロボロにされて――なのにニコニコ笑っている。本当に情けない男だ、お前は」

そして、小さな声で続けた。

「でも、何度蹴られても立ち上がったお前は――少ぅしだけ、格好良かった」

アンガスは、今度こそ本当に微笑んだ。

「ありがとうございます。姫にそう言って貰えると、すごく嬉しいです」

「喜ぶな、馬鹿者！」

姫は後ろを向いてしまった。

「私は寝る！　もう『本』を閉じろ！」

「はいはい」

「『はい』は一度でいい！」

「はい――」アンガスは静かに『本』を閉じた。「おやすみなさい。姫」


アンガスが目覚めたことを聞きつけ、ローンテイルがやってきた。彼女は自分の非礼を詫び、深々と頭を下げた。どうか傷が癒《い》えるまで、ゆっくりと滞在していってほしいという彼女に、アンガスは答えた。

「ありがたいお話なんですが、そうゆっくりもしていられないんです。人形の体も探してやらなきゃならないし――」

「その話は、お前が寝ている間にジョニーから聞いタ。今、馬車と馬を迎えにやらせているところダ」

ローンテイルは腕を組んだ。麻シャツの広い襟刳《えりぐ》りに、豊かな胸の谷間が現れる。思わず見つめてしまってから、アンガスは慌てて目をそらした。

「その人形の体だが、心当たりがなくもなイ」

「本当ですか?」アンガスは身を乗り出した。

「ああ。話せば長くなるのだが――」と言いかけて、ローンテイルは小首を傾げた。「時にお前、腹は減っていないカ? 丸一日、何も食べずに眠っておったようだガ?」

言われてみればその通りだった。打たれた鳩尾も痛いが、それ以上に空腹で胃が痛い。

ローンテイルはアンガスの顔色を読んだらしく、にっこりと笑った。

「では、食事を運ばせよウ」

彼女が合図すると、隣の家から女達が食事を運んできた。トウモロコシの粥《かゆ》にウサギの肉。茹でたカボチャもある。

「ホーネットも来て座レ」

家の出入り口をふさぐようにして立っていた大柄《おおがら》な戦士に、ローンテイルは声をかけた。アンガス達を捕らえ「首長《チーフ》の所へ連れていく」と言った、あの戦士だ。

「一緒に喰エ」

ホーネットと呼ばれた男は無言で頷くと、やって来てジョニーの隣に腰を下ろした。ジョニーは慌てて、尻に敷いた敷物ごとアンガスの方に移動する。

「怖がらんでもよいのニ」

ローンテイルが苦笑した。

「お前達は客人ダ。さぁ遠慮なく喰ってくレ」

彼女は先陣を切って食べ始めた。アンガスは左手で木の匙《さじ》を取り、用心深く粥を口に運んだ。山羊の乳で煮てあるらしい。コクがあり、ほんのりと甘い。いろいろと懸念はつきなかったが、まずは腹ごしらえだ。彼は開き直って食事に専念することにした。皮を剝ぎ、内臓を抜いたウサギは、香草を詰めて蒸し焼きにしてあった。そのせいか臭みもなく、肉はとても柔らかい。粥の中に浸して食べると、これがまたとろけるように美味い。粥の方にも肉の油が程良くしみ出して、いっそう味が深くなる。

アンガスは夢中になってそれらを口に運んだ。物も言わず、ひたすら食べ続けた。粥を入れた鉢が空になると、女達がやってきておかわりを注いでくれた。三杯までは数えたが、その後は数えるのが馬鹿らしくなってやめた。

ウサギをすっかりたいらげ、カボチャを盛った碗《わん》も空になった頃。アンガスはようやく粥の鉢を床に置いた。満腹だった。こんなに腹一杯になったのはバニストンを離れて以来、初めてだった。

女達が空になった器《うつわ》を下げ、アンガスにお茶を運んできてくれた。

「オーツ茶ダ。怪我の治りを早めてくれル」

ハシバミ色をしたお茶からは、枯れ草のような臭いがした。お世辞にも美味そうとは言えないが、その心遣いを無にするわけにもいかない。

「いただきます」

口に含むと、甘いような苦いような強烈な味が舌を直撃した。吹き出してしまう前に、慌てて飲み下した。

「美味いの？　それ？」と横からジョニーが訊く。

「飲んでみる？」

アンガスは杯を差し出した。ジョニーはくんくんとその臭いを嗅ぎ、鼻の頭にシワを寄せた。

「エンリョしとく」

彼らの様子を見て、悪戯《いたずら》っぽくローンテイルは笑った。「薬だと思って全部飲めヨ？」

「――はい」

「よろしイ」

彼女は合図し、アンガス以外の者達にトウモロコシ酒を運ばせた。彼女は酒の杯に指先を入れ、酒を数滴、空中に撒く。ホーネットも同様の仕草をする。

「何のおまじない？」とジョニーが尋ねる。

「初めの一口は空と大地と太陽に捧《ささ》げるのダ」

杯を口に運びながら、ローンテイルは怪訝そうに尋ねる。「外界人はやらんのカ？　感謝知らずな奴らだナ」

「そ、そんなコトないですよぉ」

ジョニーは慌てて酒杯を口から離し、彼らと同じように、酒を数滴空中に撒いた。それから杯を捧げ持ち「感謝していただきます」と言う。

「そこまでせんでいイ」

ジョニーの大仰な仕草に苦笑した後、

「さて、人形の体だったナ」とローンテイルは切り出した。

「昔々――我らがご先祖は、浮き島から降りてきた天使達と戦ったのだそうダ。天使達は疲れを知らず、恐れを知らず、悪鬼のように昼夜を通して戦い続けタ。何人もの戦士が殺されタ。だがご先祖も負けてはいなかっタ。彼らはついに天使達を打ち倒しタが、そのうちの一体は首を断っても死ななかッタ。そこでご先祖は、天使の体を洞窟《どうくつ》に封印したのダ」

「その胴体が――まだ洞窟に残っている？」

アンガスの問いに、ローンテイルは頷いた。

「うむ、縄をかけて封じてあル」

「おいおい、それってヤバいんじゃねぇの？」

「うん――」アンガスは左手を顎に当てて考え込んだ。「でも、呼びかけてくる声からは、悪い感じはしなかったよ。多少――しつこかったけど」

「お前がそう言うのなら大丈夫であろウ。天使も長いこと胴と別れている間に、改心したに違いないイ」

そうだといいんだけど――とアンガスは心の中で呟いた。

「心配性だナ。アンガスケネスは」

「えっ？」アンガスは驚いて顔を上げた。「今の、僕、声に出した？」

答えずに、ローンテイルはフフフと笑った。

「アンガスケネスは、なぜ女の私が首長《チーフ》をやっておるか、わかるカ？」

アンガスは考えた。自分を蹴り倒して見せた、あの技のキレ。いかにネイティヴの一族とはいえ、彼女に敵《かな》う相手はそういないのではないだろうか？

「誰よりも強いからじゃないんですか？」

「なぁに、強さではこの――」とジョニーの隣に座っている戦士を指さす。「ホーネットの方が私より上ダ」

アンガスはホーネットと呼ばれた戦士を見た。あまりに寡黙《かもく》なので、今まで存在を忘れていた。

「ローンテイルに敵う者はいなイ」呟くようにホーネットは言った。低くて深くて渋《しぶ》い声をしていた。「ローンテイルは相手の心を読ム」

「ほんの少しだけナ」

ローンテイルはにやりと笑った。

「だからアンガスケネスが、さっきからずっと目のやり場に困っていることも知っていル」

「――ッ！」

アンガスはお茶を噴きそうになった。

「ひ、人が悪いなぁ！」

「まぁ、アンガスちゃんたら！」

赤くなったアンガスの肩に、ジョニーは馴《な》れ馴《な》れしく手を回す。「目の保養よ？　眼福よ？　還元してくださるモノは堪能《たんのう》すべきでしょ？」

「あ、あんたと一緒にするなあぁ！」

アンガスはジョニーをはねのけようとして、「あだだだだ……」前のめりになって鳩尾を押さえた。

「お前は本当に面白イ」

ローンテイルはくすくすと笑った。厳しい顔立ちが緩み、ほっとするほど優しくなる。

「昨日とは、まるで別人のようダ」

「ああ――そうだ」アンガスは照れ隠しに咳払いをした。「昨日といえば、あの石舞台の上に――」

「文字《スペル》のことカ？」とローンテイルが言い、

「お前が反吐《へど》、吐いたことか？」とジョニーが続けた。直後、ジョニーはアンガスとローンテイルの双方から睨まれ、首を縮める。「すみません。オレのことは気にせず、どうぞ続けて？」

言われなくてもそのつもりだと、ローンテイルはアンガスに向き直る。

「お前は文字《スペル》を集めているのだろウ？」

「そうです——けど、そんなことまでわかっちゃうんですか？」

「いいや、心を読んだわけではなイ。それを求める者がここにやってくると、予言した者がおるのダ」

彼女は手にしていた酒杯を一気にあおった。それからやおら立ち上がり、アンガスの前にやってきた。かと思うと、片膝をつき、頭を垂れる。

「石舞台にあるあの文字《スペル》とやらが、必要ならば差し上げよウ。天使の体が封じてある洞窟にも案内しよウ。それと引き替えに——とは、あまりに酷な頼みだということも、承知の上であえて言ウ」

そこで言葉を切り、彼女は顔を上げた。

「我らがオルクス族の歌姫を取り戻してほしイ」

「何か訳があるとは思っていましたが——」

彼女の真剣な様子を見て、アンガスも姿勢を改めた。

「何があったか、話してくれますか？」

「うム」

ローンテイルはその場に胡座をかいた。

「スカイラークという優れた予言者が言ったタ。いつか北の山を越えて、銀の髪を持った隻眼《せきがん》の男が現れル。男の名は『炎から生まれた選ばれし者《アンガスケネス》』。文字《スペル》という声なき意志を拾い集める、世界の命運を担う者。彼は石舞台の文字《スペル》と引き替えに、失われし歌姫を我らに取り戻してくれるであろう……ト」

アンガスは目を瞠った。ネイティヴの中には特殊能力を持った者がいると聞いたことがある。だが、これほど克明な未来予知をする者がいるとは思っていなかった。

「ネイティヴの歌姫達が連れ去られることも、スカイラークは予言していタ。実にその通りになっタ。湖の畔に住むカプト族の歌姫も、東の林に住まうコル族の歌姫も連れ去られタ」

組み合わせた手がぶるぶると震える。かと思うと、彼女は固めた拳で床を殴った。ゴッ！という硬い音がする。床は石張りだ。あんな力一杯殴って、痛くないはずがない。

「あの夜のことを——私は決して忘れなイ！」

五年前の夏の夜、北の森に一人の外界人が彷徨《さまよ》い込んできたのだという。

男は衰弱し、死にかけていた。その時、すでにオルクス族の首長《チーフ》の地位についていたローンテイルは、その男を助けることにした。心配ないと思っていた。彼女には男の心が見えた。彼は貧しい家族を抱えた測量士だった。高い給金が貰える山岳地形を計測しているうちに道に迷い、誤ってカネレクラビスに踏み込んでしまったのだ。

「私の判断は間違っていタ。その男の手引きで、奴らはここにやってきたのダ」

それまで彼女は人の心を読み間違えたことがなかった。なのにその男は夜中に村に火をかけた。それを目印に無法者《アウトロー》達が村になだれ込んできた。

「百人あまりの集団だっタ。統率は取れてなかったが、奴らは何丁もの銃を用意していタ」

近代兵器を持つ集団の奇襲攻撃。いくらオルクス族の戦士が勇敢で強靭《きょうじん》でも、銃の前では力を発揮しきれなかった。それでも戦士達は勇敢に戦い続けた。何人もの犠牲者を出しながら、一度は相手を退けた。

「その時、歌姫は言っタ。奴らの狙いは自分だト。自分を引き渡せば、奴らは立ち去るだろうト。私は納得出来ず、歌姫に言っタ。『お前のことは私が命にかえても守ってみせる』ト」

そこでローンテイルは目を閉じた。長い黒い睫毛《まつげ》が細かく震える。

「なのに歌姫は言い返したのダ。『歌姫は一族を守るためにある。その一族を滅亡させるようでは、何のための歌姫か』ト」

歌姫は一人で村を出ていった。無法者達《アウトロー》は歌姫を捕らえ、外界へと連れ去った。

それを聞いて、アンガスは思った。ローンテイルが昨日、自分にした仕打ち。あれは歌姫をさらった外界人への憎しみの表れだったのだ。助けた外界人に裏切られ、それが元で歌姫を失った。外界人が憎い。しかし予言は、救いの主もまた外界人だという。憎い外界人を頼らねばならないというジレンマ。その発露があれだったのだとしたら、骨一本ですんだことに感謝しなければならない。

「歌姫を救おうと、一族の勇者達が奴らに戦いを挑んダ。その度に失敗して大勢の戦士が殺されタ。だがアンガスケネス。我らにない強さを持つお前になら、歌姫を救い出せるかもしれなイ」

「んん？」アンガスは奇妙な唸り声を上げた。「歌姫がどこに囚われているか、ローンテイルさんはご存じなんですか？」

「それも予言者が言い残しタ」

それなら信憑性《しんぴょうせい》はかなり高い。

「どこですか？」

「カネレクラビスの西、フロリーン山の峡谷にある悪党の町。我らが歌姫はそこに囚われていル」

「ちょ、待ってくれ――」

ジョニーが横から口を出した。彼は血の気の失《う》せた顔で、頭を横に振ってみせる。

「それってフリークスクリフのことだろ？　無理だよ、ムリムリ。絶対にムリ」

フリークスクリフ――西部最大の無法都市。その悪名はアンガスも新見聞《ニュースペーパー》で目にしたことがある。今までに幾度も討伐隊が組織され、攻略しようと挑んだが、ことごとく返り討ちにあっているという、最悪にして最強の砦《とりで》だ。

「いくらなんでもあそこは無理だぜ。命を捨てに行くようなもんだ」

「そうだナ」

静かな声でローンテイルは同意した。

「ジョニーの言う通りダ」

彼女は顔を上げ、正面からアンガスを見た。

「無理にとは言わなイ。私はお前が気に入っていル。私の読み違いでスカイラークを失った上に、お前まで死なせたとあっては私の立場がなイ」

「あれ？　えっと……スカイラークって、予言者さんでしたよね？」

でも、今の言い方だと――

「スカイラークは優れた予言者であり、歌姫でもあっタ。それに――」ぎゅっと唇を噛みしめた後、低い声で彼女は続けた。「私の婚約者でもあル」

「婚約者？　歌姫って女の人じゃないんですか？」

「歌姫とは『解放の歌《リベルタカントゥス》』を継ぐ者のことをいウ。女とは限らン」

アンガスは息を呑んだ。

「ここには『解放の歌《リベルタカントゥス》』が残っているんですか！」

「うム」重々しくローンテイルは頷いた。「歌姫は『解放の歌《リベルタカントウス》』を歌い継グ。決して歌ってはならないという戒《いまし》めとともにナ」

さらわれた四人の歌姫は『解放の歌《リベルタカントウス》』を持っている。しかもスカイラークは優れた予言者だ。他の歌姫も彼同様、勘の鋭い者達なのだとしたら、歌姫達は文字《スペル》から『鍵の歌《クラヴィスカントウス》』を聴くことが出来るかもしれない。

『解放の歌《リベルタカントウス》』と『鍵の歌《クラヴィスカントウス》』が揃えば、文字《スペル》からエネルギーを解放することが出来る。意図的に町の中に置かれた文字《スペル》。全滅したアウラ。これは単なる偶然か？　やはり何者かが、天使と同じことをしようとしているのではないか？

「話が長くなってしまったナ」

そう言って、ローンテイルは立ち上がった。

「傷に障《さわ》るといかン。今夜はここまでにしよウ」

「待ってください——」

「返事はすぐでなくともよイ。負わせた私が言うのも何だが、なにより怪我を治すことダ」

彼女は出ていきかけ、扉の前で振り返る。

「そんなに気になるのであれば、明日、私とスカイラークとの馴れ初《なそ》めを聞かせてやろウ」

「き、気にしてるのはそこじゃありません！」

「わかっていル。冗談ダ」

彼女はいま一度アンガスを見て、にこりと笑った。

「考えても仕方がないことは考えるナ。それは判断を鈍らせル」

言い残して、ローンテイルは出ていった。彼女を追うようにホーネットも出ていきかけて、何を思ったのか、再びアンガスの前に戻ってくる。

「ローンテイルは一つ、言い忘れていル。スカイラークの最後の予言ダ」

低い声で、彼は言った。

「『炎から生まれた選ばれし者《アンガスケネス》』は歌姫を取り戻ス。だが——予言者はもう戻らなイ」

8

ツァドキエルの悲鳴が聞こえた。

飛び起きて、捕まえようとした瞬間、その声は断ち切られるように消えた。俺はすぐに精神ネットワークをたどったが、彼女の講堂はネット上から姿を消してしまっていた。

彼女に何があった？　嫌な予感に駆られた俺は、直接、彼女の住まいへ向かうことにした。

「どうしたんですか？　こんな時間に？」

出ていこうとした俺を、ガブリエルが呼び止めた。俺が事情を話すと、彼も顔色を変えた。

「それは奇妙ですね。私も一緒に行きましょう」

俺達はビークルに乗り込むと、彼女の住まいに向かうよう指示した。

真夜中を回ろうかという頃、ビークルは目的地に到着した。聖域にはネットワークが張り巡らされているため、親しい間柄でも直接会って話すという習慣がない。俺がツァドキエルの家を実際に訪ねたのも、これが初めてだった。

こんな真夜中だ。間違いでしたではすまされない。けれど俺には確信があった。彼女は何かを追っていた。聖域を揺るがすような重大な何かを。そこにあの悲鳴だ。何もないはずがない。

俺はドアをノックした。思念を送って彼女に呼びかけてみる。答えはない。俺はドアノブに手をかけた。聖域で鍵をかけるのは、中に何かを閉じこめる時だけだ。侵入を防ぐための鍵はない。

「ツァドキエル？」

部屋は暗く、明かりも灯っていなかった。

「ツァドキエル、返事をしてくれ」

俺は天井の照明に精神波を送った。ぱっと明かりがつく。その明るさに一瞬目が眩《くら》む。

思わず目を閉じた俺の正面から、ツァドキエルが襲いかかってきた。俺は床に押し倒された。彼女の白い手が俺の喉を絞め上げる。

様子がおかしい。俺は彼女に呼びかけた。

（やめろ、ツァドキエル！）

空気に拳を打ち込んだような感覚しかなかった。彼女の意識も、記憶も、どこにも感じられない。

まさか——そんなことがあってたまるか。ツァドキエルはどこだ？　彼女の意識は、彼女はどこに行ったんだ？　俺は何とかして彼女の存在を探ろうとしたが、摑めるのは空虚な闇ばかりだった。

彼女はいない。彼女は遠くへ行ってしまった。喪失感を伴う暗闇が俺の心を侵食する。抵抗しようとする意志が削《そ》ぎ落とされていく。何も考えたくない。何も考えずに眠りたい。このまま眠って……二度と目覚めたくない。

そこでようやく思い至った。これは心縛《しんばく》だ。人の心に侵入し、その意志を奪う術だ。ツァドキエルは心縛呪文をかけられたのだ。けど、いったい誰が？　十大天使である彼女に暗示をかけられる奴なんて、四大天使ぐらいしか考えつかない。

窒息による視野狭窄《きょうさく》が始まる。そのうち脆弱《ぜいじゃく》な心臓が悲鳴を上げるだろう。意識を失えば乗っ取られる。俺は残った意志をかき集め、ツァドキエルに叩きつけた。

(俺は――お前らの思い通りにはならない!)

光が差した。絶望の暗闇が薙《な》ぎ払《はら》われる。

一瞬、逃げていく黒い蛇が見えたような気がした。

肺に空気が流れ込む。ツァドキエルの腕が緩んだのだ。夢中で酸素をむさぼる俺の上に、彼女の体がのしかかってくる。

「大丈夫か、ツァドキエル?」

俺は彼女に手を回し、その体を持ち上げた。手が生温かい液体に触れる。強烈な血の臭いが鼻をつく。

「ツァド――」

呼びかけて、やめた。彼女の背中にはナイフの柄が生えていた。弛緩《しかん》した体を見るまでもない。ツァドキエルはすでに死んでいた。

俺は傍に立つガブリエルを見上げた。白い頰に跳んだ返り血が美しい顔を凄絶《せいぜつ》に彩《いろど》る。まるで自動人形《ドール》のような無表情。たった今、人を刺し殺した人間とは思えなかった。

「秩序の長たるガブリエルの名において――」

淡々とした声で、彼は公務の宣言文を諳《そら》んじた。

「殺人犯を排斥しました」

体中の血が沸騰したような気がした。

「お前も気づいていただろう! 彼女は操られてた。心縛呪文をかけられていたんだ!」

俺はよろめきながらも立ち上がると、血だらけの手で彼の服の襟を摑んだ。

「なぜだ！　なぜ、彼女を殺した！」

ガブリエルは答えなかった。

9

「すごい数だなぁ」

アンガスは石舞台に立っていた。舞台の上にいるのは彼だけだったが、それを囲む観客席にはローンテイルを筆頭に、オルクス族の人々が所狭しとひしめき合っている。

「こんな観客の前で文字《スペル》を回収するはめになるなんて、思ってもみなかったな」

そう呟くアンガスは、開いた『本』を左手に持っている。あれから二週間。折れた骨は順調に回復していた。患部を麻布で固定しておけば、日常生活に差し障《さ》《さわ》りはない。とはいえ、右手一本で『本』を支えるのはまだ辛かった。

「なんか緊張しますね」

そわそわと周囲を見回すアンガスを、姫は呆れたように見上げた。

「歌うのは私だ。お前が緊張してどうする？」

「そうですけど――」

「口答えするな。もっと堂々としていろ」

姫に叱《しか》られて、アンガスは背筋を伸ばした。

「よし――見えた。アレだな」

姫の視線は石舞台の中央に向けられていた。そこには黒い模様が記されている。

Dignity

「間違いない。第十二番目の文字《スペル》『Dignity《尊厳》』だ」
アンガスは十二ページを開くと、
「どうぞ！」と言って、『本』を前に差し出した。

失われし　我が吐息
砕け散りし　我が魂
帰り来たれ　悔恨の淵へ
いま一度　我が元へ

姫が歌い始めると、観客席からどよめきが上がった。ネイティヴ達に姫の姿は見えない。声も歌も聞こえないはずだ。なのに彼らは何かの気配を察したらしく、きょろきょろとあたりを見回している。

流した涙と　血と汗で
誇りある者は　創られる
汝が築きし　その誇りは
何人《なんぴと》たりとも　奪えはしない

文字《スペル》は虹色の蝶となって、石舞台から舞い上がった。それを見た観客達は畏怖《いふ》とも感嘆ともつかない声を上げる。七色の蝶はひらひらと宙を横切ると、『本』の上にふんわりと着地した。

おお……と、歓声が上がった。

「精霊ダ！」

「精霊が見えタ！」

ネイティヴ達は興奮したように言《い》い交《か》わした。

「良いモノを見せてもらっタ」

石舞台に上がってきたローンテイルが言った。

「さて、次は人形だナ」

「ええ……」

アンガスは了解を得るように『本』の上に視線を落としてから、再びローンテイルを見上げた。

「人形のことは後まわしにします。姫とも話し合ったんですが、先にフリークスクリフへ行ってこようと思うんです。なので僕達が戻ってくるまで、あの首、預かっておいて貰えませんか？」

ローンテイルの目が見開かれる。

「……行ってくれるのカ？」

アンガスは頷いた。「生きた文字《スペル》は人の意識に悪い影響を及ぼすだけでなく、共鳴する意識を引きよせる性質も持ってます。フリークスクリフは悪党達が集まって出来た町。生きた文字《スペル》の一つや二つ、転がっていてもおかしくありません。前々から、いつかは行かなきゃいけないって思ってましたし、いい機会だと姫も言ってます」

「そういうことだ」姫は腕を組んで、ローンテイルを見上げた。「私がついているのだ。心配するには及ばないぞ。悪党なら容赦なく吹っ飛ばしてもいいと、約束したばかりだしな」

アンガスが苦笑しながらそれを伝えると、ローンテイルは不可解そうに首を傾げた。

「私とてお前の言うことは信じたいのだが――本当にいるのカ？　歌姫様が、その『本』の上に？」

ネイティヴの文化には本がない。遺跡から掘り起こされた本の欠片も、焚《た》き付けに使ってしまったというのだから勿体《もったい》ない話だ。

彼らは普通の本さえ見たことがない。そんな人々に、普通ではない『本』のことを理解させるのは至難の業だ。アンガスは再三説明を試みたのだが、ローンテイルでさえ『本』は『精霊の器』ぐらいにしか思っていないようだ。

「頭の固い女だな。脳まで筋肉なのか？」

そのせいか姫はローンテイルを快《こころよ》く思っていない。聞こえないのをいいことに次々と悪態を放つ。

「少しばかり胸がデカいからっていい気になるなよ？　私だって実体を取り戻せばだな――」

ぱたん、とアンガスは『本』を閉じた。

「どうしタ？」

問いかけるローンテイルに、彼は引きつった笑顔を向けた。

「いいえ、なんでもありません」


翌朝。アンガスと姫とジョニーは、オルクス族に別れを告げて村を出た。一族の戦士が十人、見送りと称して彼らに同行する。その中にはホーネットも含まれていた。ローンテイルも一緒に来たそうな顔をしていたのだが、彼女には一族を守る責務がある。さすがに村を空けるわけにはいかないのだろう。

馬車の周囲を取り囲むようにして戦士達は歩いた。そのまま数時間歩き通しても、まったく疲れた様子を見せない。林の中を抜けていくため、馬車の速度はそれほど速くないが、戦士達の体力は驚嘆に値した。

林を抜け、草原を横切り、いよいよカネレクラビスを出る日がやってきた。カネレクラビスと外界の境界線となっているレテ川。その畔に並んで、ネイティヴの戦士達は彼らの馬車を見送った。

馬車は水かさの少ない川を横切り、石ころだらけの山道を登っていく。登り始めてから数時間。はるか下方に遠ざかり、銀色のリボンのようになったレテ川を見下ろし——アンガスは驚いた。

川の畔に、爪《つめ》の先よりももっと小さい十個の黒い点が並んでいる。それは彼らを見送るネイティヴの戦士達だった。

10

ツァドキエルが死んだ。

その現場に居合わせた俺とガブリエルは、治安維持の管理者であるスリエルから直々《じきじき》の取り調べを受けた。殺人という、聖域にあってはならない犯罪。それでも最後にはガブリエルの地位がものを言った。

数日後、俺達は家に戻ることを許可された。つまり、不問となったのだ。

あれは正当防衛だった。ああするしか彼女を止める方法はなかった。そう言うガブリエルの主張は正しい。確かに彼が止めてくれなければ、俺はツァドキエルに絞め殺されていただろう。

それでも——納得は出来ない。

誰が彼女に心縛呪文をかけた？　ツァドキエルは何を探っていた？　口止めするだけなら彼女を殺せばすむことだ。なのになぜ、こんな手の込んだことをした？

「聖域は滅びるわ。そう遠くない未来に」

彼女が言い残した言葉。そこに込められた意味を、俺は何度も、何度も考えた。


新しくツァドキエルに任命された少女は、ラファエルと同じく遺伝子操作で造られた子供だった。議事堂のテラスに就任の挨拶に出てきた彼女は、ラファエルと顔を見合わせ、くすくす笑っていた。

理由はない。確証もない。けれど俺にはわかった。ツァドキエルを操ったのはラファエルだ。あの可愛らしい笑顔の下には黒い蛇が棲《す》んでいる。あいつがツァドキエルを殺したのだ。

本物の楽園に行ってしまった彼女に、俺は誓った。ラファエルの化けの皮をひっぺがしてやる。そして必ず答えを見つける。なぜ彼女があんな殺され方をしなきゃならなかったのか。

必ず、その答えを見つけ出してやる。

第四章

1

「我らは夢と同じくはかない身の上、そして我らが小さき命は、眠りによって幕を閉じる。ああ、薄幸《はっこう》なるジョナサン・ラスティ。夢に生き、夢に死す」

大仰な仕草で天を仰ぐジョニーを見て、アンガスは眉根を寄せた。

「いい加減、腹を括《くく》ったらどうなんです」

「オレは裏方でいいんだよ。舞台になんか上がりたくないんだよ。役者なんか無理だって」

「いい歳した大人が鬱陶《うっとう》しいなぁ！」

アンガスは隣を歩くジョニーをどついた。しかしどつかれた本人はそれにすら気づかず、青ざめた顔で呟き続ける。

「絶対バレる。絶対に殺される。ああ、短かりし我が人生。哀れジョナサン・ラスティ、世界中の乙女の涙に送られ、アンスタビリス山脈に眠る——」

「いくつ墓碑銘を考えれば気がすむんですか！」

二人は険しい坂道を徒歩で登っている。

馬車は崖下《がけした》の窪地《くぼち》に隠した。ハムレットとオフィーリアも放してきた。この二頭、馬とは思えない賢さで自分らの餌《えさ》と水を確保する。しかもジョニーの合図に応え、どこにいても主人の元に駆けつける。このダメ主人には出来過ぎた従者なのだ。ならばこそ、フリークスクリフには連れていけない。

ジョニーは大きなため息とともに、がっくりと肩を落とした。

「どうしてこんなことになっちまったんだろ」

「それについては散々話し合ったじゃないですか。いまさら文句言わないでください」

誰が歌姫をさらったのか。歌姫がどこに囚われているのか。手がかりは何もない。まず情報収集から始めなければならないのだが、向かうは無法者《アウトロー》の町だ。自分達のような余所者《よそもの》が何か尋ねても、まともな答えは得られないだろうし、最悪の場合、鉛弾で体重を増やすことになる。

かといって、姫を頼りに力で押し切るには相手が多すぎる。どこかに閉じこめられている歌姫に被害が及ぶ可能性もある。

そこでアンガスは一つの奇策を考え出した。

彼はオルクス族の女達に、ジョニーをカッコ良く変身させてくれと頼んだ。彼女達は快くそれを引き受けてくれた。女達は嫌がるジョニーを押さえつけ、くしゃくしゃだった長髪を丹念に洗い上げた。さらには無精髭を剃《そ》り、オイルで顔を洗い、眉を整える。

その成果は驚くべきものだった。

背中に流れる艶やかな黒髪。心を痺れさせるような頽廃《たいはい》的な眼差し。薄い唇に浮かぶのは虚無の微笑。左目の下にはきちんとホクロも描かれている。

完璧だった。賞金首レッド・デッドショットの似顔絵そっくりだった。

「バレる……絶対にバレる」

なのにジョニーは、村を出てからずっと文句を言い続けている。自信がないのか、意気地がないのか。外見は劇的に変わっても、中身はまったく変わらない。

「バレたらバレたで、その時はその時です。とにかく情報を集めなきゃ。すべてはジョニーの演技力にかかってるんですからね。しっかり頼みますよ」

「うう、どうせなら自分がどこに閉じこめられるのかも予知しとけっての」

「彼はそれも予知していたと思いますよ。でも、わざと教えなかったんだと思う」

「ええ、なんでよ？」

「歌姫達は『解放の歌《リベルタカントゥス》』と『鍵の歌《クラヴィスカントゥス》』を歌わされるために連れ去られた。でもオルクス族の歌姫は、一族のために自分を犠牲にするような人ですから、大人しく奴らの言うことを聞いたとは思えない」

無法者達《アウトロー》は彼を従わせようとしたに違いない。繰り返される拷問は、彼から何を奪ったのだろう。ホーネットは言った。『歌姫は戻っても、予言者は戻らない』と。

「もしそんな未来をローンテイルさん達が知ったら、どうすると思います？　歌姫が何と言おうと、彼女達は最後の一人になるまで、歌姫を渡すまいとして戦ったんじゃないでしょうか？」

「お喋りはそこまでだ」

アンガスの腕の中、『本』の上に立った姫が前方を指さした。

「見えてきたぞ。フリークスクリフだ」

前方に切り立った崖が見えた。その絶壁には巨大な斧で両断したような深い亀裂《きれつ》が入っている。亀裂の間には町があった。ひどく傷んだ石組みは倒壊寸前に見えた。泥で煉瓦《れんが》を塗り固めた家々。壁は崩落し、柱も崩れ、どれも斜めに傾いて互いに寄りかかっている。

歪んだ町。存在そのものが異質な町。誰が造ったのか知る者はいない。だがその存在が明らかになった時、すでにここには悪党どもが溢れていた。ゆえに人々はこの町を『化け物達の亀裂《フリークスクリフ》』と呼ぶ。

「予想通りだ。ここには文字《スペル》がある」

腕組みをして姫は言った。

「しかも半端なく強い波動を感じる。相当にエネルギーが高まっているようだ」

アンガスは無言で頷き、すぐに開けるようページに指を挟んだまま『本』を閉じた。どこに文字《スペル》があるのかわからない以上、『本』を開いたまま歩くのは得策ではない。誰かが姫の姿を目撃し、この稀少かつ貴重な『本』を狙ってこないとも限らないからだ。

フリークスクリフの入り口には、柵もなければ門もなかった。そのかわり幾本もの杭《くい》が乱雑に立てられ、その一つ一つに白骨と化した死体が串刺《くしざ》しにされていた。

「うわぁ、おっかねぇ」とジョニーが呟く。

「しッ……！」アンガスは小声で注意した。「どこで誰が聞いているか、わかりませんよ」

彼らは断崖《だんがい》の亀裂に足を踏み入れた。左右の視界は直立する崖で遮られる。まだ昼過ぎにもかかわらず、日が陰って薄暗い。すべての道は迷路のように入り組んでいて先が見通せない。不安感を煽《あお》るような造りには悪意さえ感じる。

「言ってくれるじゃねぇか！　このクソ野郎！」

突如、罵声《ばせい》が響き渡った。

行く先にある飲み屋から、五、六人の男達が飛び出してくる。彼らは手当たり次第に店の物を外に投げ出し、片っ端から壊し始めた。

「やめろ！　てめぇら、やめねぇかッ！」

店の主人らしき男が、それを止めようとラッパ銃の引き金《トリガー》を引く。暴れていた男の一人が倒れた。それを見て、残りの男達はゲラゲラと大笑いする。

「笑ってンじゃねぇ！」

主人が再びラッパ銃をかまえた。次の銃声は別の角度から聞こえた。店の向かい側にある家の二階に、バレルの長い六連発が見える。そこから放たれた弾丸は店の主人の腹を撃ち抜いていた。

「どうだい、ナマリ弾の味は？」

「ええ？　死ぬってのはどんな気分だい？」

「天国の門は見えたか？　おおっと間違えた。てめぇが行くのは地獄だったよなぁ？」

瀕死《ひんし》の主人を男達が面白半分に蹴り回す。腹の銃創から溢れだした血が、汚れた石畳を伝ってアンガスの足下まで届く。思わず前に出かかった彼の肩を、ジョニーが引き留めた。

「あの親爺はもう助からねぇよ。それとも出てって無駄死にするか？」

アンガスは唇を噛んだ。ジョニーの言う通りだった。ここはフリークスクリフ。安っぽい正義心など、何の役にも立たない。

「お前はここにいろ」

そう言うなり、ジョニーは大股に歩き出した。

何をする気だろう。アンガスは息を呑んで、彼の動向を見守った。

「道の真ん中に汚《きた》ねぇもんブチまけてんじゃねぇぞ、てめぇら」

凄みのある声が言った。アンガスは耳を疑った。

ええ？　今の……本当にジョニーの声？

「なんだ、てめぇ？」

「誰にモノ言ってンだ？　ああ？」

酔っ払い達がクダを巻く。どんよりと濁《にご》った目がジョニーに集中する。ジョニーは左手で前髪をかき上げ、もう一方の手をガンベルトにかけた。そのホルスターに収まっているのは回転式六連発。もちろん全弾装塡済みだ。

「俺の顔を知らねぇような小物は、この町には相応《ふさわ》しくねぇな」

そう言って、ジョニーは鼻で嗤《わら》った。

「今すぐあの世に送ってやる。腐った内臓、ブチまけたいヤツから前に出な」

男達の目が見開かれた。アルコールで紅潮した顔から、みるみる血の気が引いていく。

「レッド――？」

「レッド・デッドショット！」

『早撃ち《デッドショット》』の異名をとるぐらいだから、本物のレッドは拳銃の名手なのだろう。それを知っているからこその、悪党どもの反応だ。しかしここにいるのは偽者の『早撃ち《デッドショット》』。いざ決闘となれば万に一つも勝ち目はない。いつでも『本』が開けるよう、アンガスは身がまえた。

「おい……行こうぜ」

男達は互いの袖を引っ張った。ガンベルトに六連発を収め、こそこそと脇道《わきみち》へと逃げていく。

「フン……ザマねぇな」

ジョニーはガンベルトに右手を添えたまま、店の向かいへと目を向ける。角度があるのでアンガスからは見えないが、二階の窓には店の主人を撃った奴がいる。

「で、お前はどうする？」

「どうせやるなら別のコトがいいねェ」

答えたのは女の声だった。窓から赤いドレスの女が身を乗り出す。艶のない金髪を結い上げた女は、手にした六連発の銃把《グリップ》にキスをした。

「上がっておいでよ色男。アタシとさ、イイコトしよう？」

「願い下げだね」

ジョニーは冷ややかに笑った。「お前のようなアバズレ相手じゃ、いつ寝首をかかれるかわかったもんじゃねぇ」

「なんだってぇ！」

女は銃口をジョニーに向けた。「バカにすんじゃないよ！　ダイヤモンド・ケイトって言ったらドン・フリークだって一目置く……」

「銃を下ろせよ、ケイト」

静かな声でジョニーが遮った。

「オレに銃口向けて生き残ったヤツはいねぇんだ。それとも自慢の顔《かんばせ》に風穴あけたいのか？」

女は慌てて六連発を下ろした。その顔には恐怖の色がありありと見て取れる。

「やめてよレッド。アンタがつれなくするからいけないんだよ。アタシはただアンタの気を引こうと思って――」

ジョニーは右手を挙げた。女のくどくどした言い訳がぴたりと止まる。

「オレは女には優しいんだ」と彼は言った。「お前は悪党にも優しい女か、ケイト？」

「も、もちろんさ」

「オレはここに休暇を楽しみに来たんだ。決闘や強盗や殺しを忘れて、ゆっくりしようと思ってな」

唇の端をつり上げるようにして彼は笑った。同性のアンガスでさえ惚《ほ》れそうになる、とびきり男前な微笑みだった。

「お前はオレみたいな悪党でも、くつろがせてくれる女か？」

「試してみたら？」店の親爺を無造作に撃ち殺した女が、まるで少女のように頬を赤らめる。「入ってよ。今、鍵を開けるから」

女が窓辺から姿を消した。その間にジョニーはアンガスを手招きする。

「いいか、にっこり笑えよ」

ジョニーが彼の耳元にそうささやいた。次の瞬間、目の前の扉が開く。ケイトは二人を見て目を丸くした。

「アンタ、一人じゃなかったの？」

「ああ、コレは売り物」ジョニーはそう言って、アンガスをこづいた。「女主人にご挨拶《あいさつ》は？」

これも役回りなら仕方がない。アンガスは出来る限り、最高の笑顔を浮かべてみせた。

「麗しのレディ・ケイト。貴方のような美しい方にお仕え出来て光栄です」

ケイトはぽかんと口を開けた。頰を赤く染めたまま、ジョニーの袖を引っ張る。

「ずいぶん毛並みのいい子じゃない？　きちんと躾《しつ》けてあるし、いったいどこから連れてきたのよ？」

「そりゃ企業秘密ってヤツだ」

遠慮なく家の中に入り込みながら、ジョニーはケイトの肩を抱く。

「それにそいつは見てくれだけじゃない。こう見えて実は『精霊使い』なのさ」

「そんなの、ウソに決まってるわ」

ジョニーはニヤリと笑って、ウインクした。

「ウソかどうか、すぐにわかる」

2

新しいツァドキエルが、新しい法令を出した。

曰《いわ》く、「思考原野に潜ることを禁ずる」。

理由は、眠り病に陥《おちい》る者が増加しているからだという。見え透いた嘘だった。技量もないのに思考原野に潜り、無意識に捕まった者は今までにも大勢いた。それを今になって「危険だから禁止する」だと？　笑わせるな。

人の意識は死んだ後も思考原野にとどまる。だが死者が忘れ去られるにつれ、その記憶は無意識に引っ張られ、やがてはそれに取り込まれる。奴らはそれを待っているのだ。前のツァドキエルが思考原野で見つけたものを、聖域を根底から揺るがしかねない重要な何かを、奴らは葬り去ろうとしているのだ。

俺の周囲にはウリエルによる思考検閲が張り巡らされるようになった。彼女がどんなに目を光らせたって、ボロを出すような俺じゃない。が、このままでは思考原野に潜ることは出来ない。ほんの一、二分でいい。監視の目をごまかす必要があった。

そこで俺は妙案を思いついた。

ウリエルの目を遮るのに最適な場所がある。

精神ネットワークの届かない場所。

そう——あの薬草園だ。

薬草園にはブルグマンシアが咲き乱れていた。下方に向かって開いた白い花弁は優雅で美しい。死に至る猛毒を持っていると、わかっていても美しい。俺は地面に腰を下ろし、木立に背を預けた。

俺の意識がネットワークから消えたことを、ウリエルは感知しているはずだ。ネットワークが存在しない場所はそう多くない。ここにもすぐに追っ手が来るだろう。

もって三分。それだけあれば充分だ。どんなに長い時間を思考原野で過ごしても、実際に経過する時間はほんの一瞬だ。うたた寝で見る夢のようなものだ。長く感じても、目覚めれば数分しか経過していない。

俺は目を閉じた。思考原野に潜る方法はツァドキエルから聞いていた。まずは自分の内面を見つめる。自分の心の奥、普段は意識しない闇の中へと目をこらす。ネットワークに潜るように、深い眠りにつくように、自分の意識の奥へ、深く潜っていく――

ふっ……と体が軽くなった。

目映《まばゆ》い光が俺を射る。それは思考原野の最深部にある高エネルギー体――美しいコロナを纏《まと》った『無意識』だった。光に照らされて、個の意識を包んでいた氷が溶け出していくのを感じた。薄暗い牢獄から解き放たれて、日の光を浴びたような解放感を覚えた。ここには孤独もない。怒りもない。無意識はすべての意識を無条件に受け入れてくれる。それは抗《あらが》いがたい、圧倒的なカタルシス――

「貴方は心のどこかで自らの死を願っている」

ツァドキエルの言葉を思い出す。

「そんな貴方が思考原野へ降りたら、戻ってこられなくなるわ」

そうだ。俺はツァドキエルの残留思念を探しに来たのだ。この期《ご》に及んで死に誘惑されるとは、自分自身が情けない。

無意識の暖かな抱擁《ほうよう》を振り切って、俺はほの暗いうつつの水面めがけて浮上した。水面近くには泡のようなものが無数に浮かんでいる。それは記憶の断片だった。この泡の一つ一つが誰かの記憶なのだ。

俺はツァドキエルを探した。彼女が構築したあの講堂を探した。

「その時が来たら迷わないで」

懐かしい声が聞こえた。

「飛べるわ。貴方、飛べるのよ！」

俺はそれに向かって意識を飛ばした。

見慣れた講堂に立っていた。目の前にいるのは精神体の俺だ。これはツァドキエルの視点、彼女の記憶なのだ。

「ごめんなさい」

俺が去っていった後、彼女は呟いた。

「貴方は聖域を滅ぼす。そう私が警告したから、ウリエルは貴方を殺そうとしたの。そうなることは容易に想像出来たはずなのに——私が本当に守りたかったのは聖域ではなく貴方だったはずなのに、いつの間にか自分の意志では何も考えられなくなっていたのね。私も所詮《しょせん》、聖域の人間。ここから逃れることなど出来ないんだわ」

なぜか息が詰まった。この感覚は彼女の感覚。俺を恋しく思いながら、それを言葉にすることは出来なかった。辛く切ない——彼女の想い。

「四大天使達は座天使《スローンズ》階級以下の人々に心縛呪文を使うつもりよ。彼らから一切の自由意志を奪い、歌だけを歌い続ける生き人形にしようとしているの」

淡々とした声が、誰もいない講堂に響く。

「すでにウリエルが心縛計画を推し進めている。眠り病患者が増加しているのはそのせいよ。『個の意識』を奪われた者達は、意識のすべてを思考原野に吸い取られてしまったの」

力なく頭を振る。自分の無力さが嘆かわしい。

「でもこんなことをしても何にもならない。エネルギーを大量消費し続ける限り、聖域に未来はないの。だって思考原野のポテンシャルをどんなに高めても、刻印から取り出せるエネルギー量には限界があるんだもの。四大天使は刻印の意志に同調することによって、思考原野からエネルギーを取り出してきたけど、それももう限界。これ以上のエネルギーを引き出すことは、個の意識を持った人間には無理だわ」

ふうっ……と彼女は息を吐いた。ため息のような微笑みのような、複雑な吐息。

「誰もがそう考えていたのよ。貴方が現れて、実際に刻印の間で歌ってみせるまではね」

彼女は自分の胸に手を当てた。まるでここに俺がいることを知っているみたいに。

「貴方は私達の常識をくつがえした。『解放の歌《リベルタカントゥス》』を歌っただけで、莫大《ばくだい》なエネルギーを取り出して見せた。歌う貴方は美しかった。虹色に輝く刻印そのものだった。だからこそラファエルは貴方を羨《うらや》み、その力を欲――」

「困るなぁ、勝手なことをされちゃ」

若い男の声が独白を遮った。彼女は驚いて振り返った。そこにはラファエルが立っていた。この講堂は彼女が構築した精神世界。なのにラファエルは侵入した気配さえ彼女に感じさせなかった。

「まだ使い道がありそうだから生かしておいてあげるけど――」ラファエルが手を伸ばす。「これ以上、余計なこと、言えないようにさせて貰うよ」

黒い蛇が鎌首《かまくび》をもたげる。彼の指が額に触れる直前、ツァドキエルは叫んだ。

「逃げて！　早く、逃げて！」

そして、闇――

3

遠くから歌声が聞こえる。

いや、これは歌声じゃない。悲鳴だ。泣き叫ぶ子供の声だ。何を言っているのかはわからないけれど、聞いているだけでイライラする。

とても寝ていられなくなって、アンガスはベッドから起き出した。カーテンを開く。目の前には絶壁がそびえていた。屋根は隣の家の壁とくっつき、空を見上げることさえ出来ない。

「これでよく立っているな——奇跡だ」

叫び声は亀裂の奥の方から響いてきた。窓から身を乗り出し、声が響いてくる方角を眺める。複雑に折り重なった屋根の合間から、フリークスクリフの最深部が見えた。崖の横腹にぽつりと空いた黒い穴。天然の洞窟だろうか。それとも人工物だろうか。ここからでは遠すぎて何とも判別出来ない。

諦めて、アンガスは窓辺を離れた。隣のベッドで寝ているジョニーを揺り起こす。

「起きてください。朝ですよ」

「やだよう」ジョニーは駄々っ子のように毛布にくるまった。「この町、やっぱヘンだよぅ。背中がゾクゾクする。うう、気味悪《わり》ぃよ」

「文字《スペル》のせいだ」ベッドの上、開かれた『本』から姫が言う。「どんな意味を持つ文字《スペル》なのか今はまだわからんが、ヘタレには効力をしめさない言葉らしいな」

「アウラの時はテキメンだったのに？」

「あの時は直接触れたせいもあると思うが……この男、嫉妬心だけは強いということだな」

「んなのどうでもいいよぅ。もう帰りたいよぅ」

「あ〜鬱陶しい！」アンガスはぐいっと毛布を引っ張った。「昨日の調子でいいんです！　やれば出来るんだから頑張ってください！」

「いやだあぁ」毛布を必死に握りしめ、ジョニーは涙目でアンガスを見上げる。「ここにいちゃヤバいよ。だからもう帰ろ？　な？　な？」

見れば見るほど情けない。昨日の姿が嘘のようだ。ジョニーって案外格好いいかも？　と思っていただけに、余計に腹が立つ。

「いいから起きろっ！」

アンガスは力任せに毛布を引っ張った。毛布と一緒にジョニーが床に転がり落ちる。

「なんでだよ、なんでお前は何も感じないんだよ！　このニブチンが！」

「うるさいなぁ、もう」

文字《スペル》の支配を受けている人間は、他の文字《スペル》の影響を受けにくくなる。これは受け売り知識ではなく、実際に体験してきたことだ。けれどジョニーにそれを説明してやるつもりはない。

「ほら、シャキッとして！　髪、梳《と》かしますよ！」

ジョニーは渋々椅子に座った。アンガスは彼の髪を整え、オルクス族に貰った化粧道具で目の周囲に墨を入れ、左頬のホクロを描き直す。

「はい出来上がり。さすがジョニー、いい男だなぁ！」

アンガスが誉めても、ジョニーはまだメソメソと泣き言を繰り返している。こうなったら多少荒っぽいが、舞台に上げてしまうのが一番だ。アンガスは彼を引っ張るようにして部屋を出た。

彼らが休んでいたのはケイトの家の三階だった。階下へと下りていく。が、二階の寝室は空で、ケイトの姿も見えない。彼女を捜して二人は一階に向かった。すると——

「よう、遅かったじゃねぇか」

野太いダミ声が彼らを迎えた。太った男が木の椅子に腰掛け、テーブルの上に足を投げ出している。小さい丸い顔。頭髪が一本もないので余計まん丸に見える。その特徴ある顔を見て、アンガスはデイリースタンプ社で見た『賞金首情報《ウォンテッド》』を思い出した。

彼の通り名は羽根つき回転銃《フィン・リボルバー》。罪状は保安官射殺。賞金は三十万ギニー。無法者《アウトロー》の町に悪党がいる。当然のことだ。なのに嫌な予感がした。どうしてこの男、こんな所にいるんだろう？　ケイトはどこへ行ったんだろう？

「フィン？　なんでお前がここにいるんだ？」

ジョニーがアンガスの横をすり抜け、一階へと下りていく。

「オレに挨拶でもしに来たのか？」

「そりゃそうよ。この町でトップになるために、おめぇさんにゃ本当に世話になったからな」

「ほぉ？　じゃお前が今のドン・フリークってわけか？」

「そういうことだ、兄弟」

フィンとジョニーは暑苦しいハグを交わす。

「水くせぇな、レッド。なんで真っ先にオレんとこに来なかったんだよ？」

「そう言うなよ、兄弟」

ジョニーはふっと笑って肩をすくめた。

「オレはここに休暇を楽しみに来たんだ。なのにお前の不味いツラ見たら、オレの労働意欲に火がついちまうだろ？」

「ははッ……言ってくれるぜ」

フィンは肉づきのいい拳でジョニーの胸をドンと叩いた。よろめきそうになり、彼が足を踏ん張るのがわかった。そんなジョニーの様子を見守りながら、アンガスは心の中で声援を送った。頑張れジョニー、もう一押しだ。

「ちょうどよかった。お前にちょいと見てほしいモンがあるんだ」と言って、ジョニーはアンガスに向かって顎をしゃくった。「アレなんだが──」

「へぇ？　ずいぶんと別嬪《べっぴん》な連れじゃねぇか？　おめぇさん、いつ宗旨替えしたんだ？」

「だアホ。そんなんじゃねぇよ」

ジョニーはさっきのお返しとばかりに、フィンの腹にパンチを入れた。拳が腹の贅肉《ぜいにく》にめり込んだが、フィンは顔色一つ変えない。

「あいつは『精霊使い』なんだ」

拳に残る贅肉の感触が気持ち悪いのか、軽く手を振りながらジョニーは言う。「言っても信じちゃくれねぇだろうから、実際にその目で見てくれよ」

ジョニーはフィンを促し、家の外に出た。アンガスも『本』を片手にそれに続く。

「試しにいっちょやってみてくれ」

ジョニーの言葉に、アンガスは頷いた。あたりを見回す。湾曲した道の先に傾いだ尖塔《せんとう》が見えた。

「あれがいい」と呟いて、アンガスは『本』を開いた。それを左手で支え、ページに右手を添える。

「姫、出番ですよ」

「任せておけ」

姫は意気揚々と尖塔を見上げた。

生命の文字よ
沈黙の海に命を与えよ

上昇気流が巻きおこった。かと思うと、今度は足下にすうっと冷たい風が流れ込む。

バリッ……バリバリッ……

頭を打つ激しい雷鳴。はるか上方、縦に裂けた青空から凶暴な光が落ちてくる！

ドガァ……ン！


目を射るような光に、そこにいる全員が目をつぶった。空気が振動し、体中の毛がピリピリと逆立《さかだ》つ。落雷に撃たれた尖塔は破片を周囲にまき散らしながら、見る影もなく崩れ落ちた。

あまりの大惨事にアンガスは慌てた。『本』に顔を近づけ、小さな声で抗議する。

「やりすぎだよ！　姫ッ！」

「む？」姫は困ったように腕組みをした。「いつもと同じ案配だったのだがな。どうも文字《スペル》の影響が強すぎるようだ。加減がよくわからん」

「頼むよ、もう……」

アンガスは崩れた建物を眺めた。誰か生き埋めになったり、怪我したりしていなければいいんだけど。

「どうだい？」

ジョニーの自慢げな声がした。

「確かにすげぇな」

感心したようにフィンは呟いた。興味津々な表情でアンガスを見て、それからジョニーに向き直る。

「で、いくらで売ってくれるって？」

「まぁ、お前とオレの仲だし。安く売ってやりたいのは山々なんだが——」ジョニーはフィンに向かってニヤリと笑った。「これと『歌姫』を交換といこうぜ？」

これは賭けだ。アンガスは用心深くフィンの顔色をうかがった。悪党《フリークス》どもの頂点に立つこの男、はたして歌姫の存在を知っているだろうか？

「お前さんがくれたコイツのおかげで、俺はドン・フリークスになれた」

フィンはホルスターを叩いた。そこには羽根飾りをつけた六連発が収まっている。白地に茶色と黒の模様が入った大きなイーグルの羽根。その中央に黒い文様が見える。

アンガスは目を細め、それを凝視した。

あれは——あの模様はもしかして——

「お前さんにゃ本当に感謝してる」

そこでフィンはフン……と鼻を鳴らした。

「——と言いたいところだが、毎朝歌姫にあの胸糞悪《むなくそわる》い歌を歌わせろと言ったのは、レッド、お前さんだぜ？　あれにどんな意味があるのかは知らねぇが、何の説明もしねぇってのは気にいらねぇな」

レッドが歌姫をこの町に連れてきた？

意外な展開にジョニーとアンガスは一瞬だけ視線を交わした。

どういうことだ？

いいから、調子合わせて。

「実は――」

ジョニーは煙草を取りだし、それにマッチで火をつけた。考える時間を稼いでいるのだろう。しかし、そう簡単に言い訳が探せるわけもなく――

「歌姫が入り用になったのさ」と言って、肩をすくめた。わかるだろ？　というように。

それに対し、フィンはニヤリと笑った。

「アウラのに逃げられたからか？」

なんだって――？

アンガスは目を剝いた。ジョニーの唇の端から、火をつけたばかりの煙草が落ちる。

「図星かい？　オレもなかなか情報通だろ？」

フィンは笑った。悪意剝き出しな笑い方だった。

「他にも色々と知ってるんだぜ？　お前さんにゃそっくりな顔をした兄貴がいるんだってな。だがそいつには――」

フィンはその巨体に似つかわしくない素早さでジョニーの左腕を摑んだ。左の掌を見て、彼は勝ち誇ったように胸を張る。

「あの入れ墨がない。やっぱ偽《にせ》モンだったか」

フィンはジョニーの膝の裏側に蹴りを入れ、彼を石畳に跪《ひざまず》かせた。そのホルスターから六連発を抜き取り、銃口をジョニーの頭に突きつける。それを合図に、周囲の建物の窓から、角から、扉から、六連発を手にした無法者達《アウトロー》が現れる。

「待て、撃つな」

ジョニーは慌てて両手を肩の高さに上げた。

「話せばわかる！　撃つんじゃない！」

フィンはジョニーの後頭部にグリグリと銃口を押しつけた。「噂通りのヘタレ野郎だな、ジョナサン・ラスティ？」

最悪の事態だった。このまま姫を頼りに力で押し切るか。それとももう一計を案じるか。ジョニーには悪いが、レッドの偽者に騙されたと言えば、フィンに取り入ることが出来るかもしれない。

勇気の文字《スペル》よ
熱よ　魂よ
我が怒りを受け――

姫が呪歌の詠唱を始めた。ジョニーを助けるつもりらしい。アンガスは天を仰いだ。こうなっては止めても無駄だろう。後は運を天に任せて、姫に一暴《ひとあば》れして貰うしかない。

「そこまでだ」

フィンが低い声で恫喝《どうかつ》した。

「ちっこい歌姫さんよ。それ以上歌うと、コイツの頭が吹っ飛ぶぜ？」

詠唱が途絶えた。姫は驚愕の表情でフィンを凝視する。

「お前、私が見えるのか？」

「何言ってんだ？　当たり前だろが？」

「そうそう、みんなお見通しなんだよ」

背後から女の声がした。振り返ると、周囲を取り囲んだ無法者《アウトロー》達の間からケイトが現れた。彼女は腰を左右に揺らしながらアンガスに歩み寄る。きつい香水の匂いに、一瞬、息が詰まった。

「アンタ、昨夜『本』を開いたまま寝ちゃっただろ？　その精霊さんが怖い顔して、夜通しアンタを守ってたっけ。ふふふ……憎い男だねぇ？」

　アンガスはごくりと唾《つば》を飲み込んだ。

「貴方にも見えるんですか？」

「何、驚いてるんだい。変な子だねェ？」

　女は白い腕をアンガスの首に絡ませた。ぐいっと顔を近づけて、彼の耳元にささやく。

「どうしてアタシには見えないと思うのさ？　もしかしてお伽噺を信じてるわけ？　精霊さんは心の清い人間にしか見えないって？」

　周囲を取り囲んだ無法者《アウトロー》達が爆笑した。

「そしたらオレらも潔白だな？」

「心根がキレイだからよ、オレは」

　アンガスは愕然《がくぜん》とした。フィンやケイトだけじゃない。この無法者《アウトロー》達にも姫の姿が見えているのだ。驚きのあまり、隙が生じた。すかさずケイトが身を翻し、アンガスの腕から『本』を奪い取る。

「何をする！」姫が抗議の声を上げた。「私をアンガスの手に戻せ！」

「おやおや、立場がわかってないようだね？」

ケイトは揶揄《やゆ》するように笑った。

「フィンはアンタが欲しい。アタシはあの子が欲しい。これは取引なのよ。おわかり？」

そう言うと、ケイトは返事も待たずに『本』を閉じた。こうなっては、もうなす術《すべ》はない。

「おいおい、オレはどうなるんだよ〜」

化けの皮を剝がされてしまったジョニーが、両手を挙げたまま情けない声を出す。

「すぐには殺さねぇよ」

『本』を手にしたフィンは上機嫌で言った。

「お前はレッドへのいい手みやげになる。生きたまま、やっこさんに引き渡すさ」

それから彼はアンガスを見た。小さい目に狂気が宿る。

「坊主は褒美《ほうび》としてケイトにくれてやる約束だが、その前にお仕置きが必要だな。オレの大事な歌姫を奪おうとしたんだ。お前達にはそれ相応の罰を受けて貰うぜ？」

「んもぅ……」

ケイトは不満そうに、頰をぷっと膨《ふく》らませた。

「ねぇ。顔は傷つけないでおくれよ？」

4

「仕方がないことなんです」

ガブリエルの声。同時に俺は水中から引き上げられた。実際に潜っていたのは水ではなく思考原野で、引き上げられたのは体ではなく精神だった。

重そうに垂れ下がった白い花弁と、同じくらい白いガブリエルの顔が見える。途端、息苦しさが俺を襲った。見えない手が肺を引き絞る。心臓が狂ったように暴れ出す。俺はいつもの錠剤を口の中に放り込んだ。

「思考原野に潜りましたね」

ガブリエルは抑揚《よくよう》のない声で言った。

「精神に経過した時間と肉体に経過した時間の齟齬《そご》が、その後遺症を引き起こすんです。貴方の心臓ではそう何回も耐えられませんよ」

「知っていたんだな……お前も……」喘ぎながら、俺は言った。「心縛呪文を使って、人間を歌う人形にするだと？　てめぇら……正気かよ！」

「エネルギーの不足を解消するためです」

「馬鹿言うな！　今すぐエネルギーの垂れ流しをやめればいいだけの話だろうが！」

「無理です。エネルギーの供給が滞《とどこお》ったら、それだけで聖域はパニックになってしまいます」

「聖域が——じゃない。お前達が、だ」

「そうですね」ガブリエルは淡々とした声で続けた。「ツァドキエルも同じことを言いました」

「だから殺したのか？」

俺は上体を起こし、ガブリエルの胸ぐらを摑む。

「だから彼女を殺したのか！」

「暗示をかけたのはラファエルです」

ガブリエルは目を閉じた。女のように綺麗な顔立ちに、一瞬、苦悩の影がよぎる。

「私は彼に抗えません。あのかわいそうなツァドキエルのように心を呪文で縛られて、貴方を手にかけるくらいなら――悪魔に魂を売った方がましです」

目を開く。薄いブルーの瞳に膜が張り、透明な涙になって頰へと流れ落ちた。

「言ったでしょう？　貴方を助けるためなら、私はどんなことも出来る。何だってしてみせると」

ああ――そうなのだ。

俺は彼に依存していた。そして彼も、そんな俺に少しずつ感化され、いつの間にか俺に依存するようになっていたのだ。微量の水銀が体に蓄積していき、やがては全身を麻痺させてしまうように。俺の精神波は少しずつ、少しずつ彼を歪めていったのだ。

ガブリエル――俺はお前に甘えすぎた。

これは、その報いなんだな。

5

アンガスとジョニーは地下牢《ろう》に投げ込まれた。両手を背中で縛られたうえ、背中合わせにロープでグルグル巻きにされている。牢の床には臭気を放つ水がたまり、部屋の隅では目を爛々《らんらん》と光らせた大きなネズミが二人の様子をうかがっている。僕らが弱ってきたら襲いかかってくるだろう。そう考えるだけで鳥肌が立った。一刻も早くここから脱出して、姫を取り戻さなければならない。アンガスはモカシンに隠しておいた細長いヤスリを抜き出した。

「準備いいなぁ」ジョニーが呆れたように呟く。「こうなることも計算済みだったわけ？」

「まさか。前にも似たような目にあったんで、念のため備えておいたんです」

あの時はセラが助けてくれた。今回は自力で何とかするしかない。アンガスはヤスリを左手に持ち、手首のロープを切断しにかかった。

「やれやれ……」ジョニーはため息をついた。「だから言ったんだよ。うまくいきっこないって」

「色々と計算違いがあったんですよ」

手を動かしながら、アンガスは反論する。

「誤算その一。フィンが文字《スペル》を所持していたこと」

「え――マジ？　どこに持ってた？」

「彼が六連発に刺していた羽根に、それらしき文様が見えました」

「だからか。悪党どもにも姫の姿が見えたのは」

「そうかもしれない」呟くように答え、アンガスは続けた。「でも――それだけじゃない」

「んん……どういう意味よ？」

「フリークスクリフに悪党どもが集まり始めたのは、ここ最近のことじゃないでしょう。フィンがあの羽根をレッドから譲り受けるずっとずっと前から、ここはフリークスクリフと呼ばれていた。それにはやはり文字《スペル》の力が関係していると思うんです」

「ちょっと待て。てことは何か？　フィンの持ってる羽根以外にも文字《スペル》があるってか？」

「そうです。それが誤算その二。ここにある文字《スペル》は一つじゃなかった。その上、もう一つの文字《スペル》は、町中の悪党どもが容易に触れられる場所にあった」

もっと早く気づくべきだった。答えは最初から目の前にあったのだ。なのに目先のことに気を取られ、それを見過ごしてしまっていた。

「誤算その三。レッド・デッドショットとジョニーには、明らかな相違点があった」

「ああ、そうね」

「本当は知ってたんじゃないですか？」

「何をよ？」

「レッドの左手には入れ墨があるってこと」

「まぁね」

「まぁね、じゃない。そういう大切なこと、どうして最初に言わないんですか！」

「それを知っている人間に会うと思ってなかったし。それにアレは……入れ墨じゃねぇんだ」

どういう意味だろう？　アンガスは話の続きを待った。牢の中にロープを擦るキシキシという音が響く。

ややあってから、ジョニーは口を開いた。

「文字《スペル》があったのは、客人の左手なんだ」

「えっ――？」

「客人の掌には奇妙な痣《あざ》があった。男はそれを印刷してほしいと、親父の所に相談に来たんだ」

手を止めたアンガスから、ジョニーはヤスリを奪い取った。ゴシゴシとロープを擦りながら話を続ける。

「いや、あれは相談なんて生やさしいモンじゃなかったな。どっちかっていうと恫喝《どうかつ》に近かった。けど、親父はウンとは言わなかった」

「それで、殺された？」

「いや、殺したのはデイヴさ。もみ合う男と親父に向かって、あいつはいきなり発砲した。最初の弾は男に当たった。次の弾は親父に当たった。床に伸びた二人の男に冷静にとどめを刺した後、デイヴは斧を持ってきて男の左腕を肩から切り落とし、それを持って夜の闇に消えた」

ぶるっ……とジョニーの体が震えた。

「その腕は今、デイヴの左肩についてる。あれは入れ墨なんかじゃない。文字《スペル》なんだよ」

他人の腕が肩につくなんて人間業じゃない。これは天使の技術だ。彼にそれを提供した人物――おそらくそいつがレッドに文字《スペル》のことを教えたのだ。

「なるほどね」とアンガスは言った。「文字《スペル》じゃ真似して書くことも出来ないし、確かにどうにもならなかったな」

「――だろ？」

ジョニーの声にブチッとロープの切れる音が重なった。

「よっしゃ！」

手首が自由になった彼は、まず二人を背中合わせに縛っているロープをほどき、それからアンガスの両手を自由にした。

「お次の問題はコイツだが――」ジョニーは牢屋《ろうや》の扉に取りつけられた大きな錠前を手に取る。「何か妙案はあるかね？　アンガスくん？」

答えるかわりに、シャツの襟に留めておいた二本のピンを抜き出す。それを使って錠前を開けようとするアンガスに、ジョニーは感心したように呟いた。

「本当に準備がいいね、お前」

「非暴力主義っていうのはね……つかまったり閉じこめられたり、それはそれで大変なんですよっと……よし！」

錠前が開いて床に落ちた。

ヒュ～ッとジョニーが口笛を鳴らす。

「いい腕してるじゃん。今度、オレと――」

「組まないし、泥棒もしない」アンガスは牢の扉を開く。先に出てから牢内を振り返る。「早くしないと置いていきますよ！」

ジョニーは慌てて牢を出た。と、その時。

地面が揺れた。激しい爆発音が響いてくる。廊下の天井から、埃や煉瓦の破片がパラパラと降ってくる。

「なんだぁ？」

不安げに天井を見上げるジョニーに、アンガスが叫ぶ。

「こんなことするの、姫に決まってるでしょう！」

フィンは呪歌の威力を知っている。不用意に『本』を開けば、危険なこともわかっているはずだ。おそらく『本』を開いたのは彼ではない。それを知らない誰かだ。『本』は読まれるために存在する。そこに置かれているだけで、『本』は開かれる運命にあるのだ。

アンガスは壁に吊《つ》るされていたランプを取ると、地下通路を走った。前方に光が見えた。壁に取りつけられた梯子《はしご》を登り、天井を塞ぐ格子を撥《は》ね上げる。

どこかの台所のようだった。彼はランプを床に置き、建物の外へと駆け出した。

眩《まぶ》しい。昼の光に目がくらむ。思わず目を閉じた彼の耳朶《じだ》を、すさまじい轟音《ごうおん》が震わせた。目を開くと、遠くに黒い煙が見えた。爆音とともに建物の窓が火を噴く。それも一度ならず二度三度と続いた。黒い煙がもうもうと立ち上がり、キナくさい臭いがあたりに漂う。

あそこに姫がいる。

駆け出そうとした彼の腕を、誰かが摑まえた。

「待てよ、アンガス！」

「なんです」アンガスはジョニーを振り返った。「放してください！」

「どこ行くんだよ？　出口はあっちだぞ？」

「その前に姫を迎えに行かなきゃ」

アンガスはジョニーの手を振りほどこうとした。が、彼はアンガスの腕を摑んだまま放さない。

「たかが本だろう？」

ジョニーの声に、アンガスは一瞬、抵抗を忘れた。冷水を浴びたように背筋が凍りつく。

「——何だって？」

「もういい加減、目を覚ませよ」

ジョニーは悲しそうに首を横に振った。

「あれはすごい本だ。他に類を見ないほど貴重な本だ。けど——本は本だ。物語を真に受けて、命を落とすなんて馬鹿げてる」

彼が何を言っているのか、アンガスにはわからなかった。ジョニーは言ったはずだ。姫と一緒に行くと。もう離れることは出来ないと。なのに、なんでいまさらそんなことを言う？

「命あっての物種だろ？　な？」

ああ——そうか。

ようやくアンガスは理解した。ジョニーにとって姫は、奇妙な『本』に出てくる登場人物の一人にすぎないのだ。彼女が記憶をなくしていることも、文字《スペル》をすべて集めなければ世界が滅んでしまうことも、彼にとっては単なる物語でしかない。彼はそれにつき合っていただけ。彼にとって姫は——その程度の存在なのだ。

だけど、それを責められるか？

ジョニーは知らないのだ。どんな人よりも厳しくて、そして優しい姫のことを。こんな僕を守ると言ってくれた姫のことを。生きる希望さえなくしていた僕に目的を与えてくれた姫のことを、彼は何も知らない。知らないから――そんなことが言えるんだ。

ふと、笑い出したくなった。

責められないと思う一方で、裏切られたと感じている自分がいる。それが可笑《おか》しい。

「もういい」

馬鹿だな、僕は。

こんな舌先三寸のペテン師をなぜ信用した？

いつの間に、彼を仲間だと思いこんでいた？

馬鹿だ。僕は。

「放せ」

アンガスはジョニーを見た。

「手を放せと言ったんだ！」

ジョニーの手が離れる。アンガスは彼から目をそらし、早口に告げた。

「もし無事にここを脱出することが出来たら、ミースエストに行ってください。あの町にはエヴァグリン連盟保安官《リーグ・マーシャル》と彼が招集した騎兵隊がいるはずです。彼らをここに向かわせてください。戦闘の準備はしなくていい。彼らが着く頃には、何もかも終わっているはずだから」

「お前、何をする気なんだよ？」

アンガスは目を伏せ、ゆっくりと首を横に振った。

「貴方には関係ない」

彼はジョニーに背を向けた。これ以上、何か言うと泣けてきそうだった。彼はフリークスクリフの最深部に向かって走り出した。背後からジョニーの声が聞こえたが、もう振り返らなかった。

入り組んだ通路を駆け抜けた。途中、無法者《アウトロー》達とすれ違ったが、彼らは逃げ出すのに忙しく、アンガスを見咎《みとが》めることも、捕まえようとすることもなかった。

やがてアンガスは黒煙を吐き出している建物の入り口までやってきた。炎にまかれ、人々が次々に飛び出してくる。それに逆《さか》らい、彼は建物の中に飛び込んだ。部屋に充満している黒煙を吸い込まないよう身を低くかがめながら、彼は階段を駆け上がった。

「姫――！」咳き込みながら叫んだ。「どこにいるんです！　姫！」

散らかった部屋に出た。無造作に置かれた木箱やガラクタに火が燃え広がっていく。炎が頬をなぶり、髪の毛をチリチリと焦がしていく。

「姫ッ！　聞こえてたら返事をしてください！」

アンガスはさらに階段を上った。すごい煙だった。焼け落ちた梁《はり》と家具とで足の踏み場もない。

「アンガス！」

姫の声がした。

一瞬、黒煙が晴れた。炎に炙《あぶ》られ黒く縮れていくカーテンの下に、うつぶせになった『本』がある。アンガスはそれに駆け寄った。服に火がつくのもかまわず、炎の中から『本』を拾い上げる。

「馬鹿！　なんで来た！」

せっかく巡り会えたのに、姫は彼を罵倒した。

「こんな火の中に飛び込んでくるなんて正気か？　私は燃えないのだ。後で拾ってくれればそれでよいのだ！」

言い返したくても声が出ない。肺の中に残った空気も限界に近い。アンガスは『本』を胸に押しつけ、そのまま窓から外に飛び出した。

着地の際、足の骨を折ることぐらいは覚悟していたのだが、落下した距離は思ったよりも短かった。傾いた隣の建物が窓の下に張り出していたのだ。

斜めになった屋根によじ登ると、隣の建物の窓から中に入る。シャツに燃え移った火を叩いて消しとめた後、彼は壁を背にして座り込んだ。『本』を胸に抱え、奥歯を食いしばって嗚咽《おえつ》を堪《こら》える。

「どうした？」姫は不安そうに彼の顔を見上げた。「怪我をしたのか？　どこか痛むのか？」

「いいえ……大丈夫です」

「では、なぜ泣く？」

「泣いてません」

彼は顔をゴシゴシと擦った。泣き声を押し殺すために息を止める。けれど泣くまいと思えば思うほど、涙は溢れてくる。

「煙が……目にしみただけです」

「素直じゃないな」と言ってから、姫は周囲を見回した。「あの馬鹿はどうした？」

息が詰まった。本当のことなど言えるはずがない。

「彼にはエヴァグリン連盟保安官《リーグ・マーシャル》を呼びに行って貰いました」

息を整え、アンガスは立ち上がった。

「悪党どもを捕らえるには、この機会をおいて他にはないから」

「どういうことだ？」

「歌姫を見つけました」『本』を手にアンガスは歩き出す。「文字《スペル》も見つけたと思います」

「どこにあるんだ?」

「ここには二つの文字《スペル》があります。一つはフィンが持ってる六連発の羽根飾りに。もう一つは——」

アンガスは階段を下り、外に出る。

「あそこに——」彼が指さしたのはフリークスクリフの最深部にして一番高い場所。断崖絶壁に開いた洞窟だった。「あそこにいけば見えるはずです」

「さっぱりわからん」

姫は腕を組んだ。アンガスを見上げ、尋ねる。「説明して貰えるんだろうな?」

「ええ」

答えて、彼は前方に目を向けた。アンガスを見つけた男達が、何かを叫びながら押し寄せてくる。

「だけど、先にあいつらを片付けちゃってください。話はそれからです」

「約束だぞ」

姫は無法者《アウトロー》達と向かい合い、表情を引き締めた。男達が六連発を引き抜く。その銃口が火を噴くよりも早く、姫は呪歌の詠唱を終えた。猛烈な突風が男達をなぎ倒す。

アンガスは走り出した。銃弾が耳元をかすめる。

それでも彼は足を止めることなく、狭い通りを走り抜けた。

6

精神波を遮断する素材で囲われた隔離部屋。思想犯を閉じこめておくための牢獄。アクセスクリップを奪われ、再び首輪をはめられた俺は、そこに軟禁されていた。

囚人であることに変わりはなかったが、無理を言わない限り、望む物はすべて与えられた。薬も煙草も本も感応紙も、なんでもだ。

それでも心労とストレスで、俺は幾度となく発作を繰り返した。薬の飲み過ぎで舌が爛《ただ》れた。物を喰ってもすぐに吐く。ベッドに横になっていると、脆弱な心臓が奏《かな》でる不整脈のリズムにあわせ、体中の細胞が死んでいく音が聞こえる。

まあいい。どうせ長くは生きられない身だ。だがこのまま死ぬのも癪《しゃく》に障る。せめてあのラファエルを道連れにしてやらなければ気が済まない。

俺はここから出られない。この部屋に閉じこめられている限り、奴には手を出せない。ならば奴をここにおびき寄せるのだ。そのためにもっとも効果的な餌は何か。ツァドキエルが教えてくれた。

奴がこの部屋に来さえすれば、俺にも勝機がある。残された力で脳をフル回転させ、俺は人生最後の計画を練り上げた。


翌日、部屋を訪れたガブリエルに俺は言った。

「聞こえているんだろ、ラファエル？」

ガブリエルは驚いて俺を見た。ベッドに横になったまま、俺は続けた。「ガブリエルが俺を逃がしやしないか、心配で監視してるんだろ？　首輪してたってわかるぜ、それくらい」

ガブリエルは何も言わない。ただ、じっと俺の顔を見つめている。

「お前、俺の力が欲しいんだろ？」

俺は左手の親指で、自分の心臓を指さした。

「いいぜ、こんなモノでよければくれてやる」

「ふうん……条件は？」

ガブリエルが言った。確かに彼の声だったが、微妙に口調が違う。かかったな、ラファエル。

「心縛化を停止しろ。俺が手に入れれば、今よりも多くのエネルギーを取り出せるようになる。思考原野のポテンシャルを上げる必要はなくなる。だろ？」

「まぁね」ガブリエルの声帯を借りたラファエルは言った。「――考えておくよ」

ぐらり、とガブリエルの体が傾いだ。

「なんてことを言うんですか――」呻くように彼は言った。「あんなに自由を欲していた貴方が、ラファエルの奴隷になろうだなんて！」

「人は誰でも一度は死ぬんだ。俺はもう長くは生きられない。だから――いいんだよ、これで」

「私は嫌です。そんなこと認めません」

「俺はお前の奴隷でも所有物でもない。お前の指図を受けるつもりはない」

ガブリエルの顔が引きつり、みるみるうちに青ざめていく。残酷な仕打ちだということはわかっている。でも今のうちに、彼を少しでも俺から離しておく必要があった。彼に後追い自殺などされたら、俺は死んでも死にきれない。

「二度と会うつもりはない」

俺は目を閉じ、扉を指さした。

「出ていってくれ」

ガブリエルは何とか俺を説得しようとした。俺は目を閉じたまま、それを一切無視した。

「諦めたわけではありませんん」

出ていく間際にも、こんなことを言っていた。

「公務が終わり次第、また来ます」

そして彼は出ていった。

俺は横になったまま、その足音が遠ざかっていくのを聞いていた。胸が痛んだが、感傷に浸るのは、すべてが終わってからでも遅くはないはずだ。

俺は体を起こし、準備に取りかかった。本を作るのに使う感応紙を小さく切り、掌に隠せる大きさにする。それから電気灯を振り上げて机の上に叩きつけた。発光器が割れ、青白い火花が散る。

右手に感応紙を握った。心の準備を整えてから左手を伸ばす。

割れた発光器の、剝き出しの電極へ。

7

「餓鬼が逃げたぞ！」

「本を取り上げろ！」

「足だ！　足を狙え！」

怒号が飛び交《と か》う。行く手を塞ぐ者達に姫の呪歌が襲いかかる。頭髪や服が発火し、男達が逃げまどう。その間をすり抜け、アンガスはフリークスクリフの一番奥へとたどりついた。そそり立つ絶壁。崖を削って造られた岩の階段がある。

アンガスはそれを上り始めた。ある程度まで上ると遮蔽物《しゃへい》がなくなる。けれど姫が守ってくれることを信じて、彼は迷うことなく階段を上り続けた。いくつもの銃声が鳴り響く。階段に当たった弾が跳弾する。

「――ッ！」

一瞬、足が止まった。

「大丈夫か！　アンガス！」

姫が叫ぶ。弾が左踝《ひだりくるぶし》をかすめたようだ。鹿革のモカシンがぱっくりと裂け、じんわりと血がにじみ出してくる。

「大丈夫――まだ行けます」

再び前に目を向ける。痛みを堪えながら一歩ずつ階段を上る。モカシンの中がぬるぬると滑る。気にはなったが、あえて見ないことにした。

上っていくにつれ、階段はだんだんと細くなっていった。五回目の折り返しを曲がると、その先はさらに狭くなった。一段に靴底一つのせるのがやっとだ。しかも片方は切り立った崖。もう片方は絶壁だ。柵も手すりもない。落ちたら足の骨を折るどころではすまないだろう。

その細い階段の先に、ようやく終点が現れた。岩壁に洞窟が口を開けている。アンガスは最後の力を振り絞って階段を駆け上がり、洞窟に転がり込んだ。

外に開いた口はそれほど大きくはなかったが、内部はかなり広かった。外の空気とは異なる湿った匂いがする。あちこちに大小さまざまな天然の岩が転がっている。奥まで光が届かず、先は見通せない。どうやら天然の洞窟らしい。

予想していたような鉄格子はなかった。岩盤には藁《わら》が敷かれ、汚れた木の器が一つ転がっている。家具らしいものは何もない。テーブルも椅子もベッドもない。アンガスが投げ込まれていた地下牢の方がまだマシだった。ここは、とても人が暮らしていける場所ではない。

「姫――」アンガスは小声で呼びかけた。開口部の縁に『本』を置く。「外を頼みます」

「わかった」と姫は応えた。洞窟内を一瞥《いちべつ》し、アンガスを見上げる。「気をつけろ。彼は『解放の歌《リベルタカントゥス》』を持っている。文字《スペル》の近くでそれを歌われたりしたら――」

「わかってます」

アンガスは立ち上がった。向かって左手に大きな岩がある。その陰に身を隠すようにして、一人の男が震えていた。身につけているのは麻の一枚布を縫い留めただけの粗末な服。背は高かったが、服から突きだした手足は哀れなほどやせている。褐色の肌は垢《あか》じみて汚れ、白く長い髪もぐしゃぐしゃにもつれていた。外から聞こえる銃声が洞窟内に反響するたびに、小さな悲鳴を上げて頭を抱える。

アンガスはゆっくりと男に近づいた。男は怯えた目で彼を見上げる。

「スカイラークさん――?」そっとアンガスは呼びかけた。「僕はアンガス・ケネス。ローンテイルさんに頼まれて、貴方を迎えに来た者です」

右足を引きずりながら、彼に近づく。

「怖がらないでください。貴方を助けに来たんです」

「そうか。それは残念だったなぁ?」

聞き覚えのある声がした。同時に銃声が鳴り響く。左大腿部《だいたいぶ》に灼熱感《しゃくねつかん》が走った。立っていられない。アンガスはその場に膝をついた。

「惜しかったな、小憎」

洞窟の奥からフィンが姿を現した。彼はアンガスに銃口を向けたまま、スカイラークの腕を捕らえた。

「正面から突入してきた度胸はホメてやるが、人生にはいつだって抜け道ってモンがあらぁな」

「アンガスッ！」姫の声が聞こえる。「アンガスから離れろ！　この肉ダルマ！」

「おっと呪歌はごめんだぜ？　歌姫のお嬢ちゃん」

洞窟の開口部から男達がなだれ込んでくる。そのうちの一人が乱暴に『本』を取り上げた。

「貴様――ッ」姫はものすごい形相でフィンを睨みつけた。「覚えていろ。ただじゃすまさんぞ！」

「おお、怖いねぇ？」

フィンは揶揄するように嗤った。『本』がぱたんと閉じられる。それを見届けてから、彼はアンガスに向き直った。フィンの銃を飾るイーグルの羽根。茶色と黒の模様の中に奇妙な文様――文字《スペル》が紛れている。

「さぁ、チェックメイトだ」

引き金《トリガー》が引き絞られる。

銃声が、洞窟内に響きわたった。

「て、てめぇ……」

呻くような声に、六連発が床に落ちる音が重なる。アンガスは顔を上げた。フィンが右肩を押さえ、数歩後ずさった。左手の指の間から鮮血が噴き出している。

「ぎ、逆チェックメイトだぜ」

甲高《かんだか》く裏返った声が聞こえた。

「つ、つけられてるのに気づかなかったか？　へ、へ、この阿呆が！」

化粧は落ち、顔を黒く汚していた。せっかく整えた髪の毛もボサボサだった。情けないほどに体を震わせ、硝煙を漂わせた六連発をかまえている。

「へ、ヘタレをなめんなよ！」

今にも泣きそうな顔で世にも情けない啖呵《たんか》を切る、ジョニーがそこに立っていた。

「アンガス——あ、歩けるか？」ジョニーは空いている手で彼を手招く。「こっち来い、早くッ！」

アンガスは床を這うようにして彼の元へ向かった。ジョニーはフィンを狙ったまま、アンガスに手を貸して彼を立たせる。

「どうして、ここへ？」かすれた声でアンガスは言った。「逃げたんじゃなかったんですか？」

「う、うるせぇな。しょうがないだろ。逃げる途中で、フィンを見つけちまったんだから」

ジリジリと後退しながら、ジョニーは続ける。「奥に階段がある。出口にハムレットが待ってる。そこまで頑張って歩け」

「でも——姫が——」

「後にしろ。オフィーリアをミースエストに走らせた。あいつは賢い。すぐに救援を連れて戻ってくる。姫は大丈夫だ。雨に濡れても破れず、決して壊れない——そうだろ？」

アンガスは顔を上げ、無法者《アウトロー》に抱えられている『本』を見た。痛みよりも怒りが勝《まさ》った。『本』が自分以外の者に抱かれている。それが我慢ならない。

「姫を、置いていけない」

「ったく、だから今は——」

「クソったれが！」フィンの怒号が会話を遮った。血の気が引いた顔に青筋が浮かんでいる。「てめぇら、生きて帰れると思うなよ！」

「う、動くな！　今度は脳天に風穴あけるぞ！」

ジョニーの脅しは迫力に欠けた。声も腕も震えている。これだけ離れた距離から、フィンの頭を撃ち抜けるとは思えない。

フィンは自分の銃から羽根飾りをむしり取った。そしてそれを、岩陰で震えているスカイラークの額に押しつける。

「歌え」

ドスの利いた声でフィンは言った。

「歌えッ！　コイツらを吹っ飛ばせッ！」

フィンの声に高い声が重なった。悲鳴のように歪んだ歌声。今朝、耳にした泣き叫ぶ子供の声だった。

「馬鹿！　歌うのは呪歌だ。その歌じゃねえ！」

フィンが喚《わめ》いた。けれどスカイラークは歌をやめるどころか、怯えたようにますます声を張り上げる。

アンガスは胸の奥がざわめくのを感じた。拳を握り、誰彼かまわず殴りつけたい衝動が突き上げてくる。これは『鍵の歌《クラヴィスカントゥス》』だ。『鍵の歌《クラヴィスカントゥス》』が文字《スペル》の意志を増幅しているのだ。

アンガスはジョニーに向かって叫んだ。

「彼の声を聞くな！　耳を塞いで、大きな声で何か歌うんだ！」

「な、何なんだよ？」

「いいから、早くっ！」

何が何やらわからないという顔のまま、ジョニーは耳を塞ぎ、調子の外れたアリアを歌い始める。

流血の惨事に恐れをなしたのか、スカイラークの歌声は一段と大きくなる。今まで『鍵の歌《クラヴィスカントゥス》』にさらされてきた男達の精神に、これは最後の一撃となった。洞窟内にいる男達が次々に銃を取り落とす。頭を抱える者、膝をつく者、地面を転げ回る者。目は血走り、犬のように舌を突き出して喘いでいる。それでも歌声は収まらず、洞窟内に反響し、歪み、捻《ねじ》れ、聴く者の精神を破壊する超音波となって外へと溢れ出す。

意味をなさない怒号と悲鳴。あちこちで銃声が響く。洞窟の開口部に立ち、フィンは腹を抱えて笑っていた。常軌を逸する大笑だった。その後ろから一人の男が彼に飛びかかった。鉤爪《かぎづめ》状に曲がった指がフィンの喉に食い込む。彼らは揉《も》み合《あ》い、唸り声を上げ、床を転がり回った。

「うらぁ……ッ!」

フィンは男を引《ひ》き剝《は》がし、床に叩きつける。その時、彼の足が洞窟の縁を踏み外した。両手を泳がせながら、フィンは崖下へと落ちていく。

洞窟内は地獄絵図と化していた。男達は素手のままとっ組み合い、互いの喉笛を狙って歯を剝き出した。獣のような唸り声。口から白い泡を吹いている。

左手にフィンが落とした羽根を握りしめ、狂乱の渦中をアンガスは這った。開口部の近くに『本』が落ちている。あと少し……もう少しで手が届く。男の一人が叫び声を上げて彼に飛びかかった。理性をなくし獣と化した男は、アンガスの背中に馬乗りになり、その肩口に嚙みついた。

悲鳴を奥歯でかみ殺し、アンガスは思い切り右手を伸ばした。指先が『本』に触れる。人差し指が表紙にかかる。力を込めて、それを開いた。

呼吸の文字よ
其処より此処へ
此処より彼方へ
来たりて慟哭の音を響かせよ

アンガスの背中から男が吹き飛んだ。洞窟内にゴウゴウと風が荒れ狂う。狂気に駆られた男達は突風になぎ倒され、岩盤に叩きつけられる。

床に突っ伏して風の猛威を避けたアンガスは、肩を押さえながら体を起こした。苦痛に歪んだその顔を見上げ、姫が涙声で叫ぶ。

「アンガス――ち、血だらけじゃないか！」

姫は彼に向かって手を伸ばした。だが実体を持たない彼女の手では、その傷に触れることも、血を止めることも出来ない。

「ああ、なんてもどかしい！　どうして私にはお前を支える腕がないんだ！」

痛みを堪えて、アンガスは笑って見せた。

「落ち着いて、姫」

「しかし――」

「文字《スペル》を回収するんです。そうすれば混乱は収まります」

アンガスは姫の前に羽根を差し出した。羽根の模様に紛れていた文字《スペル》が、赤い光を帯びて浮かび上がっている。

Destruction

「……何ページですか？」

「『Destruction《破壊》』、三十三番目だ」

アンガスは『本』のページをめくり、三十三ページを開いた。その上に羽根を置く。姫の歌声が響いた。この地獄のような光景に似つかわしくない、澄んだ美しい歌声——

失われし　我が吐息
砕け散りし　我が魂
帰り来たれ　悔恨の淵へ
いま一度　我が元へ

尽きることなき　怒りを込めて
巌《いわお》の如き　拳を振り上げ
彼を奪われし　報復として
汝の栄華を　打ち砕かん

文字《スペル》が赤く光った。弾かれたように羽根が空に舞い上がる。アンガスが見守る中、羽根は雪片のように砕け、細かな灰と化した。その下、白紙だったページには黒々と文字《スペル》が焼きついている。

アンガスは『本』を手に取り、立ち上がった。『本』を外に向け、頭上に掲げる。

「もう一つの文字《スペル》が——見えますか？」

「いや、見えるのは屋根ばっかりだ。どこだ？　どこにあるんだ？」

迷路のように入り組んだ町。いつ崩壊してもおかしくないほど傷んでいるのに崩れない町。この町の悪党達には最初から姫の姿が見えていた。それは文字《スペル》が、万人が触れる場所にあったからだ。

「文字《スペル》はこの町です。この町全体が文字《スペル》なんです」

「あ……」

姫が驚きの声を上げた。高みから見渡してみて、初めてその全体像が掴めた。入り組み、癒着した町の全貌《ぜんぼう》。それは――

Violence

「第四十三番目の文字《スペル》、『Violence《暴力》』だ！」

アンガスは四十三ページを開いた。『本』の天地を摑んで、白いページを外へとかざす。

荒ぶる力に　頼る者は
荒ぶる力に　滅ぼされん
傷には傷を　死には死を
狂気の獣を　解き放て

町全体が赤く煙った。湧《わ》き上がった毒々しい霧は赤い雲となる。それは幾本もの触手を伸ばして、ぐにゃりと町にへばりついた。
抵抗する文字《スペル》――それでも最後には美しくも力強い歌声が勝った。気味の悪い雲はバチバチと火花を散らし、ギリギリと縮んでいき、ついには赤い弾丸となって、開かれた『本』のページにバスン！と張りついた。

そして――すべての音が絶えた。

『鍵《クラヴィスカントゥス》の歌』も、狂った男達の唸り声も、絶え間なく鳴り響いていた銃声も、調子っぱずれなジョニーの歌声も、今は何も聞こえない。

アンガスはゆっくりと『本』を下ろした。

眼下に広がる歪んだ町フリークスクリフ。それにもう一つの光景が重なって見えた。岩肌をくり抜いて造られた横穴式の住居。そこからネイティヴらしき人々が飛び出してくる。悲鳴を上げて逃げまどう彼らを、背に白い翼を持つ者達が次々と撃ち倒していく。折り重なって倒れるネイティヴの人々。その体から流れ出す血。黄土色の岩盤が真っ赤に染まっていく。それは凄惨《せいさん》な虐殺の光景――

足下から地鳴りが這い上がってきた。泥と古煉瓦の建物にヒビが入る。その音に、アンガスは我に返った。凄惨な幻はかき消え、目の前に現実が戻ってくる。歪んだ町の通りに、窓辺に、困惑顔の男達が立っている。彼らは自分達が何をしていたのか、どうしてそこにいるのか、わからないようだった。

「逃げろ――!」

アンガスの声が幾重にも峡谷に響き渡った。

彼は洞窟から身を乗り出し、眼下の町に向かって力の限りに叫んだ。

「町を出ろ! 急げ! 崩れるぞ!」

崩壊が始まった。文字《スペル》という支えを失った家々は断末魔《だんまつま》の軋《きし》みを上げ、次々と倒壊していく。土煙がもうもうと舞い上がり、太陽の光を遮った。無法者《アウトロー》達は悲鳴を上げて、峡谷の外に向かって走り出す。

足下の岩が崩れ、アンガスはよろめいた。支えようとした足に力が入らない。洞窟の外へ体が傾ぐ。

「危ねぇっ！」

その体をジョニーが抱きとめた。彼はアンガスを洞窟内へと引っ張り上げると、自分もその横にひっくり返った。

「あ～もう嫌だ。こんな危険な生活」

「なぜ——戻ってきたんですか」

アンガスは両手で顔を覆った。泣き顔を見られたくなかった。

「文字《スペル》のことも、姫のことも、本当は信じていないくせに——」

「だぁ、もう！」がばっとジョニーは身を起こした。「んなの逃げる口実に決まってんだろ！　助けてやったんだから、そういうこと根に持つなよ！」

「その通りだヘタレ！」大きな声で姫が言った。「よくやったヘタレ！　偉いぞヘタレ！　助かったぞヘタレ！」

「そうヘタレヘタレって連呼しないでくれる？　マジにヘコむ……」

そう言いながらもジョニーはアンガスに手を伸ばす。「ほら、起きろ。足のソレ、早く止血しねぇと倒れるぞ」

アンガスは少し逡巡したが、結局は自分の力だけで体を起こした。ジョニーは慣れた手つきで左大腿部の貫通銃創にスカーフを巻き、キリキリと縛り上げた。右足首の傷も同様に圧迫止血を施す。その手元を覗き込み、姫は感心したように呟いた。

「ずいぶんと手慣れているな？」

「辺境にゃドンパチが多いだろ？　当然怪我人《けがにん》に遭遇することも多いわけ。そこでさっと応急処置が出来る男はさ、そりゃあ女にモテるのよ」

「なるほど、さすがヘタレだ」

「ねぇ姫……そろそろね、名前で呼んでくれてもね、いいと思うのよ？」

止血を終え、ジョニーは立ち上がった。汚れた服を叩き、舞い上がった埃に顔をしかめる。

「さ、こんな辛気《しんき》くさい所、とっととおさらばしようぜ。その傷、弾は抜けてるけど、きちんと消毒しとかんと。化膿《かのう》でもしたら後が怖いぜ？」

ジョニーは『本』を床から拾い上げ、アンガスに向かって差し出した。

「悪ぃが頑張って歩いてくれ。肩ぐらいはタダで貸してやるからさ」

アンガスは『本』を受け取った。右足に体重をかけ、自力で立ち上がる。ぐらつく彼を支えようとジョニーが手を伸ばす。が、アンガスはそれを振り払った。

ジョニーは上目遣いに彼を見た。

「——まだ怒ってんの？」

「別に……」

アンガスは足を引きずりながら歩き出す。その横にジョニーが並んだ。

「お前ね、そういう態度。かわいくないよ？」

アンガスは答えなかった。ジョニーがいなければ殺されていた。助けて貰ったのだから、礼を言うべきだ。わかっているのだ、頭では。でも一度抱いてしまった蟠《わだかま》りは、そう簡単には解けてくれない。

アンガスは洞窟中を眺めた。大勢の無法者《アウトロー》達が転がっていた。誰もが重傷を負い、痛みに呻いていている。酷《ひど》い光景だったが、それでも命がある分、アウラよりはましなのかもしれない。

おそらくアウラでも同じことが行われていたのだ。文字《スペル》と歌姫と『鍵の歌《クラヴィスカントゥス》』が引き起こした惨劇。このフリークスクリフも、一足遅ければアウラと同じ運命をたどっていたはずだ。

アンガスは問題の歌姫を捜した。奥の岩陰から男が顔を出している。目が合うと、さっと引っ込んでしまった。あの怯え方、あの仕草、まるで子供だ。アンガスの脳裏にホーネットの言葉が蘇った。

『歌姫は戻っても、予言者は戻らない』。己の人格が崩壊し、幼児に戻ってしまうことを、スカイラークは知っていたのだ。自分に襲いかかる残酷な運命を知っていてなお、彼はその道を自ら選んだ。一族を守るために。そしてローンテイルを守るために。

「もう終わったよ。スカイラーク」

アンガスは一歩、また一歩と洞窟の奥へと歩き出す。「出ておいで。一緒に帰ろう」

男は怯えた目で彼を見上げている。安心させるために、アンガスはにこっと笑ってみせた。それを見たスカイラークは岩陰から出て、おそるおそるアンガスに近づいてくる。

「一緒にオルクス村に帰ろう」

そう言って、アンガスが右手を伸ばした時――

「うた、え〜！」

洞窟内にひしゃげたダミ声が響き渡った。

驚いて振り返る。洞窟の開口部に、禿頭《とくとう》を血で染めたフィン・リボルバーが立っていた。

「生きていたのか、肉ダルマめ！」

「なんてしぶてぇヤツなんだ！」

姫が呪歌を唱え、ジョニーがホルスターから六連発を引き抜く。わずかに銃声の方が早かった。六連発から飛び出した弾丸は、ぷす、ぷす、とフィンの体にめり込んだ。なのに彼は揺らぎもしない。

ちっとも応《こた》えた様子はない。

「おいおい、勘弁してくれよ」

「くたばれ、化け物！」

落雷が彼を襲った。崩落した岩とともに、フィンは再び落下していく。ジョニーは洞窟の縁に身を乗り出し、首を伸ばして下を覗いた。

「死んだか？」姫の問いに、ジョニーは嫌そうに首を振る。「信じらんねぇ。まだ動いていやがる」

その時──

「ウアアアアアアアアアアアアアアア──！」

スカイラークが絶叫した。痩せた体を弓なりに反《そ》らし、声の限りに叫び続ける。耳を覆ってもなお、鼓膜がビリビリと震えるほどの大声だ。

その悲鳴が、ぴたりと止まった。

不気味な静けさ。

その後、彼は呟くように歌い始めた。

この歌が届けばよいのだが
偉大なる魂の御許に
愛する貴方の──

「──ッ！」

アンガスは右目を押さえてのけぞった。ナイフで突き刺されたような激しい痛み。脈打つ鼓動が耳鳴りとなって、頭のなかを引っ掻《ひか》き回す。

「歌うな！　歌うんじゃない！」半狂乱になって姫が叫ぶ。「誰か、彼を止めてくれ！」

その声が遠ざかる。聞こえるのは自分の荒い息遣いと激しい鼓動。胸の中に真っ黒いものが溢れてくる。暗闇よりももっと暗い、とろりとした真の闇。それが肺を凍らせ、心臓を凍らせ、背骨を伝って這い上がってくる。意識が――暗闇に包まれていく。

「アンガス！　しっかりしろ！」

ジョニーが彼の名を呼び、その頬を叩く。

「おい、アンガス！　アンガスッ！」

アンガスはジョニーを見た。

目が合った瞬間、ジョニーは息を呑んだ。

「お前――その右目」

バンダナが外れ、右目が露《あら》わになっていた。開かれた右目、色の薄い青い虹彩。そこには小さな――小さな黒い文様が刻まれていた。

Ҕope

文字《スペル》だった。

「なぜ止めなかったんだろう。デイヴが罪を犯すその前に。親父を撃つ前に。あの男の左腕を切り落とす前に」

低い声でジョニーが呟く。まるで地の底から聞こえてくるような、陰惨で陰鬱な声だった。視線をそらすことも出来ず、瞬きすることさえ忘れて、アンガスの目を凝視している。その口が何かに取り憑かれたかのように、勝手に言葉を紡いでいく。

「捜しても無駄だ。デイヴにもう心はない。昔の彼には戻らない。わかってる。それでも追い続けるのは怖いからだ。すべてを看過してしまった自分の罪を、認めるのが怖いからだ」

ジョニーは銃把《グリップ》を握った。ぶるぶると震える手で、ホルスターから六連発を引き抜く。

「だから一筋の希望にも縋《すが》らずにはいられない。それが人の性《さが》。人の運命を狂わせ、苦しめたあげく、最後には裏切るもの。それが――希望」

ジョニーは銃口をアンガスに向けた。アンガスを殺さなければ自分が死ぬ。それを悟った本能の動きだった。けれど……ジョニーの指先はそれに逆らった。

「捨ててしまえ、希望など」

アンガスの右目に宿る文字《スペル》が、きらりと赤く光った。六連発がゆっくりと方向を変える。ジョニーは自分のこめかみに銃口を押し当てる。

「これでオレは、楽になれる」

そして彼は――引き金《トリガー》を引いた。

8

俺はベッドに腰掛け、奴が来るのを待っていた。

真夜中近く。音もなく扉を開いて、誰かが牢獄に入ってきた。

「遅かったじゃねぇか」

俺が言うと、奴はさすがに驚いたようだった。暗い部屋に目が慣れていないらしい。奴が灯《あか》りをつけようと念じるのがわかった。が、天井の電灯は昼のうちに壊してある。

「起きてたんですね」

人なつっこい声で奴は言った。愛想はいいが、声は硬い。緊張が滲《にじ》み出ている。

「お前を待っていたんだよ、ラファエル」

俺は煙草をくわえ、ライターで火をつけた。俺の位置を奴に知らせるために。

「で、取引に応じる気になったのか？」

「というよりも、貴方が何を企んでいるのか気になってね」

なるほど、一筋縄ではいかないようだ。

「俺はこの通り首輪つきだ。何も出来やしねぇよ」

「そのかわり、僕も貴方の本心が見えない」

「疑り深いな」

「貴方は理解の範疇《はんちゅう》を超えているからね」

ラファエルはじっと俺の顔を見た。

「熾天使《セラフィム》以上の力を持っていながら、どうして貴方は下級階層のことを気にしたりするんです？」

「俺は天使である前に一人の人間だ。階級なんか関係ねぇ」

「ではお尋ねしますが、貴方は疑問に思ったことはないんですか？　平等に生み出されたはずの子供達に、どうして能力差があるのか。どうして楽園である聖域にヒエラルキーが存在するのか」

奴はにやりと嗤った。いつものお愛想笑いじゃない。もっと得体のしれない陰湿な笑いだ。

「百人の新生児。その中で座天使《スローンズ》階級以上の精神感応能力を持って生まれてくる者はたった一人だけ。あとの九十九人はその一人を支えるために……その一人が費やすエネルギーを生み出すためだけに生まれてくるんです」

「驚くほどのことじゃねぇな」

冷静を保つため、俺はゆっくりと煙を吐き出した。

「つまり下級三隊と中級三隊は、すでにお前らの奴隷同然ってことだろ？　なら、なぜ今になって奴らを心縛しようなどと考えた？」

「簡単な引き算ですよ」ラファエルは平然と言ってのけた。「現在、彼らの生活を維持するために必要なエネルギーは総出量の約五十パーセント。だけど生命活動を維持するために必要最低限のエネルギーであれば、たった五パーセントですむんです」

「クソったれが」呻くように俺は言った。「ツァドキエルの口を塞いだのは、それを俺に伝えようとしたからだな？」

「それもありますが、僕の狙いは最初から貴方でしたよ。貴方はツァドキエルと仲が良かったから、彼女の中で待っていれば、貴方に接触出来ると思ったんです」

そこでラファエルは子供のように笑った。

「もうちょっとで貴方を心縛することが出来たのに、ガブリエルのせいで失敗しちゃいました」

俺はラファエルを睨みつけた。

「そんなに俺の力が欲しいか？」

「当たり前です。僕に貴方ほどの力があったら、今頃、世界を支配していますよ」

独裁者になりたい……それが本音か。

ラファエル。お前、たった今、自分の死刑宣告書にサインしたぜ。

「こんな体でよければくれてやる。そのかわり、今すぐ座天使階級《スローンズ》以下への心縛化を停止しろ」

「言葉だけでは信用出来ませんね」

「だったら俺に心縛呪文でもなんでもかければいいだろう。抵抗はしない」

「そんなこと言っていいんですか？　僕が約束を破ったら、貴方は無駄死にですよ？」

「この心臓は長くはもたない。俺にはもう時間がない。お前のことは気にくわないが……仕方がねえ。お前を信じる以外、選択肢はないんだ」

俺は奴に向かって右手を差し出した。

「嘘じゃない。俺は本気だ。首輪つきでも、触れば嘘をついてるかどうかはわかるだろ？」

ここで間を置き、ニヤリと笑ってみせる。

「それとも怖いか？　俺に触れるのが？」

「まさか！」

奴は俺に歩み寄り、上目遣いに俺を睨んだ。

「後悔しても遅いよ」

そう言って、ラファエルは俺の右手を握った。

この瞬間を待っていた。

「スタンダップ！」と俺は叫んだ。まったく同時に、奴の口からも同じ言葉が飛び出した。不意をつけば、声帯を同期することなど容易《たやす》い。

俺の右手に隠してあった感応紙が「スタンダップ」の呪文に反応し、昼間に焼きつけておいたイメージを再生する。感電に誘発された心臓発作の記憶が、灼けつくような胸の痛みが、俺とラファエルに襲いかかる。

「か……はッ！」

奴は胸を押さえて床に倒れた。蒼白な顔で床の上を転げ回る。同様の苦しみを味わいながら、それでも俺は笑った。喘ぎながら、これ見よがしに嗤ってやった。

「悪いな、薬は一人分しか、用意してないんだ」

俺は煙草のフィルターを食いちぎった。中に仕込んであった錠剤が口内に転がり込む。

後は胸に手を当てて、動悸《どうき》がおさまるのを待った。

いつもより長い時間が必要だった。

多分、ラファエルのせいだ。

天使のようにかわいい顔を苦痛と憎悪に歪ませて、ラファエルは死んでいた。

9

どこかで鳥が鳴いている。

空高く、雲雀《ひばり》が囀《さえず》る声。

「しかしおっそろしいモン抱えてるよなぁ」

近くで声がした。聞いたことのある声だったが、誰の声だか思い出せない。

「で、何なんだ？　あれは？」

「あれは四十六番目の文字《スペル》『Hope《希望》』だ」

「希望？　絶望じゃなくて？」

「希望と絶望は表裏一体。この文字《スペル》はな、叶わないと知りつつも諦めきれない希望を、容赦なく目の前に突きつけてしまうのだ」

誰の声だろう。何の話だろう。すべては耳から耳へ、通り抜けていってしまう。

「それにしても驚いた」と女の声は続ける。「私の他に『解放の歌《リベルタカントゥス》』を歌う者が、本当に存在していようとはな」

「そのリベ……なんとかって、何なのよ？」

『解放の歌《リベルタカントゥス》』は思考エネルギーを取り出すための歌だ。今回は不完全だったので文字《スペル》の持つ共感力が増しただけですんだ。不幸中の幸いだったな」

「幸いって——あやうく死にかけたヤツがここにいるんですけど？」

「あのまま『解放の歌《リベルタカントゥス》』と『Hope《希望》』の『鍵の歌《クラヴィスカントゥス》』が歌われていたら、この峡谷は吹き飛んでいただろう。お前一人ですめば僥倖《ぎょうこう》だ」

「そんなおっそろしいモンなの？　文字《スペル》って？」

「だから散々説明してきただろうが！　そんなことも理解していなかったのか、お前は！」

「だから反省してますって」

「そうだ。反省しろ。こいつを泣かせた罰だ。これまでの百倍は反省しろ」

「でもさ、こいつだってイヤでしょうよ。なんでさっさと回収しちまわないわけ？」

「それが出来れば苦労はしない」

重いため息。

「いいか、これを話したことは内緒だぞ？」

「わかってるって」

「昔、まだ彼が子供の頃。雪山で遭難しかけたことがあるんだ。一時は呼吸も心臓も止まっていた」

「へぇえ、よく助かったなぁ？」

「それが、わからんのだ。彼が死んでいるのか。それとも生きているのか」

「――って、生きてるじゃん？　寝るし、喋るし、飯も食うし？」

「お前にもそろそろわかってきたと思うが、『文字《スペル》は決して壊れない』のだ。もしかしたら彼の右目に宿る文字《スペル》が、己を維持させるため、彼を生かし続けているのかもしれない」

「そうだ」

「え……？　じゃ、文字《スペル》を引っぺがしたが最後、死んじまうかもしれないってこと？」

「でも、いつかは回収しなきゃいけないんだろ？」

「いつかはな。でも今は……考えたくない」

「ふうん……」

ガシガシと髪の毛を掻きむしる音。

「それにしてもたまらんね。文字《スペル》をすべて集めたら自分は死ぬかもしれない。文字《スペル》を集めなければ世界が滅んじまう。そんなんで、よく現実に立ち向かえるよな、こいつは？」

「ああ、本当にな」

「どうしてなんだろう？」

「知らん」

「おや冷たい。聞いたことないの？」

「ない」

「どうして？」

再びため息。

「故郷を追われ、自暴自棄になっていたこいつは、死に場所を求めて彷徨《さまよ》っていた。だから私は言ってやった。『その命、捨てるのならば私によこせ』と。『文字《スペル》の回収にお前の人生を捧げろ』と」

「そりゃまた、べらぼうに高飛車なこって」

「私は彼に生きる目的を与えてやりたかったのだ。死に場所を与えてやったわけではないのだ。なのに彼は、いまだに火中に飛び込むような無茶な真似をする。そんな彼を見るたび、私は不安になる。『どうして一緒に旅をしてくれるのか？』と尋ねるのは容易《たやす》い。が、『死にたいから』という答えが返ってきたら？　私は——私は何と答えればいいんだ？」

「え、ちょっと待て。おい、泣くなってば」

「な、泣いてなどいないわッ！」

「またまたそういう強がりを言う……」

「やかましい、ヘタレ男が」

「へいへい、どうせオレはヘタレで——あ」

「どうした？」

「——戻ってきた」

立ち上がる気配。

「おーい！　ここだここだ！」

馬の蹄《ひづめ》の音が近づいてくる。それも一頭や二頭ではない。地鳴りのような音に地面が震動する。そのうちの一頭が近づいてくる。軽快な蹄の音とフンカフンカという鼻息が間近に迫り——

「よーし、よくやったオフィーリア！」

ガフッ……と何かが頭に嚙みついた。

「あだだだ――！」

「ああ、オフィーリア。そんなもん喰っちゃいかん。性格が悪くなる」

オフィーリアに頭髪を毟《むし》られて、アンガスは目を覚ました。顔のすぐ傍に立てかけられた『本』から、姫が彼の顔を覗き込む。

「気分はどうだ？」

「気持ち、悪いです」

目の前が暗い。横になっているにもかかわらず、世界がぐるぐる回っている。

「うう、目がまわる」

「当たり前だ。あんなに血を流して、貧血を起こさない方がおかしいわ」

「貧血――？」

頭がぼおっとして働かない。わずかに首を動かして左右を見る。人骨を串刺しにした杭が見える。どうやら峡谷の口にいるらしい。

「どうして……こんな所にいるんですか？」

「それはだな――」オフィーリアを宥めながらジョニーが答えた。「階段の下まではオレが、その後はハムレットがお前を運んだからだ。大変だったんだぞ？　遠慮なく感謝しろよ？」

そう言われてもピンとこない。まだ頭がぼんやりしている。彼は無意識に頭に手をやった。ごわごわした布の手触り。頭に布の切れ端が巻かれている。それが右目を覆っていることに気づいて、彼はすべてを思いだした。

「ジョニー、なんで生きてる？」

飛び起きたかったが、体が言うことを聞かない。横になったまま、彼はかすれた声で問いかけた。

「僕は見た。貴方が銃をこめかみに当てて、引き金を引くところを――」

「ホント……マジ危うかったぜ」

ジョニーはゴソゴソとインディゴのポケットをまさぐり、小さな金属片を取り出した。彼はそれを人差し指と親指で挟み、アンガスの目の前に差し出す。

「不発だったんだ」

アンガスは目を見開いて、それを凝視した。

「――ってかさ、あんまり実弾を作ったことねぇもンだから、薬莢《やっきょう》に火薬入れ忘れてたんだよ」

「マヌケな話だ」と姫は言った。「ヘタレの上にマヌケだ」

「いいんだよ～ん」

フフンとジョニーは笑った。銃弾を空に投げ、落ちてきたそれを空中でキャッチする。

「それでオレの命が助かったんだから。終わりよければすべてよしってね！」

「よかった」

アンガスは呟いた。安堵と喜びで、涙が溢れてくる。「また――殺してしまったかと思った」

「お前の文字《スペル》も、オレの悪運の強さには負けるってことさ。どうだ？　見直したか？」

「うん……」

涙が後から後からこみ上げてきて、嗚咽を止めることが出来ない。「ジョニー……ごめん」

「おう、貸し一つにしといてやるぞ」

「ごめ……あり……がと……」

そう言うのがやっとだった。後は言葉にならなかった。

彼は泣き続けた。彼らの傍で囀り続けるスカイラークの声。それを聞きつけ、エヴァグリン連盟保安官《リーグ・マーシャル》が事情を訊きにやってきた時も——アンガスはまだ泣き続けていた。

10

俺は最後の仕上げをするために、牢獄を抜け出した。首輪に精神波を止められているのでビークルは使えない。だから走った。よろよろと、まるで初めて歩いた子供のように。それでも見つからずにすんだのは、首輪が精神波を遮断し、俺の姿を隠してくれたからだろう。

夜が明けて、朝がやってきた。ようやく俺は薬草園にたどり着いた。俺の姿を見て、さっそくパロット達が集まってくる。

「エサ・エサ・」

「ごめん、エサはないんだ」

「ゴメン・エサハ・ナインダ」

俺は深呼吸して息を整えた。

「四大天使がお前達の心を乗っ取ろうとしている」

「四大天使ガオ前達ノ心ヲ乗ッ取ロウトシテイル」

俺の声に呼応し、パロット達が奇声を上げる。

「アクセスクリップを外せ」

「あくせすくりっぷヲ外セ！」

「乗っ取られるな」

「乗ッ取ラレルナ！」

「自分の意志で行動しろ」

「自分ノ意志デ・行動シロ！」

「籠の中から己の心を解き放て」

「籠ノ中カラ・己ノ心ヲ解キ放テ！」

「——行けッ！」

俺は命じた。

パロットの群れはいっせいに飛び立った。俺の頭上を幾度か旋回した後、島の中央に向かって飛び去っていく。

メッセージは伝えた。これを人々がどう判断するかはわからない。それを見届けるだけの時間は、俺には残されていない。

俺は薬草園を横切り、浮き島の縁にある古い城壁の上に立った。煙草に火をつける。ゆっくりと煙を吸い込み、吐きだした。紫煙がふわりと空に溶ける。

見上げれば、空は見事に晴れ渡り、雲一つない。眼下にはどこまでも広がる赤茶けた荒野。所々に緑も見える。真下にある湖からは冷たい風が吹き上げてくる。

「動かないで」

背後から声がした。

「秩序の長たるガブリエルの名において、貴方を拘束します」

俺はゆっくりと紫煙を吐き、声の主を振り返った。

「お願いです……大人しく投降してください」

俺に神経銃を向けたガブリエルは、今にも泣き出しそうな顔をしていた。

11

風に乗って、ジョニーの叫び声が聞こえてくる。スカイラークが楽しそうにはしゃぐ声も聞こえる。何年かぶりの水浴びと自由を楽しむ声。けれど幼子に戻ってしまった予言者を見るホーネットは、複雑な顔をしていた。

「だーッ！　いい加減にしろってのッ！」

「さて——そろそろ話して貰えるだろうか？」

銅製のカップに入ったコーヒーを一口飲み、体格のよい男が切り出した。

黒い肌、縮れた黒い髪を思い切り短く刈り込んでいる。背は高く、胸板も厚い。筋肉の鎧《よろい》を着込んでいるかのような堂々とした体軀《たいく》。とはいえ、大男にありがちな愚鈍な雰囲気は皆無だった。太く通った鼻筋、厳《いか》めしい印象を与える引き締まった唇、意志の強そうな太い眉。その下の目は鋭く、青みがかった白目がまるで光を発しているように見えた。

彼の名はネイサン・エヴァグリン。連盟保安官《リーグ・マーシャル》の肩書を持つ七人の保安官の一人。その中でももっとも有名で、もっとも悪党どもから憎まれている人物だ。

大陸を股《また》にかけて暴れ回る無法者《アウトロー》達を取り締まるため、東部連盟《イースタンリーグ》は市保安官《シティ・マーシャル》の中から特に優秀な者を選び出し、連盟保安官《リーグ・マーシャル》という肩書を与えた。連盟保安官《リーグ・マーシャル》は東部連盟《イースタンリーグ》のすべての都市において、市保安官《シティ・マーシャル》と同等の権限を持ち、必要に応じて騎兵隊を動かす権限も持っている。つまり連盟保安官《リーグ・マーシャル》は、いかなる場合においても最優先の法的拘束力を持つ、最高位の法の番人なのである。

崩壊から半日後。名馬オフィーリアに導かれ、エヴァグリン連盟保安官《リーグ・マーシャル》率いる騎兵隊は、悪党どもの巣フリークスクリフへと駆けつけた。そこで彼らが見たものは、崩壊した町と瓦礫に埋もれて泣き叫ぶ無法者達《アウトロー》の姿だった。

騎兵隊は直ちに活動を開始した。無法者達《アウトロー》を瓦礫の中から救い出し、軽傷の者は捕らえて牢獄送りにする。重傷の者には応急手当てを施し、鉄格子つきの病院へと搬送する。

アンガスとジョニーはスカイラークを馬車に乗せ、エヴァグリンの先導のもと、騎兵隊の野営地まで戻ってきた。エヴァグリンが懸念していたような残党の襲撃はなかったが、それでも怪我人を労《いたわ》るゆっくりとした道行きには半日近くを費やした。

エヴァグリンが野営地に選んだのはレテ川の畔だった。向こう岸のどこかには、オルクス族の戦士達が待っているはずだった。そこでアンガスから伝言を預かった騎兵隊員が河畔を探し回り、夜の間にホーネット達を野営地まで案内してきた。

そして翌朝、連盟保安官《リーグ・マーシャル》とネイティヴの戦士という奇妙な顔合わせの朝食会が開かれた。言葉少なに朝食を終え、向かい合った面々——エヴァグリン連盟保安官《リーグ・マーシャル》とネイティヴの戦士ホーネット、それに傷の手当ては受けたものの、まだ貧血で起き上がれないアンガスと姫。ジョニーはスカイラークに水浴びさせるため、川で格闘中だ。

テント内にはコーヒーのいい匂いが漂っていた。「僕にもください」とアンガスは言ったのだが、血管を開くからと、あえなく却下された。エヴァグリンが持つカップを恨めしげに眺めた後、アンガスは話し始めた。

「文字《スペル》の話はご存じでしょうか？　天使達の楽園を支え、そして滅ぼしたという文字《スペル》の伝説を？　あれは単なる言い伝えではないのです。この世界には実際に、四十六個の文字《スペル》が存在します」

エヴァグリンの鋭い眼光を見て、事実を話そうとアンガスは決めていた。嘘やごまかしが利く相手ではない。それにエヴァグリンが信じてくれなかったとしても、自分がやるべきことに何ら変わりはない。

アンガスは話し続けた。生きた文字《スペル》は人を狂わせ、世界を破滅へと導くこと。それを阻止するため、『本』の姫と一緒に文字《スペル》を回収していること。縁あってオルクス族から歌姫の救出を頼まれたこと。文字《スペル》を回収したために、フリークスクリフが崩壊したこと。

「フィン・リボルバーに文字《スペル》つきの羽根を譲る際、レッド・デッドショットは一つ条件をつけました。フリークスクリフを形成していた悪しき文字《スペル》。その意志を増強する『鍵《クラヴィス》の歌《カントゥス》』を、毎朝歌姫に歌わせること。それがレッドの目的だったのです」

エヴァグリンは黙って話を聞いている。アンガスは自分の右目のことには触れず、話を続けた。

「僕には自分のものではない記憶があります。もしそれがなかったら、文字《スペル》が人の思考を吸収し、それをエネルギーとして放出することが出来るなんて、思いつきもしなかったでしょう。けれどレッド・デッドショットはそれを知っていた。知っていたからこそ、思考エネルギーを集めようとしてるんです」

「……容易に信じがたい話ではある」

エヴァグリンは一気にコーヒーを飲み干した。厳《いか》つい顔をアンガスに向けた後、心配するなというように笑ってみせる。

「だが私はおぬしを信じるぞ。私は西部のプラトゥムという村の出でな。幼い頃から歌姫と精霊の伝説を聞かされて育った。楽園を滅ぼしたという文字《スペル》の話も、ただのお伽噺と思ったことはない」

アンガスはほっと安堵の息を吐いた。けれどエヴァグリンは表情を改め、難しい顔で続ける。

「それに私が知る限り、今回と同じような事件が世界各地で発生しているのだ。アウラの全滅も然り。南西部にあるヘルムという村では、一夜にして五百人以上の村人達が全員失踪《しっそう》するという事件が起きている。山岳地帯にあるカクメンという村も同様。住人達が次々と、近くの渓谷に身を投げたと聞いている」

ヘルムにカクメン。アンガスはその名前をしっかりと頭に刻み込んだ。足の怪我が治ったら、そこにも行ってみなければならない。

「しかしわからんな。文字《スペル》を用いてエネルギーを集め、レッドは何をするつもりなのだ？」

アンガスはすぐには答えず、テントの隙間から外を眺めた。太陽の光を反射してキラキラと輝く川面が見える。そこを裸で走り回るスカイラークと、悪態をつきながらも石鹸片手に彼を追いかけるジョニーが見える。

テント内に目を戻し、アンガスは低い声で言った。

「レッドの左手には文字《スペル》が刻まれています。彼はそれを自らの意志で受け入れた。彼は自分の魂を文字《スペル》に明け渡したのです。だとすれば、彼の目標はただ一つ。世界を崩壊させることです」

「ああ、そうだな」

エヴァグリンは頷き、その太い腕を組んだ。

「それにしても不思議な話よ。伝説によれば、文字《スペル》の力がなければ生命は誕生せず、我々も存在しなかったともいうではないか。なのに今、文字の精霊は天使達のみならず、我らの世界をも滅ぼそうとしている。つまるところ文字《スペル》とは何ぞや？　いったい誰が、何の目的で創り給《たも》うたのだ？」

その答えはきっと姫が知っている。すべての文字《スペル》を集め、すべての記憶を姫が取り戻した時、その謎は明らかになるはずだ。そう思ったが、アンガスはあえて口にはしなかった。

「僕にはわかりません」

姫が何か言いたげな顔をして彼を見上げたが、気がつかないふりをした。

「でも僕は文字《スペル》に心を操られるのは嫌なんです。それが良い意味を持つ文字《スペル》であろうと、悪い意味を持つ文字《スペル》であろうと、僕は僕が僕であることを誰にも譲りたくないんです」


その夜——

アンガス達はオルクス族の戦士達とともにカネレクラビスへと入った。道行きにはエヴァグリンも同行した。ホーネットは外界人である彼の同行を渋ったのだが、それに対してエヴァグリンが取った行動は、アンガスの予想を超えていた。

エヴァグリンは服を脱ぎ、上半身裸になると、その逞しい筋肉を見せつけるように隆起させた。

「私の体とネイティヴであるお前達の体。いささかの違いもなかろうが。私はお前達同様、自然を愛し、敬《うやま》う精神を持っている。この『永遠の緑《エヴァグリン》』という名もネイティヴの流れを汲む。さて、私とお前達。その境界線はどこに有りや？」

堂々たる体軀の男達が十一人、真っ昼間の川辺に立ち、その筋肉を披露し合う姿は暑苦しくて見るに堪えない。せっかく下がった熱がまた上がりそうだ。仕方なくアンガスは仲裁を買って出た。

「この先、今回のような事件がまた起きないとも限りません。その時に備えてネイティヴは外界に、連盟保安官《リーグ・マーシャル》はネイティヴに、信頼出来る相談相手を持っておくべきだと思うんです。エヴァグリン連盟保安官《リーグ・マーシャル》とオルクス族の首長《チーフ》であるローンテイルさん、どちらも信頼に足る相手であることは、僕が保証します」

オルクス族の村に向かう途中、馬車の荷台に横になりながらアンガスは考えていた。

子供に戻ってしまったスカイラーク。彼を連れ帰ることは、はたしてローンテイルのためになるのだろうか？　彼女は少なからず驚き、悲しむことになるだろう。一族を守るため、自らを犠牲にしたスカイラークの勇気は尊敬に値する。ならばこそ、彼を村に戻すべきではないという気もするのだ。

そんなアンガスの思案をよそに、一同はオルクス族の村へと戻ってきた。真っ先に迎えに出てきたローンテイルは、馬車の荷台で上体を起こしていたアンガスに抱きついた。

「アンガスケネス、よく戻っタ！」

抱きつかれた勢いで、アンガスは荷台に押し倒され、後頭部をしたたかに打った。アンガスとローンテイルの間に挟まれた姫が「何をするか！　この筋肉女！」と罵声を浴びせたが、もちろんローンテイルには聞こえない。

「悲しいお知らせがあります。実は、スカイラークさんは……」

言いかけたアンガスの唇を、ローンテイルはキスで塞《ふさ》いだ。目を白黒させる彼を、ジョニーが羨ましそうな目で見る。

「あ、いいな〜」

「私の下僕に何をするッ！　ええい、離れろッ！」

姫が両手を振り回した。聞こえない、触れられないとわかっていても我慢ならないらしい。

ローンテイルはアンガスから離れると、平手でペシペシと彼の頬を叩いた。

「お前は彼の魂を解き放ってくれタ。私の望みはかなえられタ。すべてお前のおかげダ。心から礼を言うゾ」

そして荷台から降りると、その御者台にいるジョニーを振り返る。

「お前もよくやってくれタ。見直したゾ」

「そう？　そうだよね？」

ジョニーはキスを期待して顎を突き出した。ローンテイルは労《ねぎら》うように彼の肩を軽く叩いた。

「ありがとウ！」

「ええ？　それだけ――？」

彼女はジョニーに背を向け、馬から下りたエヴァグリンの前に立った。身長も肩幅もエヴァグリンの方が上だったが、醸し出す迫力は彼女の方が上だった。

「貴公はどこの部族の者カ？」

「私はエヴァグリン。外界で連盟保安官《リーグ・マーシャル》をしている者です」

「怪しい人じゃありません。それは僕が保証します。この人は連盟保安官《リーグ・マーシャル》で――」

騒動が起きる前に、アンガスは事の成り行きを説明した。ローンテイルは難しい顔をして聞いていたが、最後には頷いた。

「うむ……一理あるナ」

彼女はエヴァグリンの厚い胸板に拳を当て、ニヤリと笑う。

「お前のような戦士が外の世界にもいようとはナ。後ほど、ぜひ一度、お手合わせ願いたイ」

「喜んで」と言って、エヴァグリンも笑った。

それを見てジョニーが呟く。「筋肉で語り合うってヤツ？　うわ～暑苦し～、オレには合わねぇ」

エヴァグリンの手を借りて、スカイラークが馬から下りた。彼はきょとんとした顔でローンテイルを見つめている。

「お前――」と言って、ローンテイルは破顔した。「どんなになって戻ってくるかと思ったら、たいして変わっておらんじゃないカ」

スカイラークは何を言われているのか理解出来ないらしく、瞬きしながら彼女を見下ろしている。肉のそげた彼の頬をなで、ローンテイルは嬉しそうに笑った。

「いつだってお前の心は自由に空を飛び回っていタ。また自由に飛び回るがいイ。私は誓ウ。もう二度とお前の魂を縛らせたりはしなイ」

スカイラークはわずかに首を傾げると、突然歌い始めた。小鳥の囀りのような歌声。歌詞はなくとも、その旋律は喜びに満ちている。

ローンテイルは彼を両腕で抱きしめた。

「お帰り、私の歌う鳥」

スカイラークは歌い続けた。まるで自由を謳歌《おうか》する大空の雲雀のように。


数日後、ローンテイルの呼びかけで、カネレクラビスに存在する四部族の首長《チーフ》達が一堂に会した。

コル族の首長《チーフ》ビッグフットは年輩の大男だった。カプト族の首長《チーフ》ファルコンは精悍《せいかん》な顔立ちをした壮年の男性で、メンブルム族を率いるのは樽《たる》のように太ったドラムという女性だった。彼らはスカイラークを取り戻したアンガスを讃え、仲間として迎え入れてくれた。そして満場一致で、人形の体に首を戻すことを承諾してくれた。

「人形の体が封じられた洞窟はメディウム湖の畔にあル」とローンテイルは言った。「お前の足の傷が癒えたら、すぐにでも案内しよウ」

「でも……あまりのんびりしていられないんです」

レッド・デッドショットは歌姫と歌と文字《スペル》を使って、世界に災いを引き起こそうとしている。彼の目的が何なのか、今はまだわからない。けれどこれだけは確かに言える。これ以上、レッドに文字《スペル》を奪われてはならない。

「そう急《せ》くことはないだろう」

姫の声がした。『本』の上に目を向けると、姫はいつも通りの説教モードで話し出す。

「その足、まだ一人では動けないのだろう？　私を運ぶ役目のお前が人様に運んで貰っていては、笑い話にもならないではないか」

言葉はきついが姫は姫なりに彼の身を案じてくれているらしい。アンガスは苦笑し、ローンテイルに頭を下げた。

「すみません。もうしばらく厄介になります」

オルクス族は村を挙げて、アンガス達の滞在を歓迎してくれた。毎日供されるご馳走に恐縮しながらも、彼は久しぶりの休息を楽しんだ。

そんなアンガスにつき合って、エヴァグリンもカネレクラビスに滞在し続けた。彼は滅多に見ることの出来ないネイティヴの世界を満喫しているようだった。特にローンテイルとは拳で語り合った後に、友情が芽生《めば》えたようだ。カネレクラビスの美しい自然を眺め、彼は言った。

自分の故郷であるプラトゥムもここに負けず劣《おと》らず美しい所だと、豊かな水を湛《たた》えたスペクルム湖には自分が生涯ただ一人愛した女性が眠っているのだと、彼女を守るために自分は戦い続けているのだと、彼は語った。


そして半月が過ぎた。アンガスも杖を使えば歩けるまでに回復した。そこでいよいよ復活の儀式が執り行われることになった。

彼らが連れて行かれたのはメディウム湖。その北側にそびえ立つ絶壁には、大きく口を開いた洞窟があった。

湖の畔には大勢のネイティヴ達が集まっていた。彼らに見守られ、『本』を抱えたアンガスとジョニー、エヴァグリンと四人の首長《チーフ》は葦舟《あしぶね》に乗った。ファルコンがオールを握り、湖面から洞窟を目指す。

洞窟の中はひんやりとしていて、湖畔にもかかわらず空気は乾いていた。一行は陸に上った。ローンテイルが松明《たいまつ》を片手に先頭に立ち、洞窟を奥へと進む。途中、岩場を乗り越えなければならず、結局アンガスはエヴァグリンに背負って貰うことになった。

「おぬし、いくつだ？」とエヴァグリンが問いかける。

「十七歳です」その背中からアンガスは答えた。「すみません、重いでしょう？」

「いや、その逆だ。軽すぎる。もっと体を鍛えろ。こんな細い体では大志は成し遂げられんぞ？」

「はぁ……まぁ、そうですね」

アンガスは曖昧《あいまい》に答えた。彼の腕の中から姫が反論する。

「アンガスはこのままでいいのだ。お前のような筋肉男《マッチョ》、私は好かん」

やがて一行は開けた場所に出た。

「ここダ――」

緊張した声でローンテイルが言った。各部族の首長《チーフ》が歩き回り、儀式用の灯明《とうみょう》に火を入れていく。薄明かりの中、洞窟の最深部に浮かび上がったものを見て、アンガスは息を呑んだ。

壁に背を預けるようにして、白い体が座っている。首はなく、左腕も失われている。だがその背中には、銀色に輝く翼が生えていた。白い体には蔦《つた》で編まれたロープが幾重にも巻きつけられ、洞窟の壁に固定されている。新しいものもあれば、朽ちかけた古いものもある。それほどまでに長い間、この体は封印され続けてきたのだ。

その縛めを解こうというのだから、さすがに気が引ける。だが、ここまで来て、もう後戻りは出来ない。

アンガスは『本』をジョニーに預け、左手で杖をつき、右手に首を持って、その体に近づいた。人形の服は朽ちてボロボロになっていたが、その白い肌には傷一つなかった。アンガスは手を伸ばし、首の断面に人形の首を載せた。

首と胴体は、ぴったりと一致した。

きゅるるん……という音がした。かと思うと、

『ダウンロード開始』という声がした。

『セットアップ完了。システム起動します』

人形がゆっくりと目を開いた。青く透き通った水色の虹彩がアンガスを見つめる。

「こんにちは、ご主人様」

人形は鈴が鳴るような声で呼びかけた。

「私はアークエンジェルII型です。どうぞアークとお呼びください」

ごとん、と自動人形《ドール》が動いた。

「うわぁ！」

アンガスは後ずさろうとして尻餅《しりもち》をつく。ローンテイルとエヴァグリンが素早く彼に駆け寄った。片腕のない自動人形《ドール》は何度か立ち上がろうと試みて、その度に体に絡みつくロープに引き戻されていた。その動作を数回繰り返した後、自動人形《ドール》は何とも情けない声で言った。

「申し訳ございません、ご主人様。障害物に邪魔されて、立つことが出来ません」

「う、うん。そうだね」アンガスは何度も頷く。「それは、見れば……わかるよ？」

「お手数ですが障害物を取り除いてはいただけないでしょうか？　このままではお供することも、お役に立つことも出来ません」

アンガスは周囲を見回した。どんな凶悪な天使が目覚めるか。戦々恐々としていた一同は、呆気《あっけ》にとられて立ちつくしている。誰も助け船を出してくれそうになかったので、アンガスは渋々、自動人形《ドール》に向き直った。

「害はないみたいだし、悪意も感じないし、障害物を取り除いても問題はないと思うんだけど」

そこで言葉を切って、アンガスは自動人形《ドール》の胸のあたりを指さした。

「お供するって？」

「はい」自動人形《ドール》はにっこり笑った。「起動スイッチを入れてくださいました、貴方が私のご主人様です。子守歌を歌うことが私の使命でございますが、他のご用も何なりとお申しつけくださいませ。炊事、洗濯、子守り、どのようなプログラムにも対応しております」

「ってことは、ついてくるの？　僕に？」

「はい」

「どうしても？」

「はい」

自動人形《ドール》の輝くような笑顔を前に、アンガスは深いため息をついた。

「勘弁してくれよ……もう」

解放された自動人形《ドール》、自称アークは、大人しくアンガスについてきた。アンガスが指示しない限り、決して離れようとはしなかった。

アンガスは後悔した。こんなことならローンテイルかエヴァグリンに首を載せて貰えばよかった。仕切り直せないかと思い、何度か首を引っ張ってみたが、どういう仕組みになっているのか、首は胴にくっついたまま離れなくなっていた。しかも頭を引っ張るたびに、アークは「痛い、痛い」と泣く。天使族の技術で動いている人形にすぎないとわかっていても、まるで虐《いじ》めているようで気が咎《とが》める。結局、カネレクラビスに置いていくことも出来ず、仕方なく一緒に連れていくことになった。

オルクス族の村を離れる際、見送りに集まってくれた首長《チーフ》達に、アンガスは言った。

「もし旅の途中で行方不明の歌姫達を見つけたら、必ずここへ連れ戻します」

いまだに行方がわからない三人の歌姫。コル族の歌姫は二十四歳の女性ドーンコーラス。カプト族の歌姫は十三歳の少女ホーリーウィング。メンブルム族の歌姫は十六歳の少年シルバーアロー。彼らを連れ去ったのはレッド・デッドショットだ。この先、文字《スペル》回収の旅を続けていけば、必ず彼と出会う日がやって来る。『解放の歌《リベルタカントウス》』を持つ歌姫達も、それに関わってくるに違いなかった。

ネイティヴ達に別れを告げ、彼らはメディウム湖を迂回し、その西側にある町ミースエストを目指した。エヴァグリンは自分の馬に乗り、ジョニーは御者台で手綱を握った。アンガスは開いた『本』を膝に載せ、荷台に座った。新たな旅の仲間であるアークは、疲れも見せずに馬車の横を歩き続けている。麻の服に身を包んだ彼の背中に白銀色の翼はない。そのまま町に出るにはあまりに目立ちすぎるとアンガスに言われた彼は、非常に傷ついたような顔をしながらも、その翼をたたんで背中に収納してみせた。どういう仕組みなのか尋ねたところ、「次元軸にそって折りたたみました」と説明された。もちろん何のことだか、アンガスにはさっぱりわからなかった。

オルクス族の村を出て五日目。一行はミースエストの町に入った。高い柵に囲まれた町。門の傍には櫓《やぐら》が組まれ、長銃を持った保安官《マーシャル》が監視に当たっている。盗賊達の襲撃に備えているのだ。

山から岩を切り出して造られた石壁の町並み。西部と東部の境《さか》い目にある町だけに、多くの商人達が行き交っている。荷台一杯に乾燥トウモロコシを積んだ馬車もあれば、麻や綿で織られた布を運んでいく馬車もある。

エヴァグリンは保安官《マーシャル》事務所の軒先で馬を止めた。馬を下り、建物の脇にある厩舎《きゅうしゃ》の馬留めに手綱を巻きつける。

「休暇は終わりだ」と彼は言った。少し残念そうな顔でアンガスを見る。「おぬしのおかげで素晴らしい体験をさせて貰った。礼を言うぞ」

「僕の方こそ」と言って、アンガスは頭を下げた。「いろいろと助けていただきました。ありがとうございます」

「して、これからどこへ行く？　また世界中を旅して回るのか？」

「はい、そうなると思います」

アンガスは答え、少し間をおいてから続けた。「でも一度、バニストンへ戻ります」

懐かしい人達の顔が脳裏に蘇った。彼らと別れてから二ヵ月と少し。どこをほっつき歩いていたんだと、またエイドリアンに怒られるだろう。トムとアイヴィは元気でやっているだろうか。

それにセラ——震えながら地図上のアウラを指さした彼女の顔を思い出す。狂気に駆られ、互いに殺し合ったアウラの人々。それなのに、なぜ彼女だけがあの惨劇を生き延びることが出来たのか？

それを説明する方法が一つだけある。

アウラの日記に記されていた歌う人影。あれこそがセラだったのだ。セラは町長の娘セラ・フォスターではなく、カプト族のホーリーウィングだったのだ。フィン・リボルバーは「アウラのに逃げられたからか？」と言った。惨劇の後、アウラで『鍵の歌《クラヴィスカントゥス》』を歌わせられていた歌姫は、レッドの手から逃げ出していたのだ。

もちろんこれは仮定だ。まだ誰にも話していない。それに疑問も残っている。もしセラがホーリーウィングなのだとしたら、彼女はどうしてアウラが故郷だと伝えたのだろう。なぜ本名を名乗らず、アウラの町長の娘の名を騙ったのだろう。

「おぬしはよい仲間に恵まれた」

エヴァグリンの声に、アンガスは我に返った。

「彼らがいる限り、どんな困難にも立ち向かえると、私は信じている」そこで破顔し彼は続ける。「だが助けが必要な時には、いつでも声をかけてくれ。地の果てにいようとも、おぬしの元に馳《は》せ参《さん》じよう」

それではと別れの挨拶をし、彼は事務所の中へと姿を消した。

その扉が完全に閉まるのを待って、ジョニーが嬉しそうに手を叩く。

「さぁさぁ、久しぶりの町だ。ここんとこいろいろとあったけど、今夜は無事を祝ってパーッとやろうぜ！　アンガスのオゴリでさ！」

「え、なんで僕の？」

「ふふん、オレにたかろうったって、そうはいかないぞ？　何しろオレは文無しだからな！」

「威張れることですか、それが」

アンガスは呆れて、ため息をついた。

「僕だって、人にオゴってあげられるほど金持ちじゃありませんよ」

「だったら賞金、受け取っときゃよかったじゃねぇか」ジョニーは不満げに口をひんまげた。「フリークスクリフにいた賞金首――奴らの賞金が全額貰えてたら、軽く三年は遊んで暮らせたのによぅ！」

「賞金はね、賞金首の身柄《みがら》を保安官《マーシャル》事務所に突き出した時点で発生するモノなんですよ。今回の場合、悪党達を逮捕、連行したのは騎兵隊です。僕らはその手助けをしたにすぎません」

「でも連盟保安官《リーグ・マーシャル》は『おぬしには賞金を受け取る権利がある』って言ってたじゃねぇか！　それをおめぇがカッコつけて断ったりするから――」

「カッコつけたわけじゃない。先のことを考えただけです」

「先のことって何さ？　柔らけぇベッドや豪勢な夕飯よりも重要なことなわけ？」

「だからぁ……」アンガスは苛々《いらいら》と髪の毛を掻《か》き回《まわ》した。「賞金を受け取るってことは、『フリークスクリフを壊滅させたのは僕らです』と世間に公表するようなものでしょう？　そんなことしたら大金を狙う悪党や報復して名を上げようとする悪党が、次々と襲いかかってきますよ？　そんな危険な旅、僕はゴメンです」

「悪党どもが何人来ようと、私が返り討ちにしてくれる」姫は腰に手を当て、アンガスを見上げた。「英雄になって『天使還り』の名を返上する良い機会だったのに、お前は相変わらず臆病《おくびょう》だな？」

　アンガスは苦笑し、肩をすくめる。

「否定はしません。悪党達の襲撃に怯えながら旅するより、今まで通りの貧乏旅行を続ける方が、僕の性に合ってますから」

「あのっ……私はっ……」アークが一生懸命会話に割り込んだ。「私は野宿でも大丈夫ですから！」

「むむむ、待てよ？」無精鬚《ひげ》が生えた顎に手を当てて、ジョニーは考え込む。「コイツを売っ払うって手もあるよな？」

「ええっ！　そんなぁ！　ご主人様、私、一生懸命働きます。ですからお願いです。どうか売り飛ばさないでください！」

アークの泣き声に、往来を行く人々が何事かと振り返る。白髪の少年と無精髭男と金髪美青年の三人組だ。さぞかし奇妙な一行に見えるだろう。人々の好奇の視線に耐え切れず、ついにアンガスは折れた。

「……ああもう仕方ない。わかりました。宿代は僕が出します」

「よっしゃ！」ジョニーはガッツポーズを決めると、いそいそと手綱を取る。「そうと決まればさっそく宿探しだ。メシメシ〜、腹減ったぁ」

「うう……なんでこうなるかなぁ」と嘆くアンガスに、「いいではないか」と姫が言う。「大勢で旅した方が、お前も楽しそうだ」

「そんなことありません。姫と二人きりの方がずっと気楽です」

「そうか？」彼女は荷馬車の床から彼を見上げ、ふふっと笑った。「バニストンを出た時に較べたら、お前、今の方がずっと楽しそうだぞ？」

確かにジョニーの調子っぱずれな鼻歌を聴いていると、こういう旅も悪くないなという気がしてくる。でも素直にそれを認めるのは悔《くや》しい。アンガスは咳払《せきばら》いをし、空を見上げた。きれいに晴れ上がっているが、もう真夏の暑さはない。いつの間にか季節は秋に変わろうとしていた。

「本屋に行って、ネタ仕入れてこなきゃ」

バラバラになった本の欠片は二束三文で売られている。そのゴミの山から接合出来そうな破片を探し出し、繋《つな》ぎ合わせる。修繕屋の腕の見せどころだ。手間はかかるが、三人分の宿代を稼ぐためだ。仕方がない。

馬車は通りをゴトゴトと進んでいく。その途中、駅の前を通りかかった。水蒸気関車《スチームモーティヴ》を見るのも久しぶりだったが、何より駅舎では新見聞《ニュースペーパー》を売っている。

「二人で先に行ってて」と言って、アンガスは『本』を片手に馬車を降りた。

「おいおい。どこに行くんだよ？」

ジョニーの声に、彼は振り返りもせずに答える。

「新見聞《ニュースペーパー》、買ってくる！」

木造駅舎の待合室に入り、あたりを見回す。木のベンチに腰掛けた人々の間を、帽子を被った一人の男が歩いていく。肩から斜めに下げたベルトで、紙の束を留めている。新見聞売《ニュースペーパーマン》りだ。

アンガスはインディゴのポケットを探った。ここのところ、金を使う生活をしてこなかったのでなかなか小銭が見つからない。ようやく十シェル硬貨を発見し、新見聞《ニュースペーパー》を一部購入する。

久しぶりに見る新見聞《ニュースペーパー》からは、懐かしいインクの匂いがした。ワクワクしながら紙面に目を落とす。一面はフリークスクリフ崩壊のニュースで持ちきりだ。捕らえられた賞金首達は次々と裁判にかけられ、有罪判決を受けている。

アンガスは新見聞《ニュースペーパー》を持ち替え、二面の記事を見た。紙面の半分は『エヴァグリン連盟保安官《リーグ・マーシャル》、依然行方不明』と報じていた。どうやら彼の休暇は少々長すぎたようだ。

紙面のもう半分は流行《はや》り病《やまい》の記事だった。西部のフォンス村では、一年ほど前から奇妙な病で人が亡くなっているという。アンガスは胸騒ぎを覚えた。フォンス村はエンド川上流に位置する村だ。彼の故郷モルスラズリは、そのエンド川の中流にある。

アンガスは紙を回し、今度は斜めから記事を読む。そこにはバニストンでの出来事が描かれていた。

黒いお仕着せを着た執事《スペンサー》の幻影《ヴィジョン》が立ち上がる。彼は手に地図を持って、慇懃《いんぎん》に一礼した。『スペンサー地図店、七面鳥通り《ターキーストリート》に出店』

その隣ではパン職人《ベイカー》が、焼きたてパンを雑貨屋の店頭に並べている。『ベイカー雑貨店。春小麦パン販売開始』

相変わらず見事なスタンプだった。アンガスは待合室に突っ立ったまま、三面記事を目で追い続けた。

それも終わりに近づいた時——彼が脇に挟んでいた『本』が床に落ちて開いた。

「こら、落とすな——」と言いかけ、姫は言葉を切った。

アンガスは蒼白な顔色で、食い入るように新聞《ニュースペーパー》を見つめている。

「どうした？　何か事件か？」

彼は答えなかった。その内容が信じられず、もう一度、同じスタンプに目を落とす。

細い柊《ひいらぎ》の木が葉を落とし、ゆっくりと倒れる。その上で青い石がくるくると忙しく回っている。

『柊《ホリー》が病に倒れた。すぐに青い石《モルスラズリ》に戻れ』

ホリーはアンガスの母親の名前だった。

アンガスは新聞《ニュースペーパー》の日付を見た。九本の線と二十六の点。九月二十六日……五日前だ。

「おい、アンガス！　どうしたというのだ？」

ようやく我に返ったアンガスは、『本』を床から拾い上げた。説明するかわりに『本』のページに新聞《ニュースペーパー》を挟んで閉じる。姫にはこれで伝わるはずだった。

アンガスは待合室を横切り、裏口から外に出た。そこに駐留している駅馬車の間を足早に通り抜け、西に向かう馬車を探す。

「モルスラズリ行き。もう出るよー！」

汚れた袖《そで》なしシャツにインディゴという出《い》で立ちの親爺が、ガラガラ声を張り上げる。

「おあと、乗り遅れはいないかー！」

彼に向かい、アンガスは手を挙げた。

「すみません——乗ります！」

駅馬車に乗り込むと、先に乗っていた乗客達が怪訝そうにアンガスを見た。それもそのはず。彼の荷物は一冊の本のみ。所持金はインディゴのポケットに入れてあった数枚の硬貨だけだった。

それは七年前と同じ——

彼が追われるように故郷を去った時と、まったく同じ姿だった。

12

落ちていく。落ちていく。

そろそろ時間だ。湖はすぐそこまでせまっている。水面に浮かぶさざ波さえ見ることが出来る。

ふと視線を感じた。

目を向けると、湖に突きだした岬が見えた。そこに誰かが立っている。

人間だ。人間がいる。

ツァドキエルの言ったとおりだ。聖域を追放された人々は生き残っていたんだ。

その女は俺を見ていた。俺も彼女を見つめた。褐色の肌、長い黒髪、生き生きと輝く黒い瞳。みずみずしい生命力が全身に溢れている。

ああ、なんて綺麗なんだろう。

まるで——本物の天使のようだ。

「翼だ！　翼を開け！」

女は、俺に向かって叫んだ。

「飛べ！　リベルタス！　お前なら飛べる！」


その時が来たら迷わないで。

飛べるわ。

貴方は飛べるのよ。


胸が熱くなった。その熱は背中へと突き抜けた。

俺は見た。目前に迫った水面に映る白い大きな翼を。白い大きな翼を広げた俺の姿を。

次の瞬間——

俺は頭から水に突っ込んだ。

脳が破壊されたのか、予想していたような痛みはなかった。水に沈んでいくのを感じながらも、穏やかな安らぎに包まれていた。

俺の意識はゆっくりと——

ゆっくりと深い闇に沈んでいった。

本書は2007年10月に中央公論新社C★NOVELSから刊行された
同タイトルの作品を新装版として加筆・修正したものです。

多崎 礼
（たさき・れい）
2006年、『煌夜祭』で第2回C★NOVELS大賞を受賞しデビュー。
著書に「血と霧」、「レーエンデ国物語」シリーズなど。

〈本《ほん》の姫《ひめ》〉は謳《うた》う
1

2024年1月16日　第1刷発行
2024年2月13日　第2刷発行

著者　多崎《たさき》 礼《れい》
発行者　森田浩章
発行所　株式会社講談社
〒112-8001
東京都文京区音羽2丁目12-21
電話　編集　03-5395-3506
　　　販売　03-5395-5817
　　　業務　03-5395-3615

本文データ制作　講談社デジタル製作
印刷所　株式会社KPSプロダクツ
製本所　株式会社国宝社

定価はカバーに表示してあります。

ISBN978-4-06-534338-8
N.D.C. 913 302p 19cm

KODANSHA